一枚硬币

YI MEI YING BI

诀别词 著

江苏凤凰文艺出版社

一枚硬币
YI MEI YING BI

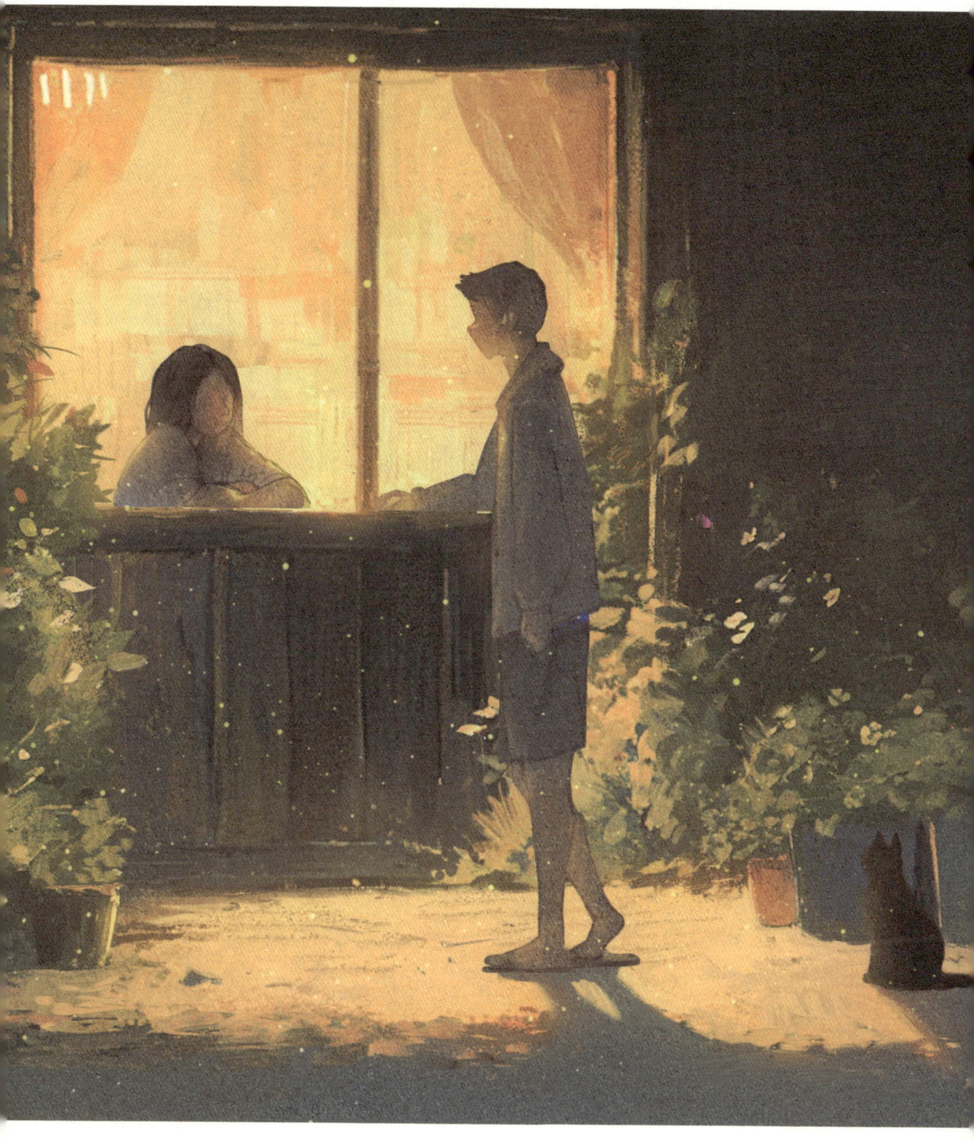

一枚硬币

YI MEI YING BI

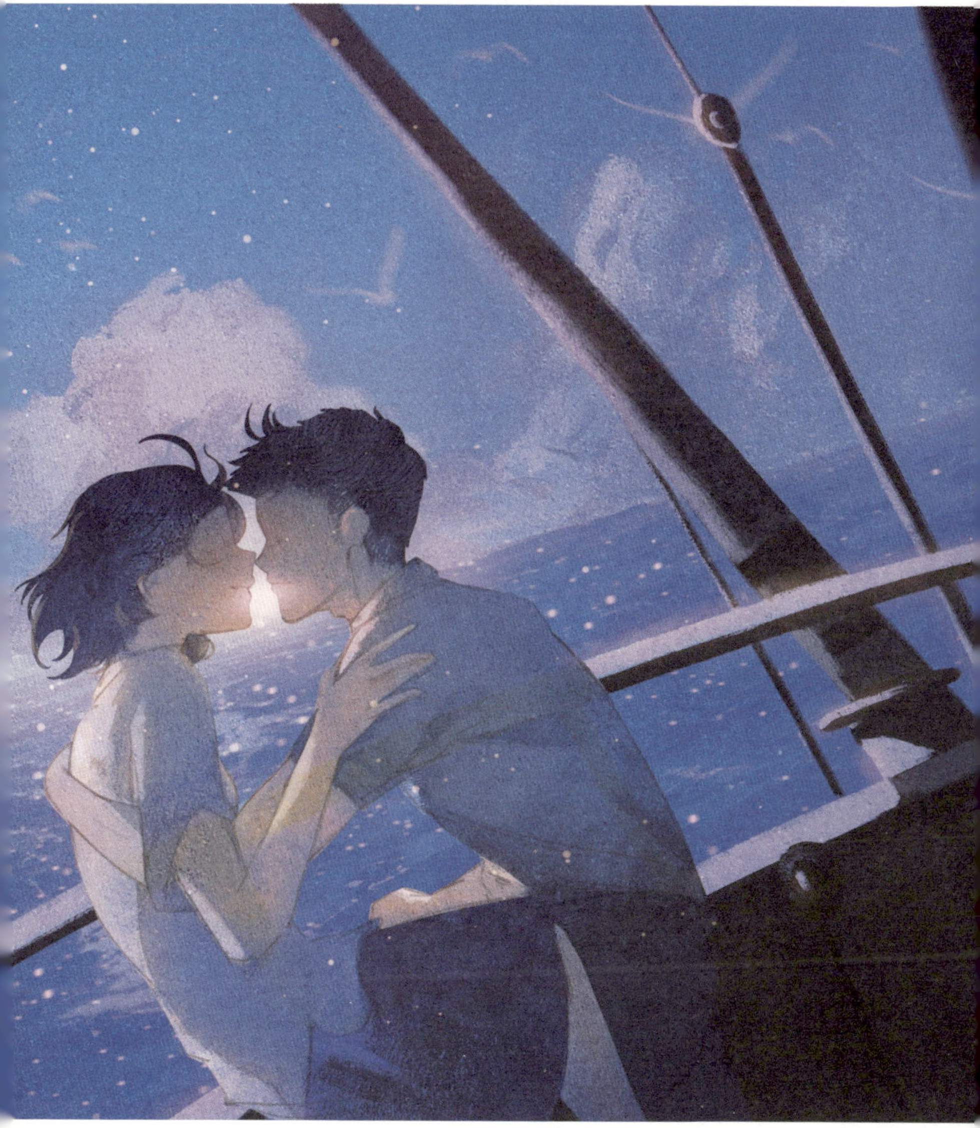

目录
CATALOGUE

[第一章]
陈年往事
001

[第二章]
明修栈道
023

[第三章]
羁绊牵引
049

[第四章]
雨夜惊潮
069

[第五章]
夏日秘语
084

[第六章]
爱与俗世
102

[第七章]
被爱抓住
204

[番外一]
不为人知的悸动
219

[番外二]
程逐私人vlog素材收集
225

[番外三]
乡村爱情故事
232

如果事情演变成现实的可能性小而又小,
但仍然实实在在发生了,
那么给予它一个宿命的解释又何错之有?

　　　　　——《爱情笔记》

第一章　　陈年往事

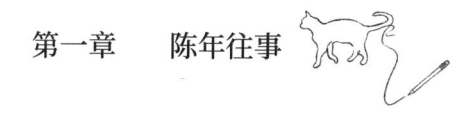

三十八摄氏度的天空有一条分割线，云像一张被撕开的纸与蓝天相接。

程逐收回落在舷窗的视线，她回家的时候坐的是飞机，头等舱，两大箱行李全部靠托运，她的大学离家将近两千公里，远到在学校受了委屈也没法跑回家。更何况跑回家可能也没什么用。

下飞机后她打的，坐在出租车上，没玩手机也没发呆，只是看着前方的路。

司机偷偷瞥过去，看她这么多行李就知道她是放暑假回来的学生。

"美女放假啦？上大几了？"

程逐回他："下半年大四。"

"啊，那快毕业了。"

"嗯。"

话说到这里就停了，司机发现程逐看起来心情不太好，而且话不是很多，巧的是他也不是健谈的人，于是这一趟行程就在堵车的喇叭声以及灰黑色的尾气中结束。

司机帮她把行李全部搬下车，打了一声招呼就走了。

程逐走进建筑物，乘着电梯上楼，电梯里只有她一个人，她的行李挤满了剩下的空间。眼前的电梯门是银白色的，她盯着上面自己波浪般的倒影，不知道在想什么。

程卫国早就得到了程逐要回来的消息，早就开着大门迎接她，看到门口出现程逐的身影,他站起来笑道:"小逐回来啦?"

程逐随口应了一声,然后拉着行李继续往里走。

这时候一个小男孩冲了出来,冲上来就抱住了程逐的腿。

"姐姐!你终于回来了!"程一洋喊得很大声。

程逐扯开他的手:"别拉着,我行李很重。"

"一洋,你帮你姐姐把行李拖进去。"程卫国逗他,程一洋当真了,真的用他的小胳膊去拉程逐手边的行李箱,但拉不动,还差一点儿把行李箱弄倒。

程逐撑住行李箱,自顾自地往房间里走。

程卫国的脸色沉下来,但也没说什么,招手让程一洋到他边上,然后摸了摸他的头:"乖,去找妈妈,姐姐刚回来太累了,让她休息一下。"

程一洋委屈地说:"好吧。"

程逐进了房间就关了门,倒在床上,也没管堵在门口的两个大箱子,只是觉得哪里都累,全身都酸痛。

原本就是懒散的人,到了舒适的环境更是不想动弹,她拿起手机看了一下,看到了几个室友发的消息。她回复了一句说自己已经到家了,然后把手机一丢,闭上眼睛就睡着了。

大概是累到了,这一觉睡得很沉,再醒来的时候发现房间门不知何时被打开,连两个大行李箱都被打开过,里面的衣服都被拿出来挂在衣柜里,很整齐。

她面无表情地站起来,把所有衣服重新都拿了出来。

程逐并不喜欢别人动她的东西,每个人有每个人的摆放习惯,只有按照自己的习惯摆放,下一次才能快速准确地找到所需品。

她把衣服重新放了一遍,这才呼出一口气,心情好了一点儿。

程一洋听到动静,知道她醒来,又跑来她的房间,扒在门框上探出个脑袋看她。

程逐看到了,抿了抿嘴,从口袋里拿了一颗糖丢给他。

程一洋一下子就笑开了,过来趴在程逐边上看她新做的美甲。

"姐姐,你这个指甲上印的是小猫吗?"他戳了戳她手指。

程逐举起手，逆着光看着食指盖上的猫爪印，不甚在意地点头。

晚上吃晚饭的时候，餐桌上比平常更加热闹。程一洋因为程逐回来而变得兴奋，一直讲个不停，但程逐的表情还是淡淡的，看不出什么情绪。

许娇不知所措地看了程卫国一眼，埋头吃饭。

程卫国眼神严厉起来："小逐，怎么回了家一句话都不说，叫都不叫一声。都快大学毕业了，还这么没礼貌。"

程逐抬眼看他和许娇，然后喊了一声："爸，许阿姨。"

程卫国的表情缓和了一些。

吃到一半，程卫国问她："今年暑假有没有什么打算？"

程逐说："我去爷爷奶奶那里。"

饭桌上忽然安静，程一洋也不讲话了。

"小逐，你每年放假都去乡下，有什么好玩的？"程卫国压着脾气问。

她说："你没脸去看爷爷奶奶，我这是替你去。"

程卫国的脸又铁青了，跟着青的还有许娇的脸。

"姐姐，今年不能不去吗？"程一洋小心翼翼地问，"我马上要上小学了，爸爸说一起去北京玩一趟。"

程逐沉默了一会儿，然后说"不行"。她买的动车票在下周三，离今天还有半个星期，她趁着这几天比较空，去超市和商场里采购了很多东西，打算到时候带给爷爷奶奶。

周三那天是个雨天，豆大的雨珠落在伞面发出巨大的声响，好像在敲醒每一个路人。程逐揉了揉眼睛，也清醒了一点儿。

她已经到了车站，正坐在动车里等待发车。身边坐的是一个和她看起来差不多大的女孩子，正在和男朋友甜甜蜜蜜地打电话，嘴里"亲爱的"这三个字五分钟内已经说过十遍。程逐侧了侧身子，戴上了耳机。

时代的发展让程逐不需要坐无数个小时的大巴，把屁股坐到烂才能回到老家，也不需要担心出租车司机觉得村里太偏不愿意接送。现在她只需要悠闲地坐上半小时动车，再去客运中心坐一个小时大巴就可以到达目的地。

就算这样花销也没有超过五十块,还不到两杯中档咖啡的价格,很合算的买卖。

更何况程逐十分享受坐长途汽车的感觉,悠闲、放松,世界是自己的。

程逐喝了一口手里的咖啡,开始和群里的朋友聊天。

小钱:成绩出了,你们查了吗?

程逐:还没。

含含:我也还没。

小钱:你们把学号密码发给我,我帮你们查。

其实程逐不是很担心自己各个公共课的成绩问题,她考前临时抱佛脚的技术已经出神入化,从来没有失手过。倒是她们专业暑假有几十张速写慢写的作业,除此之外还有一些零碎的读书和创作任务,不算很多,但还是有些烦人。

动车到站,她打车去客运中心,又坐上了大巴车,车里的人不多,看起来都是衣衫朴素的中老年人,穿得时尚的程逐在车里有些格格不入。

她跟司机说了一声到哪个路口停,然后坐在最后一排靠窗的位置,看到窗外的景色逐渐从繁华的都市变成破旧灰败的水泥建筑。雨水顺着崎岖不平的道路不断地流,汇入一汪水坑,大巴的车轮从水坑里碾过,有一些水珠溅起。

程逐闭眼小憩,然后听到了熟悉的名字。

"欸,鸣池啊,我快到了,一会儿来接一下我,我这行李有点多。"中年男人扯着嗓门对着手里的手机喊道。

破旧的老人机里传出一点儿那个叫鸣池的男人的声音,很低沉也很好听,是在说着"知道了"。

程逐微微睁开了眼睛,看向打电话的中年男人,有一点儿眼熟,又好像没有见过。

她皱了一下眉,又闭上眼不管了。

大巴在路上开得很稳,不知过了多久,程逐感觉车速好像慢了下来,车里的响声又大了一点儿,她就知道是快要到了。

她的行李不算很大，所以她放在身边，没放在行李舱里。她稍微坐正了一些，手握在行李箱上，随时准备下车。

车停下，司机的口音很重，程逐听不太懂却又能理解一些意思，他一直喊着："之前谁说要在这里下车的？有没有人下车？没人下我就走了。"

之前那个打电话的中年男人急急忙忙喊着："等一下，我要下车，等我一下。"

他的行李不多但很零碎，他每一根粗糙的手指上都挂了一个袋子，手腕上也挂着袋子，手腕处出现一点凹陷，显然十分费劲。

程逐走过去，帮他把地上剩下的袋子拿了起来。

他愣了一下，连忙笑着说谢谢。

程逐没回他，只是帮他帮东西拿下去就离开。

车停在路边，还要往前走一段路才是村口，但程逐没从那里走，而是抄了旁边的小道。走到一半听到那一头细碎的说话声音，她转头看了一眼，看到那个中年男子旁边多了一个撑着伞的男人，个子很高，面容远远看去也是英俊的。

"舅，您不用带这么多东西。"孙鸣池皱着眉帮他把东西全部拿了过来，被黑色短袖包裹着的手臂撑出强有力的形状，下半身穿的是牛仔裤，都是灰，也有点湿，看起来有点肮脏，像是刚从哪里赶过来。

何山拍了拍他的背："没事，好不容易来看你们一趟，总要带点东西。刚刚下车的时候幸亏有一个姑娘帮我，否则我一个人还真有点难提。"

孙鸣池带着他往村里走，随口问："什么姑娘？"

"不知道，和我一起下车的，转头就没看见她了，还挺俏的，一头短发，人又白又瘦。"

孙鸣池的脚步顿了一下，然后说："哦，是吗？"

"是啊，也是你们村的？但看起来不大像。"他回想起程逐的样子，怎么看都不像是个村里人，看起来倒像是锦衣玉食土生土长的城里人。

孙鸣池往那头的小道看了一下，没有姑娘，甚至连个人影都没有，只有长得快比人高的菜。

越往里走，人越多，看到孙鸣池带了个人，村民的眼神都有点好奇，小孩子甚至直接跑到他们俩面前瞅。孙鸣池朝他们笑，他们就不好意思了，嘻嘻哈哈地跑走。

孙家在村里靠山头的那块儿，进门是个小院子，然后才是房子。房子是前几年重新修建过的，看起来就是一幢小别墅。事实上现在村里的房子大部分都是这样的布局，毕竟时代在发展，大家不可能还活得像是在以前。

孙鸣池进了院子把手里的东西放下，就开始脱上衣。常年被太阳蒸晒的皮肤十分健康，大概是平常干活都光着膀子，上身的肤色还算均匀，袖口也没有明显的分界线。

他走到水池边洗了一把脸，又冲了冲手臂，冲下来的水有些浑浊。又冲了两轮就清了，水珠从下巴滑到胸前精壮的肌肉上，又顺着隐约的腹肌滑入裤腰带，再看不见下面的风景。

何山问他："鸣池，你今天也有活儿啊？"

他甩了甩头，把头发上的水甩掉，回答道："每天都有活儿。"

孙鸣池是请了假过来的，他在码头干活，闲的时候确实闲，和几个工友坐着聊天玩手机，也没人管他们。但有单子来了就得跟着去干活，几十斤的东西来来回回地搬，原本人就高大强壮，如今更是一身肌肉。

何山摇摇头："也不用干这么辛苦的活儿。"孙鸣池从小就聪明，成绩也好，干什么都有出路，留在这个村里实在是有些屈才了。

孙鸣池对他的话不置可否："反正也是闲着，就当锻炼了。"

两个人一起进了家门，屋檐下的猫懒懒地叫了一声，又趴下去继续睡觉。

程逐走在乡间的小路上，觉得整个人都放松了不少，紧接着她就被眼前的景象惊得愣住，她发现自己去年在路边不小心撒下的种子居然已经长成了花，在现在这个季节开得很茂盛，看起来十分美好。

她没忍住摘花的冲动，蹲下身摘了一朵，捏在手里，起身继续往前走。

熟悉的院子出现在眼前，院子里围墙边有几棵橘子树，叶子绿油油的。现在这个月份结出来的只有一些苞，等到秋天才能结出橙色的橘子。

程逐拖着行李走进去，看到爷爷奶奶正拿着蒲扇在躺椅上乘凉，他们看到她出现，眼睛顿时瞪大，手上的动作也停了。

"小逐，你怎么来也不提前说一声？"程爷爷站起来接过她的行李，上下打量着程逐，顿时皱起了眉，"是不是又瘦了？"

程逐笑起来："夏天没胃口，等天气冷我就胖回去了。"

"怎么会没胃口，等我晚上给你杀鸡吃。"

程奶奶拉住她的手，脸上又是欣慰又是忧愁："小逐啊，你也不用每次暑假都过来，自己出去旅游一下玩一下也可以，你一个年轻人待在村子里多没意思。"

他们老人家不太喜欢城市里的生活，而儿子程卫国又为了钱到处奔波，就算是过新年也都不回棠村，只是偶尔路过的时候才来看看他们，他们都习惯了。幸好有程逐这个贴心棉袄，每年还知道回来陪陪他们。

"我就是想您和爷爷了，而且这边空气好，我待着舒服。"程逐这样说着，把手上的花递给奶奶，"来，送您的，好花配美人。"

程奶奶乐不可支："好好好，真好看。"

三人走进了屋子里。程逐的房间在一楼，她从出生起就住在那个房间，里面充满了她从小到大的回忆，有好的，有不好的，还有一些她的秘密。

爷爷帮她把行李箱放在房间里，让她自己整理。都是成年人了，有手有脚，也不用他们帮忙。程逐自己把床铺好，才开始往外掏行李。

这时，有个人跑进了他们家的院子，直直地往里冲，爷爷奶奶来不及拦，哭笑不得地看着对方的背影。

"程逐！你回来啦！"兴奋激动的嗓音，还带了点娇。

程逐头皮一麻，往门口一看，果然是潘晓婷这姑娘。

潘晓婷比她小一岁，是一起长大的朋友。两个人经历过一起玩泥巴、一起上下学、一起赶集，是当之无愧的手足之交。不过自从程逐初中毕业之后跟着程卫国进了城，她们俩见面的频率就低了不少。

潘晓婷的家里情况不算太好，所以读完初中后就没有再上学，而是跟着家里干活赚钱。

她今年生了个孩子，孩子的父亲是村主任的儿子李征洲。

正当程逐还在为期末考或者毕业的事情烦恼时，小她一岁的朋友竟然连孩子都有了，收到这个消息的时候程逐整个人蒙住，大脑里闪现的都是各种脏话，她第一次发现人与人的差别竟然如此之大，从各方面来看都是。

"好啊程逐，你回来居然不告诉我。"潘晓婷叉着腰，一脸不满。虽然生了孩子，但她的心性还是很年轻，如果不说，任谁也看不出来她是一个当妈的。

程逐继续整理行李："告诉你做什么，你现在可是有家室的人。"

潘晓婷露出一副扭捏的样子："哎哟，那也不影响咱俩出去玩，孩子有婆婆公公带。"

"那你等我，等我理完陪你去逛逛。"

她来之前还给潘晓婷买了一些小孩子的玩具，潘晓婷说先出去逛逛，等迟点她回家的时候再来拿走，于是程逐花了半个小时把自己的衣物整理完，把带给爷爷奶奶的东西全部放到餐桌上，就和潘晓婷一起往外走。

夏天的乡村是很舒适的，虽然也炎热，但没有城市里令人窒息的堵塞感，小孩子在路中间跑来跑去，路旁全是各种各样的农作物，还有一些花，令人心旷神怡，好像在夏夜里吃到第一口冰西瓜，通体舒畅。

"程逐，你这次待多久？"

程逐回答她说大概两个月，但其实她也不知道自己会待多久。

"啊，太好了。"

程逐逗她："好在哪儿？"

潘晓婷忽然结巴："啊，这个，呃，就……就可以多陪你爷爷奶奶。还有，可以让孙鸣池他妈看看你现在过得有多好，气死她。"

程逐不置可否。

两个人一路走一路逛，程逐有一年没回来了，村里又变了不少。潘晓婷告诉她，村头的老张今年新年的时候去世了，大家都挺遗憾。还有村里一个小孩在山上遇见了鬼,也不知道是不是真的。最后又说孙鸣池的妈妈老年痴呆变严重,有一回连孙鸣池都认不出来。

程逐脚步变缓,看着潘晓婷奇怪道:"你老提他家做什么?"

"没有,去年夏天你们不是闹得挺不愉快吗,我就是忍不住和你分享一下。"她又想了想,有点试探性地说,"反正我看他家过得挺不好的,他家过得不好我们就高兴了,是吧?"

程逐心不在焉地说:"我们回去吧。"

她们又沿着来路往回走,程逐原本话就不算多,盯着自己的交错着行走的脚,在潘晓婷叽叽喳喳的声音中不可控制地走了神。

也难怪潘晓婷替她打抱不平,原本程家和孙家的关系就僵硬,再加上去年夏天经过那么一遭,两家更是相看两生厌。村里人最怕的就是程逐的爷爷奶奶和孙鸣池还有他妈碰上,一旦碰上就是鸡飞狗跳鸡犬不宁。

程家和孙家是整个村子里的八卦对象,是笑柄,这么多年也没变过。

当年孙鸣池他爸把程逐她妈拐跑的时候,就应该想到有这么一天。

程逐十四岁之前的生活一直很平静,平静到有些平庸,每天三点一线,干活、上学、睡觉,没有什么需要发愁的事情,又好像任何事情都要发愁。

那个时候她每天的固定烦恼是晚饭吃什么,以及今晚程卫国回不回家。

程卫国一直很忙,忙着赚钱,起初只是在镇上做一些小生意,到后来有了闲钱,把生意做大了一些,便更是不着家。

一开始程逐的母亲还会心疼他的辛苦,到后来便有一些麻木,只觉得没有钱也没关系,一家人生活得开心就可以。但程卫国不这么觉得,他觉得金钱是快乐的基础,这个观念不能说是错的,但在那个时候对于程家人来说,的确是天大的错误。

程逐从很小的时候就被母亲杨雯拉着看孙鸣池,杨雯告诉她要向孙鸣池学习,因为孙鸣池是村里最优秀的孩子,礼貌懂事,帅气高大,敏而好学。村里无数人期盼着他能走出去做出一番事业,给村里带来一些好处。

但程逐有反叛心理,对于别人家的孩子有一种无言的厌恶,于是先入为主的印象让她对孙鸣池讨厌了很多年。

其实程逐见到孙鸣池的机会并不多，程孙两家没什么接触。而且孙鸣池留在镇上上学的时候她还是个小豆丁，等她稍微懂事一些，孙鸣池已经去城里上高中了。等她再大一点儿，孙鸣池已经成了大学生，以优异的成绩考入一流的院校。

当年村里还为他拉了横幅，敲锣打鼓地庆祝。

那时候一切看起来还很美好，孙鸣池有光明的前途，美满的家庭。而程逐虽然经常见不到父亲，但家底越发厚实，且受尽母亲和爷爷奶奶的宠爱。

正当程逐以为人生会如此平淡温馨地过下去的时候，老天爷给她泼了盆冷水，顶头浇下，没有半点怜香惜玉的想法。

初二那年的某一天，程逐白天还在教室里和同学们一起上课，嬉笑打闹，晚上回家路上就被人指指点点，大家的表情说不出是嘲笑还是可怜，让她无端难受。

她一头雾水地跑回了家，迷茫地面对家里阴沉的氛围。

并没有人告诉她发生了什么，但村子一共就这么大，好事不出门，坏事传千里，能传遍整个村就能传到程逐的耳朵里，偏偏八卦里的两位主人公根本不解释，好像默认了大家说的是事实。

从那天起，程逐的噩梦就开始了。

也是从那天起，孙鸣池的生活出现了裂缝。

没有人能受得了这样异样的目光，所以孙鸣池他爸带着程逐她妈毫不犹豫地跑了，抛家弃子，没有一点儿留恋，好像他们才是浪漫电影中的主角，远走天涯，其余的人都是他们幸福人生中的拦路石。

村里老年人多，闲话自然就多，有人说程逐她妈受不了一个人在家里的寂寞，于是勾引了孙鸣池他爸。也有人说是孙鸣池他爸看上了程逐他妈的美貌，趁程卫国整天忙得不在家，就把人骗了去。

每个人心中都有自己的一套剧本，真相是什么已经不重要了，重要的是程家和孙家永远不会好了。

孙鸣池听闻消息匆匆回了村，但回村之后受到的不是大家的祝贺，而是和程逐如出一辙的指指点点。家不再是家，不再是避难所，只是一个住所，住所里也没有什么玩意儿，生活留给他的是接受不了现实的歇斯底里的母亲。

那一年，程逐从初二升入初三，读得很艰辛，她晚上会陪爷爷奶奶一起吃晚饭，笑着说学校里有意思的事情，而夜里会偷偷抹眼泪。心里的委屈与痛苦无处说，只希望人生能变得好一些，至少她的父亲能好起来，多回来看看他们。

也就是这一年，她和孙鸣池的接触多了起来，因为孙鸣池为了稳定母亲何邱的情绪，放弃了大好前途，暂时留在了村里。

程逐心里有恶劣的窃喜，幼稚地认为将人拖下水能带来快感，并且期盼着孙家和她家一样永远坏下去，这样至少有一个垫背的。

她经常会在放学的路上遇见孙鸣池。一开始孙鸣池还会像很久很久以前，小到程逐还被杨雯牵着手那时候一样，笑着向她打招呼，在受到程逐几次冷脸之后，他的态度也变得不咸不淡。

两个人总是互相看一眼，就错开眼各走各的路，好像永远不想有交集的样子。

何邱的情况慢慢稳定了下来，逐渐接受了自己丈夫出轨的事实，开始心疼起自己的儿子，觉得自己耽误了孙鸣池，她劝说孙鸣池离开这里，去外面找一个好工作，赚很多的钱，有一个好的人生。

但当被问及愿不愿意离开棠村，何邱却一口回绝。一方面她过惯了农村的生活，也不想耽误孙鸣池，另一方面她在村里是所有人的重点关怀对象，谁都可能有错，抛家弃子的两个人有错，不着家的程卫国有错，但她绝对没有错，所有人都同情她。

她需要这种同情来麻痹自己，固执又骄傲。

于是孙鸣池在村了待了将近一年，把何邱安顿好之后才再次离开。

离开的那天程卫国刚好回家，还在读初三的程逐背着沉甸甸的书包赶着回去，在村口撞见了轻装上路的孙鸣池，他好像没带多少东西，只有一个背包。

程逐不知道里面装了什么，所以她控制不住目光，多看了一眼。

这一眼被孙鸣池看见了，两人都怔了怔，然后孙鸣池朝她点头：

"再见。"

程逐抿了抿嘴，回了他一句："一路顺风。"

这破天荒的平和仿佛预示着这是两人这辈子最后一次对话，所以要体面。

彼时两个人也想不到，他们在未来还有无数次不体面的见面。

第二天程逐醒得很早，她有一点儿不习惯农村的作息，更何况她原本的睡眠质量就一般，对环境的要求非常严苛，必须十分安静才可以，可惜天还没亮，公鸡的叫声就穿过耳塞入了耳。她气得出来踹了院子角落里两只公鸡两脚，然后崩溃地重新回去睡回笼觉。

她躺在床上翻来覆去了将近一个小时才重新睡着，但睡着没多久，又被楼下的动静弄醒，她搓了一把脸，终于无奈地起床了。

爷爷奶奶两个人年纪大了，每天都起得很早，起床后也不先吃早饭，而是慢慢走去菜园浇水，他们看到程逐也起了，就知道是他们把程逐吵醒了。

奶奶说："小逐，你回去再睡会儿吧。"

"不用，我陪你们一起去浇水。"

"那饿不饿？要不要先吃早饭？"

程逐说自己没有吃早饭的习惯，实际上她不是没有吃早饭的习惯，而是正常情况下她都能一觉睡到大中午，醒来的时候已经是吃中饭的时间了。

农村山间总带着几许阴凉，早上的温度甚至有些低，程逐穿着吊带和短裤走出家门两秒，又转头回去披了一件薄衫。

三个人沿着石板路走着，早上有鸟叫有蝉鸣，沿途看到的各种花和菜上都有晶莹的露珠，程逐沿路看到她的那几团花也是，都在微光下熠熠闪光，目光所及都是生机盎然的景象，连远处的山都被绿色覆盖，再没有秋冬的萧瑟。

他们的菜园在村的另一边，是一大块田里分到的一小块，要路过很多户人家，程逐一眼就看到了孙家的院子。

铁门关得很严实，看不出里面是什么景象。

爷爷顺着她的目光看去，想起之前的事情，忍不住朝门口吐了口痰："自己看不住男人，还怪我们家看不住女人。"

程逐的爷爷奶奶都不是什么好脾气的人，在杨雯没跑前，他们都很喜欢也很疼惜她，觉得程卫国冷落了她，把她当作亲女儿看待。后来她跑了，他们只剩震惊愤怒，尤其是当村里有人说是他们没看住儿媳，才让杨雯勾引了孙鸣池他爸的时候。

真相是什么已经不重要，重要的是所有人都是要面子的，没有人愿意把错往身上揽。何邱是没错，但他们也不允许别人说程家有错，更不允许程逐受到伤害。

"小逐，下次再被骂别发呆，骂回去！再不行直接上手，爷爷奶奶替你顶着。"程爷爷拍着她的背说道，对于去年的事情还是耿耿于怀。

程逐垂下眼，没有再看那边的院子，只是轻轻地"嗯"了一声。

何邱在前几年检查出了老年痴呆。一开始还好，只是忘性比同龄人大了一点儿，护理得一直很好，一个人生活也没什么大问题。但去年夏天，在程逐待在这里的最后一夜，何邱跟发了疯似的，忽然冲到了程逐的面前，对着她就是一顿骂。

刻薄的话层出不穷，她像是把程逐认错了，认成了那个跟自己丈夫跑了的女人，心中的愤恨满溢，她像是要让程逐下地狱。

其实程逐和程母长得并不是特别像，程逐没有遗传到她一点一滴温婉的基因，外表没有，内里也没有。但也许是她去年剪了短发的原因，乍看之下倒是和以前的程母有了几分相似。

程逐简直不知道该喜还是该忧，自己和母亲的联系还没完全断完，不过还不如断了呢。

那天的场面有些荒唐，程逐的确没有被人这么指着骂过，一下子僵在了原地，那些话左耳进右耳出，其实没有听进去多少，但心里却真真切切地难过起来。

她一直紧抿着嘴，没有还嘴，只是承受着何邱的怒火。

程逐心想：有谁能帮帮她？

有几个看热闹的村民，也有几个好心的村民想上来帮忙，但他们不敢对何邱太粗暴，并不能有效地制止她的行为，最后还是得靠孙鸣池。

孙鸣池来的时候何邱已经被劝说了几回，逐渐有些反应过来自己骂错了人，但她不愿意承认，也不愿意道歉，只是和程逐僵持着。

程逐看向快步走来的孙鸣池，他呼吸急促，眉头紧紧地拧着，看起来难得有些着急，不再从容淡定。

注意到她的目光，孙鸣池同样看向她，目光还带着夏日的火热，像是要把程逐点燃。

程逐撇过头，没有再看他。

何邱顺着孙鸣池的目光看过去，脸色更加难看，好像自己才是孤立无援的那个。

"跟她妈一个样子，狐狸精。"她有点控制不住地骂道。

程逐的胸膛剧烈起伏了两下，依旧是一句话都没回，只是冷冷地看了孙鸣池和何邱一眼，然后自顾自地往家走，越走越快，越走手越抖，但愣是没让眼泪掉下来。

她不想让爷爷奶奶担心，也没把这件事情告诉他们，只和他们说学校提早开学，她要早点回去准备，说的时候满脸笑容，带着对爷爷奶奶的不舍。

爷爷奶奶还觉得可惜，但怕耽误程逐的学业，只是拉着她的手好好地念叨了一下，诸如让她在家里受了委屈就告诉他们，他们替她骂程卫国。

程逐笑着应下，第二天就收拾包袱回到了程卫国在的那个家。

曲终人散，棠村又回到了表面的平和。但事情发生了就没那么容易揭过去，程逐不说，自然有别人说，爷爷奶奶没过多久还是知道了那天发生的事情。程爷爷气到血压升高，拎着院子里的铲子想找何邱算账，最后被其他人拦了下来。孙鸣池来程家给他们道歉，也被他们赶了出去。

从那之后，程家和孙家彻底杠上，相互间再也没有一点儿好脸色，只要见面就是黑脸。

程逐说是要帮爷爷奶奶去菜园浇水，其实真正的目的是想画一张速写。她没有带画板，而是带上了素描本以及一支6B的铅笔，随手打开本子就开始画。

看似凌乱其实有序的线条逐渐在纸面上出现,她摸了摸口袋,掏出一块看上去十分肮脏的灰色软橡皮,把刚画上去的线条又擦掉。

爷爷奶奶也没管她在做什么,认真地给菜园里的蔬菜来来回回地浇水,偶尔聊个天,看到路上有别的人早起活动,他们就打个招呼。

"奶奶,您保持这个姿势先别动。"程逐喊道。

程奶奶拎着洒水壶一下子不动了,整个人是肉眼可见地僵硬。

程逐又画了两下,然后说:"算了,您动吧。"

蜡像人又活了过来,继续浇水。

程逐往前后左右都看了看,然后看到了一个正在钓鱼的人,戴着斗笠,正往鱼钩上挂鱼饵,挂好之后就坐着一动不动地垂钓。于是她干脆转了个身,开始画那个钓鱼的人。

夏天昼长夜短,天空暗得晚亮得早,如今头顶一片湛蓝,更别说现在已经快要八点,太阳变得忽然刺眼起来,把人的影子变得很短。

程逐没戴遮阳的装备,一直眯着眼,试图把闯进眼眶里的阳光挤出去。

"程逐?"

有点不确定的语气从侧边传来,程逐看过去,发现是许周。后者穿着一件白色短袖,戴着一副眼镜,看起来斯文又清爽,正在往她这个方向走。

许周走近后笑着问她:"你今年也回来了啊,怎么不和我说一声?否则我们还可以一起回来。"

程逐答非所问:"我也没和潘晓婷说。"

许周听懂了,她连潘晓婷都没说,凭什么和他说,他郁闷道:"程逐,你怎么这么无情,我怪伤心的。"

程逐一下子笑了开来:"行了,开玩笑的,我连我爷爷奶奶也没通知。"

"那我平衡了。"

他在程逐身边坐了下来,看她在画什么。

许周严格意义上也算是和程逐以及潘晓婷一起长大的朋友,他们三个从小学到初中都在一个学校,他和程逐则一直是同班同学。

小时候他就十分瘦弱,时常被人欺负。和她们俩熟悉起来,是因为潘晓婷撞见他被高年级同学霸凌,她天神下凡似的把他从人堆里解救了出来,塞给了刚好来找她的程逐,从此以后,她们俩就自发肩负起保护他的重任。

他们三个人关系一直很好,但他毕竟是个男孩子,所以她们很多活动又不会带着他,这让小时候的许周有些沮丧。

初中毕业后,他们就各有各的人生走向了,联系少了很多。

尤其是程逐,被程卫国带去城市生活后,几乎和他们没了联系,但巧的是,他和程逐刚好考到了同一所大学。

当他在学校里看到程逐的时候很惊讶,程逐也一样,毕竟他们高中三年没有见面,两人都长开了,他们都以为是看到了长得像的人,直到程逐先尝试地喊了他的名字,许周才知道还真就是缘分来了。

大约是受到以前霸凌的影响,许周的性格不是很活泼,甚至针对性地社交恐惧,在学校里和室友的关系也有一些僵硬,经常一个人吃饭。程逐发现之后就经常陪他一起吃饭,一起参加活动,再加上小时候程逐还是保护他的主力军之一,所以许周一直挺感激程逐。

许周偏头看程逐的侧脸,她的脸在晨光照射下能看到细小的绒毛,还有被照得显出琥珀色的瞳孔,看起来干净极了。

他忽然指着程逐的指甲说:"你今年又换了个美甲?"

程逐停下画笔,抬头问他:"我都换了好几个了,怎么了,这个不好看?"

"好看的。"许周想了想,还是决定不绕弯子,直接压低声音说,"我以为去年夏天出了那样的事情,你就不打算再回来了。"回来也容易受气,还要受别人异样的眼色。

"我是受害者,我有什么好不回来的。"她冷笑道。

何邱标榜自己是最无辜的人,一切的错都和她无关。但程逐呢,程逐知道这些乱七八糟的事情的时候甚至还是个心智不成熟的孩子,受了这么多年的指点诟病,程逐有说过什么吗,要说无辜,分明是被何邱无端辱骂的程逐最无辜。

过了半分钟，许周忽然用肩膀撞了一下程逐，把程逐落在纸上那一笔撞得歪七扭八。程逐气得想骂人："别撞了！"

"你看，那是不是孙鸣池？"

程逐顿时哑了火，朝他说的那个方向看过去，果然看到了孙鸣池。

孙家的菜园在另一块田里，从他们这里看过去，只能看到孙鸣池的上半身，以及他旁边那个女人的上半身。那个女人是李则馨，村主任的大女儿，也就是潘晓婷的大姑子，年纪已经三十出头，以前交过几个男朋友，每一个都是快要结婚的时候闹掰的，村主任为了她的婚事急得要死。

如今李则馨穿着一件吊带，挡不住的好身材，正黏在孙鸣池身边，用意十分明显。至少在程逐和许周看来，她这就是想钓孙鸣池，就算没钓成男朋友，如果能发生点什么也不错。

孙鸣池是真受欢迎，光是冲着那张脸和那个身材，村镇上对他有想法的女人已经可以排起长队，他完全可以不用这么辛苦地去码头当搬运工。

"感觉咱们这儿的未婚女性都对他有兴趣，也不知道谁最后能得手。"他摸了摸头发，随口说道，"首先，我们可以排除你。"

程逐笑了笑，看见那头的孙鸣池冷淡地躲开李则馨，接着像是朝他们这里看了一眼。

她收好画纸站起来，走到小河旁侧身蹲下，就着干净冰凉的河水把小拇指关节处的铅笔黑印都搓干净，刚想站起来，却因岸边太滑，不小心滑了一跤。

"程逐，没事吧？"许周皱着眉过来扶她。

她撑着许周的手站起来，看了看自己的膝盖，有一点儿红，但不是很痛。

"没事，我爷爷奶奶浇好了，我先和他们回去了。"

许周轻轻碰了一下她的膝盖，的确没破，便说："去吧，改天请你和潘晓婷吃饭。"

"行。"她挥了挥手，跟爷爷奶奶又一起慢慢地走回了家。

路上，程奶奶感叹道："小许真是长大了，俊俏了不少，以前那么小一个，腿还没我胳膊粗。"

程逐无奈地说:"他现在腿也没您胳膊粗,他就是瘦。"
"对了,我刚刚好像看见孙家那小子了,啧啧,跟他爸一样,是个风流种。"程爷爷忽然撇了撇嘴插话道,"小逐你可离他远点,他们孙家也就他稍微正常点儿,但谁知道哪天就不正常了,千万别和他搅和到一块儿,免得又被欺负。"
程逐捏了捏爷爷的手臂:"放心吧,去年我那是一下子没反应过来,现在谁要找我麻烦,我可不会客气。"
爷爷奶奶都笑起来:"欸,这才是我们程家的好孙女儿。"

晚上的时候,程逐在浴室里洗澡,觉得花洒好像坏了,水出得有些小,但好在还有出水。她勉强地洗完澡,又勉强地把头洗完,没等吹干,随便擦了擦就回了房间。
程逐是个很懒散的人,在各方面都有所体现,再小的事情也喜欢拖着,等拖到变成了大事,她才出现危机意识,想着去处理。而现在这个花洒的出水问题对她来说实在是不值一提,完全没有躺在床上玩手机重要。
潮湿的头发挂在空中,水滴落在肩膀,一路往下滑,丝质吊带裙的肩带全被浸湿了,胸口也有几块颜色加深的印记。
程逐又拿毛巾擦了擦头发,还在犹豫要不要用吹风机吹干的时候,老旧的窗户被敲响了。
咚、咚、咚。
她抬眼看去。

孙鸣池看着程逐慢悠悠地推开窗,顶着半干的头发淡淡地看着他。
房间里的灯光不算很亮,但能把目光可及的东西照得清晰,包括程逐。
他皱着眉俯视着程逐,眼神是说不出的感觉。
孙鸣池问:"穿成这样就来开窗?"
程逐低头看了一眼,把吊带往后拉了拉,不是很在意地回答道:"准备睡了。"爷爷奶奶晚上也不会来她房间,她自然是怎么舒服怎么穿。
孙鸣池点点头,嗓音带着符合年龄的稳重,说出的话老成得像是程逐的爷爷奶奶。

他说:"什么时候回来的,怎么不和我说一声?"

程逐露出一点笑,不知道是嘲讽还是愉快。

她靠在窗框上,凑近孙鸣池说道:"你是我的谁,和你说什么,说了你能来接我?"

孙鸣池垂着眼看她,像看一个不懂事的闹腾孩子,随后笑了笑,不知道在笑自己还是笑程逐,但这个笑容让程逐不太舒服。

孙鸣池从裤子口袋里拿了管药膏出来塞进程逐的手里:"拿去,自己搽搽。"

大拇指不经意地擦到了程逐的掌心,程逐顿时皱起眉,忍不住握起了拳头。

做完这一套动作,他扭头就走,程逐这才看清他下半身穿的是短裤和人字拖鞋,很随便,很粗糙。

她喊住他:"喂,就来送这个?"

他停下脚步,转过身看着她:"不然呢?"

程逐把那管药膏放在手里掂了两下:"行,走好不送。"

夜晚没有蝉鸣,也没有鸟叫,但又好像哪里都有声音。

孙鸣池走后,程逐坐在床边,把白天摔到的那条腿架在床上,盯着自己的膝盖看。原本只是泛红的地方到现在已经显现出青黑色,附近的皮肤甚至还有一些泛黄,看起来十分凄惨。

谁能想到只是小小的一跤,就能摔成这样。

程逐把药膏的盖子扭开,挤了一些在手心,然后在膝盖处轻轻地按压。

说不清的气味散布在空气中,温和又清爽。

感觉差不多了她就收了手,把盖子拧了回去,又去卫生间把都是药膏味儿的手用洗手液冲干净。

夏天是燥的,程逐发现自己的头发甚至已经干得差不多了,没有必要再用吹风机,于是她关了灯,躺到床上打开笔记本电脑,打算看一会儿视频。

刚看没两分钟,她蹙着眉又往窗口看了一眼,窗户关得严严实实的,什么东西都飞不进来,她慢慢收回目光。

孙鸣池在回去的路上又遇见了李则馨,最近李则馨几乎天天来找他,即使他明确和她说过自己对她没兴趣,但李则馨还是锲而不舍。

"鸣池,你从哪里回来?"李则馨贴着他问。

孙鸣池不动声色地躲开她:"码头。"

"今天怎么这么迟?"

"有船到。"

棠村是自由的,天还没黑的时候路边会坐满老年人,一个个拿着蒲扇跷着二郎腿,从八卦聊到政治,从政治聊到历史,古今中外的事情在他们嘴里都像是包饺子剥玉米一样简单,但现在天已经很沉了,天上全是星星,路上只有零星的几个人。

"鸣池,你别在码头干了呗,我让我爸给你在镇上找个轻松一点儿的工作。"

孙鸣池凉凉地看她:"你爸凭什么给我找?"

李则馨摸了摸自己的头发:"说不定以后都是一家人。"

他嗤笑了一声。李则馨听到后脸色难看了一点,有些尴尬。

她想不通孙鸣池到底为什么一直拒绝她。这个村里和他最配的非她莫属,长得漂亮,身材好,老爸又是村主任,家底也富足。孙鸣池还有什么不满,他这样的男人还要挑什么样的女人?难道是嫌弃她比他大了两岁?

她摸了摸自己的脸,觉得自己看起来也不老啊。

孙鸣池没有再理她,而是往家里赶。

对于李则馨所说的帮他找一个轻松的工作,他嗤之以鼻,他可不是因为找不到工作才在码头当搬运工的,只是因为他和各位船老板关系不错,在码头的工作相对自由。对他来说,如今任何一个工作都没有自由的重要性大,因为何邱。

两年前,孙鸣池还在大城市里的大公司工作,薪资优渥,假期也算自由,每年他都有机会请长假来陪何邱,想着赚更多的钱就把何邱接到城里一起生活。但他发现何邱的忘性越来越大，一开始是丢三落四，后来是白天问过的事情晚上就忘记了。

深思熟虑之后，他还是辞了原来的工作，回到棠村照顾何邱。

自从舅舅何山来这边之后，孙鸣池平常轻松了一些，平常有何山陪何邱，他不用担心何邱忽然哪一天又自己跑出去认错人。

何邱已经去看过医生，医生说是老年痴呆，这个病没有好的治疗方法，只能缓解，注意护理，所以必须有人看着她。孙鸣池不是没想过给何邱找一个看护，但何邱对此非常抗拒，觉得孙鸣池把她当作残疾人又或者是精神病，这让孙鸣池感到了一些疲惫。

何邱大多时候十分固执，她对当年的事情依旧耿耿于怀，总是希望所有人把她当作原来的那个她，装作一副事情早就过去了的样子，粉饰着太平，既不愿意找陪护也不愿意去城里，死活要留在这里面对大家，好像离开棠村就是逃跑，而她这么要面子的人不愿意做这样的事情。

人都是复杂且自私的个体，孙鸣池对她种种想法能理解但不能认同，但他作为一个儿子，只能顺着她，让她心里好受一些。

何山看到孙鸣池进来，刚想喊他，又看到他身后跟了个李则馨。

孙鸣池没让李则馨进院子，撑着门站在门口看着她，逆着院子里的灯光在她脸上蒙上一层阴影，就算是影子看起来也是充满力量。

"不好意思，我们家要休息了。"他语气不耐烦道。

李则馨说："这么早休息吗？我去看看何阿姨吧。"

"不用了，她已经休息了。"他态度坚决，没有一点儿犹豫。

李则馨咬咬牙："好吧，那我走了，明天见。"

孙鸣池没回她，直接把门关上。

何山摇了摇头："哎哟，鸣池啊，你怎么一点儿都不怜香惜玉。"他看李则馨的表情都像是要哭出来了。

"要都怜香惜玉，我早累死了。"他丝毫不在意，把短袖丢到脸盆里，"我妈睡了吗？"

"睡了，今天她心情不错。"

"辛苦舅舅了，您也早点休息。"

"没事。"

孙鸣池去冲了个澡,把这一天由于流汗积攒的污垢都冲走,冲到一半想到什么,把热水换成了冷水,没过两秒又重新换回了热水,洗了很久。

第二章　明修栈道

程逐今天总算睡了个好觉，一觉睡到了日上三竿，她洗漱完发现自己竟然有点饿，就到厨房吃了点东西垫肚子，然后到院子里惬意地伸了个懒腰。

他们家院子门口摊了一小片玉米，都已经经过太阳暴晒变得无比干燥，用手轻轻一抚，玉米粒全部都能撸下来。程逐搬了个凳子坐在程奶奶身边，随手拿起一只玉米开始机械性的动作。

程奶奶哭笑不得："行了，一共也没几只要剥的，你别和我抢了，看你干活我都觉得没劲，你自己玩去吧，要不然你画画我，这次我可以不动。"

程逐点点头："这个可以。"

她把玉米丢回地上，跑回房间里把素描纸用胶带贴在自己脏兮兮的画板上，再把笔削了削，又重回院子坐在小凳子上，对着奶奶比画了两下，开始往纸上画线条。

过了十几分钟，程逐有一点儿画不下去了，看了看图，感觉好像今天没手感，连排线都有些拧巴。

程奶奶早就剥完了，问她怎么了，程逐说没事，然后又静下心重新改了改。

等她画完，程奶奶站起来拿那袋玉米粒去喂鸡。程逐则把画板上的胶带慢慢撕下来，打算把画好的那张速写先放在房间的柜子里。

柜子里不止一张画，还有零零散散的很多水粉素描，她把画塞进去之后动作忽然顿住，从一沓纸中间抽出了一张。

是一张人物速写，很粗糙，看不太出来长相。

她盯着看了几秒，然后把画压在抽屉最底下，关上柜门。

中午的饭菜很不错，清炒黄瓜，鸡蛋肉丸汤，还有一盘红烧鱼，都是程逐爱吃的童年味道。她吃完甚至觉得裤腰带有些紧，干脆打电话问潘晓婷去不去镇上逛一逛。

潘晓婷接起电话的时候，程逐还听到了婴儿哭闹的声音，结果没说两句，那边就只有风声，她说自己已经往程逐家走了，挂了电话没过多久，她就到程逐面前了。

程逐不由得感叹："你带个孩子完全没压力，看来婚姻也不一定是坟墓。"

潘晓婷撞了撞她，笑道："怎么，你也想结婚了？那你可得好好物色物色，可别遇上渣男了。"

"什么样的算渣男？"她一本正经地问道。

潘晓婷看傻子似的看了她一眼："还能什么样的，和你上床又不给你名分的呗！"

程逐愣了一秒，乐了，扶着她的肩膀笑了半天，笑到最后潘晓婷都跟着莫名其妙地笑了起来。

两个人骑着小电驴去镇上，潘晓婷开车，程逐挤了她一半的座位，道路不平，一路的颠簸导致两个人的屁股都备受折磨。

两个人开了二十分钟到镇上，今天没有集市，路上的人并不是很多，道路两旁是各种各样的店面，店主们都闲适地靠着，一副爱买不买的样子。

程逐没有什么特别想买的，只是单纯想来镇上走一走。

她们两个逛了逛，程逐的视线漫无目的地乱飘，刚好落在前方一个奶茶店的店主身上，刚想掠过去，潘晓婷忽然问她去不去那边的奶茶店买杯奶茶喝。

程逐盯着那个店主看了片刻，没什么情绪地说："我是找你出来陪我消食的,不是让你把我变成积食的。"

潘晓婷:"……"

岷镇的商铺大多比较老旧,门面都不太好,但幸好种类繁多,两个人又推着电驴慢慢逛着,走了很长一段路,也看了很多店,但就是什么都没买。

倏地,潘晓婷指着不远处的一家商铺说:"你看,那个是我大姑子的店铺,不知道她今天在不在。"

潘晓婷的大姑子,那不就是李则馨吗?

程逐看过去,是一家普通的小卖部,但是柜台前没有人。

潘晓婷把电驴停在路边,往店里走了两步,发现程逐没跟上来,转头奇怪道:"你发什么呆?过来啊。"

程逐跟了进去,左右看了看,发现这个店里的商品品种还挺多,堪比城市里的二十四小时便利店。

"馨姐!在不在呀!"潘晓婷朝楼上喊。

程逐靠在玻璃台上,看着下面堆着的东西,不知道在想什么。

没听到回应,潘晓婷奇怪地皱了皱眉:"不会啊,店门都开着,不可能不在。"

话刚说完,楼上终于传来了声音,李则馨穿着高跟鞋一步一个台阶小心地往下走:"干什么呢,喊这么大声,我又不是聋了。"

"这不是喊了半天没人应吗,在上面换衣服呢?"她笑着问。

"刚好准备出去一趟。"

程逐看到李则馨穿着一件黑色吊带包臀短裙,把她S形的身材包裹得很性感,指甲全部涂上了红色的甲油,也不知道是不是要出去约会,打扮得这么隆重。

李则馨看到程逐,好奇地问:"这是不是程家的姑娘?"

潘晓婷说:"对,我发小,叫程逐,放假过来玩儿。"

程逐朝李则馨点头打招呼:"馨姐。"

"欸,你好,你们想吃什么,还是要其他什么东西,只管拿没关系。"

程逐和潘晓婷说不用。

李则馨看到程逐的美甲："这是小猫吗？很好看啊，哪里做的？"

程逐告诉她是之前在大学附近做的，每家美甲店都可以做，把图案给做美甲的人就可以。

"那我下次也去做一个。"

她们还没聊几句，外面走进来一个男人，是来店里买东西的，看到店里站着三个女人，忽然顿住，表情有些僵硬。

李则馨问他："你好，需要什么？"

男人看了她们三人一眼，有点不自然地瞥向程逐的那个方向，说："就那个。"

三个人的目光都看了过去，哦，避孕套……

程逐和潘晓婷善解人意地自发避开，开始往店里面走，这里看看那里看看。程逐拿起一个小孩子的玩具枪，问潘晓婷喜不喜欢，喜欢的话她送一个给她儿子，潘晓婷说不用，还不到这个年纪。

这边的李则馨面不改色地从玻璃柜里挑了一盒给那个男人："这个可以吗？"

"可……可以。"他动作很快地给了钱，然后就走了，好像后面有人在追他。

看对方走远，李则馨朝她们好笑道："行了你们两个，都是成年人了，有什么好躲的。"

程逐说："我看那人比我们还尴尬。"

李则馨耸耸肩，从柜台里又拿了两盒，一盒丢给潘晓婷，一盒丢给程逐："送你们的，注意安全。"

潘晓婷也不害羞，接过来就放进了口袋里。

李则馨看程逐捏着盒子来回地翻，于是问她："怎么了？还没对象？还是型号不对？"

程逐笑了一下："换个大点的吧。"

这家小卖部的店面不大，但是生意还是挺好，光是她们在里面待的那一会儿，就有好几个人过来买东西，甚至还有来充话费的，这让程逐觉得回到了好多年前。那时候的手机可能还没发达到现在这样随意点开一个软件就可以用优惠充值。

潘晓婷从店里出来之后就表情奇怪,她的表情就有点空白,像是有什么想不通的事情。

她压低声音轻轻地问程逐:"你有对象了?"

程逐说:"没有。"

"那你要收下做什么?"她嗓音大了起来。

程逐笑眯眯道:"备着。"

潘晓婷露出迷茫的神情。

李则馨自然不知道她们在聊什么,她正想着早点去码头找孙鸣池,费了不知道多大的劲才让孙鸣池松口答应和她一起吃顿饭,她可得珍惜机会。

潘晓婷问她:"馨姐,你这是要去哪儿?"

"码头。"她打开自己的电动车,想到什么又关上了,"要不然你送我去?"

李则馨觉得自己这个时候的头脑十分灵活,如果她自己骑电动车去,那晚上她就得自己骑回来,如果她们送她去,孙鸣池晚上就得载着她一起回来。

"三个人是不是有点……"潘晓婷看了一眼自己的小电驴。

程逐打断她说:"我不去。"

"那不行,肯定不能把你一个人丢这儿,原本晓婷就是来陪你的。"李则馨说完想了想,"我觉得我们三个都挺瘦,挤一挤还是可以的。"

实践发现,挤一挤的确是可以的,就是有一些痛苦。

程逐一脸无奈地被夹在两个女人中间,前胸侧脸都贴着潘晓婷的后背,自己的后背则被李则馨的胸疯狂挤压,衣服下闷出一层汗。

一时间她也觉得有点好笑,忍不住就笑了出来。

没过两秒,一车三个人都笑了起来。

"别笑了,我车都开不稳了。"潘晓婷清了清嗓子。

程逐说:"你慢慢开,我有点害怕。"

"程逐,你怎么不信任我,你看我馨姐就什么都没说。"

话音刚落，李则馨语气痛苦地说："慢点开，屁股有点受不了。"

三个人又笑了半天。

二十分钟的路程，潘晓婷硬生生开了快四十分钟，程逐被热得整个人都有点暴躁，恨不得找一条河跳下去洗个澡。

李则馨第一次来码头，也有点不熟悉路，而且保安人员不让她进去，表示要不然出示证件，要不然让里面的人出来接她。于是她给孙鸣池打了一通电话，说自己提前来了。

而潘晓婷和程逐两个人陪她在这儿等。

她们的小电驴停在码头正门的对面，旁边是一面灰白的高墙。程逐抱着胸，靠着墙，盯着地面像是在发呆，手指则一直敲个不停。

程逐身上穿的还是吊带配牛仔短裤，她喜欢在夏天穿吊带短裤，因为非常凉快，而且她属于晒不黑的那一种，有时候甚至连防晒都不涂，潘晓婷总是很羡慕，因为程逐真的是她见过最白的姑娘。

孙鸣池接到李则馨电话的时候还在和工友们聊天，五六个人抽着烟，整个休息室烟雾缭绕的。

"哟，有女人找你啊？"工友说。

孙鸣池把嘴里的烟拿下来，有点儿不耐烦地在地上碾了碾。

"我出去一下。"他站起来，身上的衣服都是灰，还没换。

"就这样出去啊，不洗个澡换身衣服？这就是猛男的自信吗？"他们调笑。

他笑骂着："自信个屁！"

他随手洗了个手就往外走，表情是显而易见的烦躁。

当看到外面不只是李则馨一个人的时候，他怔了怔，烦躁是少了一点儿，眉毛却拧得更紧。

程逐抬头的时候，看到孙鸣池正在和李则馨说着什么，她盯着他们看了一会儿，正想收回目光，却看见孙鸣池的视线落在了她的膝盖片刻，又慢慢向上移，看向了她。

两个人对视了两秒，又一起错开眼。

现在已经将近四点,太阳光不再是当头地泼过来,而有一点儿西斜的样子,但依旧非常刺眼。

孙鸣池抬手刮了刮眉骨,跟李则馨说:"把她们两个带上,一起吃。"

李则馨有点僵硬:"不是我们俩一起吃吗?"

"她们把你带来,你就让她们这么回去?"

李则馨有点发昏,这就是她原来的设想,听起来也没有很过分,怎么从孙鸣池嘴里说出来,就感觉她这么对不起潘晓婷和程逐?而且孙家和程家向来不对付,怎么孙鸣池还要叫程逐一起吃饭?

正当她还在想着这是什么情况,应该怎么办的时候,潘晓婷忽然走过来,说道:"我和程逐要先走了,我得回去带小孩,程逐她爷爷奶奶还等着她回去吃饭。"

李则馨给了她一个认同的眼神,潘晓婷也几不可察地点点头。

既然她们都这么说了,孙鸣池自然不好再说什么,于是只是脸色阴沉地看着程逐坐在潘晓婷身后,骑着小电驴越驶越远,直到变成一个小点,再也看不见。

码头吹来的风带着咸湿的味道,还把孙鸣池身上的烟味吹了过来,李则馨脸上转眼就变得有点黏又有点粗糙,她摸了摸手臂,试探地说:"我们先进去?"

孙鸣池凉凉地看了她一眼,"嗯"了一声。

他和保安打了一声招呼,带着李则馨往码头里面走。

回去的路上,潘晓婷忽然道:"程逐,你有没有什么事情瞒着我?"

程逐奇怪道:"什么?"

她十分忧心:"我怎么今天老感觉哪里不对劲,但是又说不出来哪里不对劲。"

程逐骂她:"疑神疑鬼。"

"算了算了,我赶紧回家奶孩子了。"

潘晓婷的车速逐渐加快,又回到风驰电掣的模式,坐在后面的程逐满脸都是潘晓婷的头发,被迫紧闭着眼和嘴,而她自己的头发也在风中猎猎作响。

程逐在如此不惬意的环境中，不由自主地想到刚刚孙鸣池看她的那个眼神。

半个小时她们就回了村，天还大亮着，能看到田野边的台阶上一些头发花白的老人正坐着唠嗑。程逐一眼就看到了自己的爷爷，在一群人里年龄最大，跟领袖一样抖着个二郎腿讲着话，也不知道是在吹嘘什么。

程逐让潘晓婷先回去，在这里把她放下来就可以。

她看潘晓婷开走，朝程爷爷喊道："爷爷，我回来了。"

程爷爷刚说到隔壁村的一个八卦，听到程逐的声音后，立马闭上嘴，把二郎腿放下来站了起来。

他捶了捶自己的背，说："哎哟，下回再和你们讲，我孙女回来了。"

"好好好，下回再讲。"旁边的几个老人家点着头，然后转向程逐说道，"小逐回来啦，又漂亮了，有对象了没有啊？"

程逐说还没有。

"那这个年纪也差不多要找起来了，否则以后找不到对象就不好了，看潘家的姑娘孩子都生了，现在过得多好。"

"是啊，早点找个好人家定下来，以后衣食无忧。"

程逐笑了一下，没说什么，但程爷爷的脾气一下子就上来了。

"都闭嘴，别在我家姑娘面前胡言乱语！"程爷爷用方言骂了两句，然后对程逐说，"饿不饿？咱们走，回家杀鸡吃。"

他没管其他人还要说什么，拉着程逐离开。

天空变得通红，夕阳终于从地平线泛了过来，两个人的脚步逐渐放慢，程爷爷说："别管他们说什么，你年纪还小，找对象不急在一时，何况我们小逐这么漂亮，谁会不喜欢。"

程逐笑起来："爷爷，您这个滤镜有点重。"

"什么滤镜不滤镜的，年纪大了听不懂，漂亮就是漂亮。"程爷爷还愤愤不平，他板着脸说，"都什么年代了，什么叫找个好人家就衣食无忧了，纯属太监开会，无稽之谈！听爷爷的，想怎么活就怎么活，想找什么样的对象就找什么样的对象,爷爷就一个要求,对你好就可以了。"

其实程逐没怎么把他们的话放在心上,她问:"如果我真的找了一个穷光蛋呢?"

"爷爷相信你的眼光,就算是穷光蛋,那也是潜力股。"

程逐哭笑不得。

说杀鸡就真的杀鸡,程爷爷回家后在院子里站了一会儿,确定好哪一只是今晚的"幸运母鸡"之后,三下两下就抓着幸运母鸡的两只翅膀往屋里走,全然无视它的扑棱和惨叫。

程逐不忍心地瞥过眼,心里默念阿弥陀佛,祈祷爷爷能给它一个痛快。

最后程逐喝了三碗母鸡汤,满嘴都是醇香的油,半点没想起来一个小时前母鸡的痛苦。

晚饭后,她总算有了一点儿学习的动力,她回房坐在床上,打开笔记本电脑开始查资料,手指在薄薄的键盘上不断敲击,看上去十分专注。但实际上程逐写了半个小时就发现自己写不下去,于是干脆先去洗澡洗头。

连着点了好几回文档的保存键,确认自己刚刚编辑的内容的确已经保存完毕,她这才把笔记本电脑从自己的膝盖上拿下来,慢悠悠地站起来去浴室。

鉴于今天出的汗实在是太多,程逐洗得尤其认真,滑滑的水流落在她的身上,光滑白皙的皮肤逐渐出现红润的色彩。

今天的花洒依旧出水微弱,过两天得找人来修一下才行。

程逐随手擦了擦头发,从浴室里走了出来,心情愉悦地伸了一个懒腰。

咚、咚、咚。

老旧的窗户再一次被敲响。

程逐斜着眼看了一眼闹钟上的时间,八点。

还挺快。

慢吞吞地走去开窗,然而开了窗却没有看到想象中的人影,目光所及是萧索的后院,只有一堆杂草,在昏暗中像潜伏的野兽,下一秒就会张开血盆大口把她一口吞下去。

程逐皱了皱眉,觉得有点发凉,犹豫了一下,还是探出了头。

"程逐。"冷不防的一声。

即使已经做好心理准备,但程逐还是被吓到了。

她连忙偏头看去,看到靠在右侧墙上的孙鸣池。

他已经换了一身衣服,看起来十分清爽,短短的头发挡不住他的立体眉目,穿得普通也遮不住高大挺拔的英姿,孙鸣池和温和俊逸的许周是彻彻底底的两种类型。

她胸膛起伏,没好气地说:"吓人做什么。"

他看着她:"这么容易被吓到?"

"你神出鬼没的,谁能不被吓到?"她有点无语。

孙鸣池忽然问她:"涂药了没有?"

"涂了。"程逐知道他说的是膝盖,"不涂也快好了。"

他冷笑了一声:"腿断了算了,三个人坐一辆电瓶车,真有本事。"

"还不是为了给你们俩创造独处的机会。"程逐靠在窗框上,饶有兴味地说道,"怎么,两个人怎么八点就回来了?"

孙鸣池的嗓音低了些:"想问什么?"

程逐忽然笑了起来,骂了一句"渣男"。

孙鸣池也笑起来,粗糙的手掌摸上程逐的脸,大拇指拂过程逐的嘴唇。刚洗完澡的程逐皮肤白皙,嘴唇透着诱人的红色,整个人都透着湿漉漉的感觉,眼睛里好像装了一汪溪水。

她这样看着别人,有谁能受得了呢?

柔软的月光倾泻而下,一扇窗两个人。

一个在窗里,一个在窗外。

他们动情地接吻。

事实上,两年前程逐还没这么讨厌程卫国和许娇。人都是感性动物,许娇的确是个好女人,不仅能给程卫国事业上的帮助,还能安顿照顾好家里的小孩,所以高中三年的相处让程逐对她产生了一丁点儿感情,但前提是程逐没有发现许娇的那些事情。

不幸的是，程逐发现了，所以那一丁点儿感情被她及时掐灭了。

过去几年，程逐回棠村的频率并不是很高，因为程卫国一直不回来，程逐自己也懒，过惯了大都市的生活，便也跟着不回来。

大一的那个暑假，程逐想出国旅游，她去程卫国的卧室里翻箱倒柜地找户口簿，最后她找到的却不只一份户口簿，还有一份来自五年前的怀孕报告。

这份报告应该是这两天刚被拿出来看过，上面能看到明显的褶皱，大抵程卫国和许娇是真的很可惜当年意外流失的孩子，所以才把这个报告反复地翻看，所以才给程一洋无限的宠爱。

一开始程逐还秉持着人心本善的想法，把事情往好的方面想，不肯相信艰辛创业疏于家庭的父亲原来并不是单纯繁忙，而是想要另外创建一个家庭，不肯相信对她温声细气说话的后妈原来早早地介入了她本该美好的家庭。

程逐有时候挺直脑筋，自己琢磨了一会儿发现想不通，因为无论她怎么设想，这件事都是糟糕的，最后她索性不再去想，直截了当地拿着这个报告去找程卫国，而后者看到她拿着报告出现那一刻的表情就很能说明问题。

程逐心里想：啊，原来如此，怪不得当年这婚结得这么快，怪不得程一洋生下来的时候他们这么开心，原来她不是被母亲丢下，是被父母一起丢下。

没有很难过，也没有想闹的想法，她单是看到程卫国和许娇慌张又愧疚的脸就已经感觉到了无限疲惫，为什么她的人生这么戏剧性呢？

幸好，幸好还有从小宠她的爷爷奶奶。

出国游缩减为棠村游，程逐拖着一大箱行李毫不犹豫地回了棠村，而就是在这里，她再一次见到了孙鸣池。

孙鸣池变了很多，以前只是高大，现在变得强壮且粗糙，身上的荷尔蒙像是要溢出，让人看到就脸红心跳。

许周没说错，村里的女人都对孙鸣池有想法，程逐也不是例外。

那天晚上是程逐回村的第一天，天色很好，夜晚一点儿风也没有，却也没感到闷热。程逐晚饭后一个人在村里逛着，她只是想找一个僻静且自由的地方，但哪里都有人。

她往村的另一头走，那里有一条河，河水干净，但白天少人走，夜晚更寂寞。

然而巧的是今晚偏偏有一个人，一个她最不想看见的人，一个时刻提醒她自己被抛弃的人。

程逐看到孙鸣池的时候，他还背对着她泡在水里，水下的风景被一片波光模糊，水上是宽肩窄腰的身材，一扭身都能看到若隐若现的腹肌。

孙鸣池把自己扎进水里，双手捂着脸轻轻地搓着，接着又猛地出水，水珠从他的鼻梁滑落，月光莹莹地洒下，像是海神波塞冬。

孙鸣池也看到了程逐，两个人静静对视，眼神都很冷淡，不是讨厌，也不是喜欢，只是无关紧要。

程逐不关心他为何在这里，孙鸣池也不关心程逐为何在这里。

他站直了些，程逐看见他的黑色内裤紧紧贴在皮肤上，她"啧"了一声。

孙鸣池听到她的声音，古怪地看了她一眼。

这一眼把程逐逗乐了，她看着他笑了半天，笑到孙鸣池的脸色越来越难看，打算从河里出来走人的时候，程逐忽然从口袋里掏出一枚硬币。

银白的硬币像只蝴蝶在空中翻滚飞舞，与紧实的胸肌撞击，肌肤上出现一点儿轻微的凹陷，然后那枚硬币果断地落入河水里，再看不见。

程逐决定刷新自己对他的刻板印象，让孙鸣池从令人讨厌的别人家的孩子以及抢走她母亲的男人的儿子变成她的男人。

她说："买你一夜。"

对于孙鸣池有没有拒绝，有没有觉得她疯了，有没有让她滚开，程逐已经记不太清，过程并不重要，重要的是结果。

那一夜，他们在一个河边无人问津的破旧凉亭里。

孙鸣池的眼神依旧很冷，但他的身体很热，豆大汗水一颗一颗砸在她的脸上和身上。

程逐那天才发现，自己从小到大就和乖乖女没有搭边的地方，她的心里充满冒险精神，以及各种恶意，只想拽着别人一起坠入地狱。

孙鸣池拉着她的手腕走着，脸色很沉，比黑夜还沉。

一切该发生和不该发生的事情发生前，孙鸣池问了程逐三遍确不确定、后不后悔，但程逐的心里哪有后悔两个字，及时行乐，谁知道哪天天就塌了呢。

孙鸣池的裤子有一些湿，因为内裤是湿透的，潮意从衣物漫到了心上，两个人的呼吸都重了些。

孙鸣池还有顾虑，似有似无地观察着周围有无来人，但程逐不让他分心，干脆地亲上了他的唇。

……

最后程逐心跳快得要跳出身体，她想要后退爬走，但又被孙鸣池强势地扯了回来。

后背肌肤与椅子摩擦发出轻微的声音，程逐感到疼痛。

孙鸣池的眼神幽深，看起来并不打算放过胆大妄为的程逐。

时间在汗水中流逝。

凉亭的椅子上一片狼藉，最后孙鸣池光着上身把程逐先送回了家，然后自己回了家。

第二天，孙鸣池起了一个大早去把凉亭清洗了一番。

孙鸣池的手掌很大，几乎包住了程逐整个后脑勺，把她压向自己，程逐的双手扶在他的肩膀上，轻轻摩挲着他的锁骨。

过了一会儿，深吻慢慢变浅，孙鸣池轻啄着程逐，逐渐拉开距离，他把程逐搭在他肩上的手拿下来，随意地摸了摸，很滑。

然而程逐只觉得孙鸣池的手还是像以往那样粗糙。

她抽回手："你可以回去了。"

孙鸣池嗤笑："赶我走？"

"不然呢？"那天的话原封不动地还给他。

"啧,真记仇。"

程逐说:"怎么,今晚的约会不开心?"

"谁和谁?"

"你和潘晓婷她大姑子的啊。"

孙鸣池的手指敲着窗框,没有说话,想听听程逐还要说什么。

"怎么放着佳人的温柔乡不去,来找我这个小屁孩?"她没在意他的注视,只是自顾自说着。

程逐是真的记仇,孙鸣池不知道多少年前随口说的话,她能记这么多年。

当年她对孙鸣池这个别人家的孩子有点偏见,所以打小就不待见他。

杨雯拉着小小的她在村里溜达,偶尔能遇上放学回来的孙鸣池,那时候孙鸣池应该在读初三,而程逐还是个小学生,每天晚上因为不好好完成作业被按着打,还得听着杨雯给她洗脑。

"你看看孙家的鸣池哥哥,多乖,从小到大一放学就先把作业做完才玩,你呢?你玩到现在作业还没动。"

程逐只一个劲儿哭:"我讨厌他!我讨厌他!"

杨雯平常的确是温婉的女人,但难免会被程逐气到发火,手里的扫帚柄更凶地挥舞。

那天潘晓婷刚好有事,程逐和许周两个人一起回家。

路上遇到了孙鸣池和他的一帮同学,他们大概打算去哪里玩,风风火火的,很热闹。

孙鸣池的礼貌是从小养成的,他看到程逐的时候愣了一下,认出她是程家的小孙女,便笑着和她打招呼。

程逐看到他就心烦,但伸手不打笑脸人,最后她干巴巴地喊了声"鸣池哥哥"当作回应。

两拨人往两个方向走,程逐听见脑后有个几个没听过的男声在说话。

"现在的小孩小小年纪都搞关系了啊。"

"你不懂,小妹妹都喜欢白白瘦瘦的类型。"

还有一些细细碎碎的谈话,但程逐全部过滤了,唯一留在脑海里的就是不用回头也能分辨出的孙鸣池的声音，已经过了变声期，低沉又带着一些磁性。

他轻轻笑了一声，说道："俩小屁孩。"

小小的程逐心里有大大的愤怒，于是她果断地转过身，朝那一帮嬉笑的男生怒骂道："你们才是小屁孩！"

然后她就拉着许周跑走，独留一群男生面面相觑，忽然哄笑。

孙鸣池对那时的事情也还有些印象，他皱着眉说："你那时候才多大，这么久远的事情你都能记着，你还能忘掉什么？"

她冷笑一声："什么都忘不掉，毕竟我是狐狸精。"

孙鸣池的脸色淡了些，沉默片刻，他说："我替我妈道歉。"去年的事情的确是何邱做错了，孙鸣池早就想道歉，但程逐跑得太快，没给他道歉的机会，程家爷爷奶奶也不接受他的道歉。

程逐阴阳怪气道："你道歉做什么？是你骂的我吗？"

孙鸣池揉了揉眉心："算了，我先回去了。"

"你就这么回去了？"

他看了她两秒，道："要让我当模特可得给报酬。"

孙鸣池知道她每年放假都有速写的作业，前两年没少给她当模特，画是画了不少，但最后都被他带走了，现在还堆在他房间的箱子里。

但程逐现在想的可不是什么烦人的速写作业，她忽然十分神秘地问他："你知道今天白天李则馨给我送了什么吗？"

孙鸣池听到李则馨的名字下意识露出厌烦的表情，然后说不知道。

程逐露出一点儿笑容，在孙鸣池的目光中，转头往房间的床头柜走，从抽屉里拿出了那盒重新换来的避孕套。

她举着手在孙鸣池眼前晃了晃，然后说："来吗？"

最后孙鸣池没有完成程逐的心愿，而是冷着脸把她手里的避孕套拿走，捏着她的下巴狠狠地亲了她几口后离开。

程逐一脸的莫名其妙，想不通他拒绝的理由。

也许是和孙鸣池求爱失败的原因，程逐整夜没睡好，在清醒与酣睡之间徘徊数个小时,终于在临近第二天中午的时候彻底睁开眼。

即使躺了这么久,她的黑眼圈依旧分明,刷牙的时候还感觉嘴巴有点痛,程逐仔细地照了照镜子才发现嘴角还真被孙鸣池咬破了。

吃完中饭,走出屋子看到院子里有些落叶,程逐拿起扫帚有一下没一下地扫着。

许周走过院子门口的时候喊她:"程逐,我去找潘晓婷,一起来吗?"

程逐把扫帚丢回角落,她让许周等一等,进去换了身衣服才出来。

许周瞥她,然后问:"你今天怎么不穿吊带了?"

程逐摸了一下锁骨:"都洗了。"

他点点头。

今天天气很好,没有雾,有一种无拘无束的色彩,他们刚走出没几里地,一只猫居然撞上了程逐的脚。

程逐一开始没在意,想直接走掉,但是许周把那只猫捞了起来。

他说:"这猫有点眼熟,谁家的?"

程逐看了一眼,没见过。

许周忽然想起来了:"这是不是孙鸣池养的那只猫?"

那猫不知道是听到孙鸣池的名字还是什么原因,忽然对着程逐叫了一声。

程逐笑笑:"大概是吧。"

许周把它放了下去:"不知道叫什么名字,好像是孙鸣池从哪儿捡的,去年暑假都没看见,今年就忽然出现了。"

"走吧。"程逐说。

许周想到什么,又把那猫抱了起来。

小猫被来来回回地折腾,也有点烦,发出凶狠的叫声。但许周没有被它吓到,只是把它举到了程逐面前,笑道:"你说我们要不要偷偷抱过来养两天?不知道孙鸣池会不会急死。"

程逐说不会。

他奇怪道:"你怎么知道不会?"

程逐比他还奇怪："你怎么回事？弄得你跟孙鸣池有仇一样。"

许周看了她一眼，说："我这是替你生气。"在他看来，孙鸣池没有尽早预防或是阻止何邱，导致程逐无故受到那样过分的指责，作为程逐的朋友，他为程逐打抱不平。

"这么讲义气？"

"嗯。"

程逐想了想，把那只猫抱了过来，小猫没有来由地忽然安静了下来，还蹭了蹭程逐的手臂。

她稀奇地抬了抬眉，故意说道："我看它和我有点缘分，放我这养两天，正好给我爷爷奶奶解解闷。"

许周表示赞同："把它养成你的猫，让孙鸣池哭去。"

程逐心想：他会哭就怪了。

孙鸣池就跟没长泪腺似的，这几年程逐软的硬的都试过，嘲讽刺激他的话也没少说，床上的花样也都玩儿过，硬是没让他掉一滴泪，每回落下来的只有汗水，最后落败的也只有程逐自己。

想到这里程逐忽然来气，看着手里的小猫，用力地撸了两把。

如今住在村主任家中的潘晓婷生活可以说是非常舒适，至少在和村里很多人比，她绝对是幸福无忧，潘晓婷见他们俩过来，一下子就把孩子丢给老公和婆婆，自己来陪他们。

许周发自内心地困惑："你不用陪你老公吗？你们不需要交流感情生活吗？"

他觉得潘晓婷不是在带孩子就是在外面玩，几乎没看到她和她老公怎么恩爱。

潘晓婷理所当然地说："你说李征洲？我这不每天晚上都在陪他，昨晚两点才睡，现在还有点困。"她打了个哈欠。

许周沉默了，他摸了摸鼻子，瞟了一眼程逐，发现程逐的表情很淡定。

他拧起眉毛，总觉得哪里有些古怪。

三个人在路上走着，许周说今晚请她们俩到家里吃饭，昨天他弟捉到了一只大甲鱼,市场价少说也要两千,他们一致决定内部消化,好好进补一番,这是许周找她们两个出来的主要目的。

不吃白不吃,程逐和潘晓婷欣然答应。

"对了,这是谁家的猫?"潘晓婷指着程逐怀里的田园猫问。

程逐一本正经地胡说八道:"这是我儿子,叫小竹子。"

小猫非常配合地叫了一声,程逐垂眼看了它一眼,心里有点狐疑。

旁边的潘晓婷闻言十分震惊:"真的假的,我前两天去找你还没看到它啊。"

程逐和许周对视一眼,都笑了起来,潘晓婷这才恍悟自己又被耍,于是狠狠地拍了他们俩一掌。

许周摸着被打痛的手臂,向她解释了这猫的由来,潘晓婷一脸明白的表情,同仇敌忾道:"好!抢的就是孙鸣池的猫!"

程逐哭笑不得:"你们俩怎么都这样,不至于。"她可没打算真的抢猫。

潘晓婷不满地哼了一声。

其实他们也不是有多讨厌孙鸣池,但人的喜欢和讨厌都是有偏向性的,就像在何邱眼中,程逐的前缀是勾引她丈夫的那个死狐狸精的女儿。而在程爷爷程奶奶眼中,孙鸣池是那个该死的骗走他们儿媳害他们被笑话的臭男人的儿子。

去年那一出过后,潘晓婷和许周恨屋及乌,连带着看孙家一切生物都不舒服,在他们眼中孙鸣池也是助纣为虐的帮凶。

利用"小竹子"放哨,他们三个人偷偷摸摸地去村里最大的瓜田里偷了一个大西瓜,然后跑到别人绝对发现不了的地方对着石头墙把它砸碎,瓜分。

凉争冰雪甜争蜜,红色的果肉像是冰镇后的果冻,三个人大口大口地吃着,一身暑气顿时消散,他们丝毫不在意形象,甚至比谁的西瓜籽吐得更远,最后潘晓婷的成绩碾压了他们。

三个人都是满嘴的西瓜汁,甘甜的气息流进心里,互相看着彼此,齐齐笑出了声。

程逐浑身都放松极了,她说:"再吃下去,晚上大补的甲鱼都吃不下了。"

潘晓婷想起什么,忽然"哎呀"了一声。

程逐和许周都看向她,以目光询问什么事情。

潘晓婷想了想,对程逐说:"程逐,你那盒套要不然先给我。"

昨天在李则馨店里,她光顾着和程逐插科打诨,也没想起来补货,今天又懒得再跑去镇上一趟,想着反正程逐没对象,手上的东西暂时用不上,干脆就先给她。

潘晓婷等着程逐回复,程逐沉默了将近五秒,才说了一句:"我回去找找。"

"还要找找?昨天我大姑子才给你,今天你就丢不见了?"潘晓婷瞪大眼睛,"难不成你偷偷用了?"

程逐抬起手把碎发别到耳朵后面。

"我开玩笑的。"潘晓婷笑嘻嘻道,"不过你能用掉也不错,是吧?"

程逐慢吞吞地"嗯"了一声。

许周在旁边听得无语:"你们够了,我还在这儿呢。"

她们两个聊得自然,完全不顾忌还有一个异性在这里。

"你在就在呗。"潘晓婷说,"怎么了,你害羞了?"

"害羞的应该是我吗?"

潘晓婷哈哈大笑。

晚上她们在许周家吃晚饭,许周他妈不仅炖了那只价值两千的甲鱼,还加了一只鸡和一只鸭。一锅东西端出来的时候,程逐发出了非常土气的一声惊呼。

许周他妈从小就喜欢程逐,出事之后更是心疼她,看程逐身材纤细,就给她舀了满满一碗的肉。程逐非常努力地吃,总算把那碗大补汤彻底解决。

饭后潘晓婷嘴里说着带孩子,屁颠屁颠地就溜了,离开之前让程逐别忘了把那盒套找出来给她,她明天去找她拿,而许周则非要送程逐回家。

程逐骨架小，在许周身旁也显得娇小，抬头只能看到他瘦削流畅的下颌线。

她仰头皱着眉说："这有什么好送的，我们俩家才隔得多远。"

许周看着她笑着说："我饭后消食。"

程逐只好和他一起往家走。

许周把她送到后还想进去坐坐，看看程爷爷和程奶奶，但程逐还有正事要办，找了个理由搪塞，许周只好作罢。

看到许周走远，程逐当即就给孙鸣池打了一通电话。

孙鸣池接起电话时声音忽大忽小，像是在和别人说些什么。

又过了半分钟，那边才安静下来。

"消气了？舍得把我拉出黑名单了？"他问。

去年夏天程逐把孙鸣池的联系方式全部拉黑，导致孙鸣池根本联系不上她，这个夏天回了棠村也一直没把他拉出黑名单，要跟他慢慢划清界限似的，却没想到今天联系了他。

程逐没有来由地感到烦躁，即使孙鸣池的语气十分正常，不像调侃，也不像嘲讽，甚至还有些冷淡，但她听起来还是觉得像是哄小孩，好像是她无理取闹了。

孙鸣池要知道程逐想象这么多，准得喊冤，他可没有这个意思。

程逐没回答他的问题，开门见山道："东西呢？"

"什么东西？"他明知故问。

"就你昨天拿走的那个。"

"你要做什么？"

程逐说："你还给我，我有用。"

"你有用？"听筒里的声音带着电流，"你还打算和谁用？"

"……"

"……"

程逐深呼吸，耐心解释道："潘晓婷今天向我要。"

"你让她自己去买。"

话不投机半句多，程逐听着他的胡说八道，狠狠地吐出一口气，问：

"你人在哪里？"

"家里。"

"出来。"

孙鸣池收起手机，站在院子里望了望，像是在找什么东西，过了会儿才拧起眉走回屋子。

他和何山打了声招呼："舅舅，我先出去一下，有事打电话给我。"

"欸，去吧。"

孙鸣池又回了房间一趟才匆匆出门，何山看了一眼已经睡着的何邱，慢慢叹了口气。

程逐和孙鸣池约在"老地方"见面，孙鸣池刚走到河边就看到程逐蹲在地上画什么东西。

他走到她后面，目光越过她的肩看到了地上的画。

一个火柴人，旁边写了"孙鸣池"三个字，三个字旁边还有两个骂人的英文字母。

孙鸣池一时间不知道心里是无语更多还是好笑更多，程逐这姑娘有时候成熟得没话说，有时候又幼稚得让人佩服。

他忽然道："有虫子。"

程逐不知道是被他吓到，还是被他说的内容吓到，整个人蹦了起来，撞到他的腿上，又往前倒，孙鸣池眼疾手快，弯腰揽住她。

"孙鸣池，你真无聊！"她平常的冷静全部消失，扶着他的手臂骂道。

他把她从地上拉起来，等她站直才松开手，道："画个画还骂我，你就不无聊？"

程逐面不改色地踩了踩那块地，地上的儿童画顿时面目全非。

山坡上都是树，黑夜是最好的遮蔽，两个人站在影影绰绰的树影里互相注视着对方。

程逐向孙鸣池摊开手："东西带了吧，给我。"

孙鸣池微笑道:"现在的年轻人真功利,就想着东西。"

"不然我还要想什么?想你吗?"

孙鸣池不说话了,只是盯着她看。

程逐有些不高兴,她直接伸手去掏他的裤子口袋。

孙鸣池穿的是普通的短袖和运动裤,大约是已经洗过澡换过衣服的原因,孙鸣池身上有一股淡淡的香味,说不出来是什么味道,只是闻着很舒服。

她皱着眉继续掏,孙鸣池也没躲,但程逐什么都没掏到,口袋里只有一个手机。

程逐控制不住自己的表情,难以置信地看着他:"你没带出来?那你出来做什么?"

"不是你让我出来的吗?"

"我让你出来是让你把那盒套带给我。"

孙鸣池抬起眉一脸意外,好像真的没有想到程逐所说的这个目的,他说:"我以为你是想和我一起用掉。"

程逐没有控制住自己的表情。

她真没想到孙鸣池还有一点儿当无赖的天赋,连程一洋都不这样要赖。

想到程一洋,程逐自然而然想到许娇,许娇对她是真的很好,可惜出发点从一开始就错了,程逐没法心安理得地接受,也不明白许娇怎么能心安理得地对她好。

程逐时常觉得自己被分裂成了两个人,在裂缝中看着世界,而孙鸣池好像把这个裂缝撕得更大了一些,让她有一种能脱身出来的自在感。

"在想什么?"

程逐被孙鸣池唤回了神,她挑衅说:"东西都没带出来,还想和我用?"

"带了就用?"

"带了就用。"

孙鸣池再次露出笑容,黑夜里的双目亮得发烫,像是时刻准备捕食猎物的猎豹。

他笑道:"你等着。"

程逐不知道这句是威胁还是其他,但她没什么好怕的。

"没带就算了,我走了。"她不欲大晚上和孙鸣池叽叽歪歪地磨蹭下去。

但孙鸣池拉住她的手腕把她带了回来,程逐撞进了他的怀里。

"跑什么?"他问。

"谁跑了?"

"你。"

程逐根本不知道他在说什么,她只觉得耳边都是蚊子叫,腿上手上脖子上处处都痒,烦得出了一身汗,鼻尖都是细密的汗珠。

"别拉着我,我要回去了。"

"你不是说带了就用?"他的声音低了点。

她忍不住喊道:"你不是没带吗!"

孙鸣池像变戏法似的拿出那盒套,像她昨晚那样在两人眼前晃了晃:"带了就用?"

"……"

山野间忽然起了一阵风,高低错落、重重簇簇的树叶在风中沙沙地响,像是在笑话程逐。

程逐脸色难看,觉得自己被摆了一道。

她瞪着孙鸣池,刚想说话,河边却传来了一些动静。

孙鸣池反应很快,拉着她又往山坡里走了一些。两个人躲在一棵树后面,程逐靠在孙鸣池的身前,静静听着那边的声音。

"你是不是看错了?"

很耳熟的声音,不久前程逐刚刚听过,是许周的声音。

另一个稚嫩的女声说:"真的,我亲眼看到程家那个姐姐往这边走,然后孙家的叔叔也往这边走。"

程逐差一点笑出来。

抬头看了一眼,发现孙鸣池正盯着她看,她小声地喊了一句"叔叔"。

孙鸣池也没不高兴,突兀地笑了一下,握着她的后脑勺猛地就亲了下去。

程逐吓了一大跳,不敢剧烈挣扎,怕被河边的两个人发现。

那边还在对话,许周说程逐半个小时前就回家了,他亲眼看着她进了家门。那个小女孩叫阿平,还在坚称自己没看错,明明两个人就是走了同一条路,然后一起不见了。

就在这样细碎的对话中,孙鸣池越亲越深,扣着程逐的手腕的手滑入程逐的衣摆,贴上她的肌肤,两个人的身体紧贴着,转眼就变得黏腻。

但孙鸣池并不过火,很快就松了力道,只是想给程逐一点小惩罚。

程逐喘着气把他推远,瞪着他低声道:"你疯了吗?"

孙鸣池:"怎么不叫叔叔了?"

程逐瞪得更凶了。

孙鸣池用手肘轻轻撞了一下她:"用吗?"

程逐抿了抿嘴,没有回他。

孙鸣池嘲笑她:"有胆子说,没胆子做?"

程逐气得想骂人。

"算了,许周哥,我们回去吧,正好我爷爷让我去程爷爷那里拿点东西。"阿平说。

"我陪你去,正好看看程逐在不在家。"

两个人终于准备离开这里。

听到他们的对话,程逐的心一下子吊了起来,她给孙鸣池使眼色,让他快点松开她,她要赶紧赶回家,但孙鸣池故意曲解她的意思,反而带着她往河边走。

程逐扭打着他,还不忘看着不远处的人有没有注意到他们这里的动静。

她骂了句,压着声音说:"你今天真的疯了吗?让别人看到我们在一块儿就完了!"

"为什么?"

"我爷爷奶奶会打断我的腿,你妈也会杀了我!"

"我会保护好你。"

程逐怔住，孙鸣池回答得太快，让程逐觉得他是在说真心话。

孙鸣池看到程逐呆愣愣地看他，乐道："你这副表情做什么？感动了？"

程逐心说自己又想多了，她扯了扯嘴角："我是觉得我幻听了。"

孙鸣池捏了捏她的后颈，没有再说什么，带着她从另一条小道跑回了程家。

程逐累得气喘吁吁，孙鸣池却还是呼吸平稳的样子。

院子里已经有些动静，爷爷奶奶正招呼许周和那个小女孩进屋，于是他们绕到后院程逐房间的窗户那里。

那堆杂草还堆在不远处虎视眈眈地盯着他们，延伸出来的碎枝在他们轻轻的脚步下发出细碎的声音，像是催促他们动作快一些，否则就要被人发现。

程逐说了好多次让孙鸣池在外面待着或者直接回去，但今天孙鸣池跟换了个人似的，每一步操作都让程逐预料不到。

他和她一起翻进了房间。

但程逐的房间就这么点大，哪儿有地方藏孙鸣池。

程逐把房间的灯关上，和孙鸣池在黑暗里对峙。

黑暗中传来一声猫叫，两个人都愣住了。

门被轻轻地敲了两声。

"小逐，睡了吗？"程奶奶轻轻问道。

程逐一开始没应声，但怕他们开门进来探看，于是装作一副睡着被吵醒的语气说道："奶奶，我睡了，什么事啊？"

奶奶说："今天睡这么早啊，小许刚好路过，问你休息了没有。"

程逐暗骂许周屁事多。

借着窗外的光，程逐看见孙鸣池朝"小竹子"招了招手，轻轻喊了一句什么。

"小竹子"乖乖地跑进孙鸣池的怀里，然后孙鸣池抱着"小竹子"看着她。

她用力闭了闭眼,朝门口说:"奶奶,我已经休息了。"

程奶奶明白她的意思,便去外面和许周说了一句程逐已经睡着了。

得到回复的许周心定了一些,对程奶奶说没关系,只是来陪人过来拿东西,如果程逐睡了就算了,然后他又坐着和程爷爷程奶奶聊了聊,才带着阿平一起离开。

空气又归于寂静,好像尘埃落定。

房间里程逐的惊讶快到掩饰不住,她问孙鸣池:"你刚刚叫它什么?"

孙鸣池:"小竹子。"

程逐不知道心脏是发麻还是发疼:"它为什么叫这个?"

"不好听?"

这是好不好听的问题吗?怪不得白天她一喊小竹子,这猫就有反应,没想到瞎猫碰上死耗子,还真被程逐叫对了名字。

程逐指了指自己:"我,程逐。"

又指了指猫:"它,小竹子。"

孙鸣池毫不在意地点头,随手摸了两把猫。

程逐控制不住语气道:"你有什么毛病?"

第三章　　羁绊牵引

关于小竹子叫"小竹子"这件事情，孙鸣池没有什么可以特别解释的。

程逐把他拉黑的这一年，孙鸣池尝试过以各种方式联系她，但程逐就跟人间蒸发了一样，没有一点儿消息。

有一天他在码头上着班，看见一个很像程逐的女人，下意识地就追了上去，但发现认错人之后他就释然了。程逐爱回来不回来，爱蒸发就蒸发。

他和一个小姑娘较什么真。

他冷冷地想着，反正两人也是各取所需的关系，程逐和她这几个朋友爱搞连坐的习惯他看得透彻，一个人做错事就要株连九族，今天因为被何邱骂而把他拉黑，明天她就可能因为别的事情和他一刀两断。

程逐的心是石头做的。

只记得坏，不记得好。

遇见小竹子那天下着大雨，他从和程逐重逢的那条河边路过，看见了被雨泼打得狼狈的小猫，他走上前给它撑了伞，定定地看了它一会儿，就把它带回了家。

取名叫"小竹子"只是因为孙鸣池要时刻警醒自己，程逐这个女人的心有多冷。

程逐说："你不别扭我还别扭呢。"

小竹子又叫唤了一声,听起来像是附和。

孙鸣池俯视她:"有人叫你小竹子?"

她翻了个白眼:"当然没有。"

"那就行了,你只是程逐。"

你只是程逐,程逐在嘴里咀嚼着这几个字。

语言十分奇妙,程逐认为孙鸣池总是会说出一些让人误会的话。她知道他不是有意的,因为太过自然,实际上温情的话背后还是无可辩驳的分裂,她和孙鸣池从来不是应该温情的关系。

房间里没开灯,但不影响孙鸣池看清程逐的身体线条。他不再戏弄程逐,他把那盒东西丢给程逐:"收好,走了。"

出乎意料的是程逐拉住了他。

孙鸣池听到了一声几不可闻的"别走",比风声还轻。

小竹子轻轻落在地上,乖巧地找到舒适的软垫悠悠闭上眼,而房间里的热度却节节攀升。

"今天没看到小竹子,我还以为它也跑了,没想到被你偷走了。"他慢慢地脱掉她的衣服。

"偷个屁。"

孙鸣池亲吻着她的脸,含糊地问:"今天怎么不穿吊带?"

程逐说:"穿个屁。"昨天孙鸣池走前把她嘴啃破了就算了,还在她锁骨上制造了一个巨大的吻痕,她疯了才穿吊带。

"别说脏话。"孙鸣池堵住她的嘴。

程逐伸手抓住了他。孙鸣池推着程逐上了床,压着她脱自己的衣服。

从程逐的角度看去,矫健的身材逐渐显现,她摸黑抚摸上了他的腹肌,他的体脂不高,即使没有充血也有些许凹凸的纹理感。

"身材真好。"

"身材不好程老板能看上?"他说的是两年前一枚硬币的事情。

孙鸣池的吻又来到了程逐的唇上,两个人的亲吻总是像要将对方吞入腹,毫不客气地汲取着对方的气息。他们的双眼紧闭眉头舒展,都沉溺其中。

房间的地上十分凌乱,衣服散落了一地,小竹子跟聋了似的睡得香甜。

……

两个人厮混了一晚上。

第二天程逐随便选了个理由敷衍潘晓婷。

"找不到了,可能那天去码头的时候放口袋里掉了。"她站在潘晓婷面前,面不改色地说。

潘晓婷狐疑道:"你怎么看起来这么憔悴?"

程逐实在是站不住了,坐在院子里的石凳上,俯下身给远处的几只鸡撒了点干玉米粒:"昨晚许周后来又来了我家一趟,把我吵醒了,我没睡好。"

"啧,这小子屁事就是多,下次我教训一下他。"

程逐继续喂鸡,一副无欲无求的样子,好像这世界多无趣。

潘晓婷眯了眯眼,问:"你真的没有事情瞒着我?"

她懒洋洋地"嗯"了一声。

"我嘴巴很严实的,有事情一定要告诉我,我绝对不告诉别人。"

程逐冷笑:"你嘴巴严?也不知道谁当年把我来例假的事情喊得尽人皆知。"

程逐的初潮不算特别晚,但的确比其他女生晚很多,她的同学小学五六年级就震惊地发现自己屁股会流血,而她在初中的某个阳光明媚的周末才被迫面对染红的床单。

那天的事情有点猝不及防,让程逐慌了一下,但由于她的生理课上得十分认真,所以她非常清楚且快速地接受了自己终于开始蜕变的事实。

彼时程逐的老妈已经跑了,老爸程卫国又神出鬼没,她不好意思让爷爷奶奶辛苦,所以平常都是她来洗衣服,偶尔也有她做饭的时候,面对这样的情况,她十分冷静地换下裤子和床单并且洗干净,正在晾晒的时候,潘晓婷出现了。

潘晓婷的嗓门从小到大就没有小过，而且声音又比较尖，她看到程逐床单的时候奇怪地问："你为什么只洗这么一块？"

晾晒的床单只有中间一块颜色特别深。

程逐用看白痴的眼神看她："因为我来那个了。"

潘晓婷先是愣了一下，然后忍不住叫道："天啊！你终于来月经了！"

下一秒，程逐捂着她的嘴，因为她看到孙鸣池正从她家院子前面路过。

也不知道孙鸣池是不是听见了潘晓婷喊的话，他的视线穿过敞开的院子门，先是落在那张床单上面，然后又移向了程逐紧绷的脸。

程逐确信不是自己看错，孙鸣池绝对、绝对笑了。

就算嘴没笑，眼睛也一定笑了。

程逐羞愤极了，她觉得孙鸣池这个可恶的男人在嘲笑他，她喊道："看什么看！"

孙鸣池耸耸肩，转头就走。

院子里的潘晓婷眨巴着眼睛，尴尬地朝程逐笑。

正当程逐以为事情不会更加尴尬的时候，她看到孙鸣池身后还跟了一群人，大概是刚好准备去村口做什么，三三两两地路过程家的院子前，每一个人都忍不住往程逐边上的床单看。

程逐就在这样的目光中，从脖子红到了头顶。

讲起以前的事情，潘晓婷也觉得不好意思，她挠了挠下巴，解释说："那时候我不是年少无知吗！而且谁知道这么巧，门口就路过这么多人。"

程逐冷笑。

潘晓婷不远千里跑来一趟却没有收获，心里很沮丧："怎么办，我和李征洲的生活都无趣了很多。"

"你们的生活没有别的事吗？"程逐无语。

"哎呀，你不懂。"她又一副扭捏的样子，但说出的话倒是奔放得很，说完她又左右看了看，然后问，"孙鸣池那只猫呢？"

聊了这么久,她怎么都没看到那只"小竹子"。

程逐说送回去了。

"这么快?什么时候送回去的?"

"今天早上。"

她也没说谎,孙鸣池快天亮的时候才离开,离开前贴心地帮她换了床单,她就这么无力又困倦地倒在床上,看着他靠过来轻柔地亲吻她,像以前每一次一样。

然后孙鸣池离开了,顺便把小竹子一起带走了。

程逐觉得孙鸣池时常做一些多余的事情,让别人有一种被视若珍宝的感觉,然而实际上并不是,所以她每一次都想和孙鸣池说,不需要最后的那个吻,但每一次都没有说出口。

潘晓婷有点可惜地叹气,其实她还想着来胡噜两把小竹子的,她又问:"你怎么送回去的?你送到他家?不会碰上他妈了吧?"她有点担心。

"没有,刚好碰见,就给他了。"

"哦哦哦。"

玉米都喂完了,程逐拍了拍手上的屑,然后说:"行了,我去一趟镇上,你有什么要带的,直接告诉我,我帮你捎回来。"

"要不然我陪你一起去吧。"

"不用,我正好有点事情要去处理。"

暂别潘晓婷,程逐骑着小电驴在路上飞驰,起起伏伏的道路导致她的屁股时不时悬空,她心想以后发财了一定要捐钱修一修这边的路,这罪实在不是人受的。

她到了镇上直奔一家奶茶店,那家奶茶店的店主是她母亲杨雯的老友,时隔多年,后者愣是没认出程逐。

事实上一开始程逐也没认出她,要不是那天潘晓婷忽然喊住她问她喝不喝奶茶,她多看了店主两眼,还真没认出来这位下巴有三层肉的中年女人是杨雯的那个苗条闺密。

沈云不确定地问道:"你是小逐?"

程逐点头:"沈阿姨。"

沈云看起来很高兴,她从前台走出来,捏着程逐的手臂胡乱摆弄,一脸惊讶:"怎么都长这么大了?我都认不出来了,真是变了好多。"

程逐说:"沈阿姨,您也变了很多。"

沈云摸了摸自己的下巴:"奶茶喝多了。"

程逐:"……"

毕竟是两代人,聊起天来多少有一些代沟,程逐的话一直不算多,所以大多时候是沈云在说,她在答。沈云很早就离开了村子去外面闯荡,今年才回到镇里开店做生意,她上一次见程逐的时候,程逐还是背着书包上下学的小娃娃。

她忽然问道:"小逐,你爸现在怎么样?"

沈云虽然和这里脱节了这么多年,但地方就这么大,她回来后甚至不用去村里找杨雯,就已经通过八卦听说她跟人跑了的事情。

她问程逐:"你妈……这些年都没回来吗?"

程逐太久没有听到别人这么平和友善地提起杨雯,一时间心底的情绪很复杂,她回答道:"没有,不知道跑去哪里了。"

程逐这些年一直没有放弃过找杨雯,不知道出于什么心理,可能是想知道她现在在哪里,过得好不好,或者想知道她有没有想自己,又或者她是否和孙鸣池他爸组成了新的家庭,她早就说不清自己对杨雯的感情是痛恨多还是怀念多了。

沈云叹了口气说:"你妈也不容易,当年要不是你爸……"她说到一半止住了嘴,又问程卫国现在怎么样。

程逐回答她:"就这样,老婆孩子一家亲。"

"他果然又娶老婆了。"沈云嘀咕道,"是不是叫什么娇的?"

程逐的心重重一跳,脑袋忽然有些乱。

这话是什么意思?为什么沈云会知道许娇的名字?她早就认识许娇了?那杨雯呢?难道杨雯当年也知道程卫国出轨了?

沈云还在思索着什么,却见程逐脸色难看地握住她的手臂,问她:"沈阿姨,您知道吧?"

"知道什么？"沈云被她的表情吓到，"你是说……你爸……"

程逐斩钉截铁地说："您知道我爸早就出轨了。"

沈云知道。沈云当然知道，当年杨雯在她面前郁郁寡欢，没问两句就全部说出来了，但说来说去就是这么简单的事情——程卫国出轨了。

杨雯说他好久没回家，好不容易回家一次，不知为何大半夜偷偷跑出去，她半睡半醒间听到动静，好奇就跟了过去，没想到听到他和别的女人打电话。

程卫国的语气轻柔，非常耐心地安抚着电话那头的人的情绪，他说："小娇，我这边有点事情，你想吃什么想买什么直接刷我的卡，没关系，等我过几天回去了再好好疼你。"

杨雯在门边浑身发冷，怀疑自己想错了，电话那头可能是程逐，可程逐正好好地在房间里睡觉。

"好了，不要哭了，就离开几天而已，等以后忙起来要出差，你还不得哭死。"他说说着笑起来，"好了，老婆别哭了。"

老婆？哪个老婆？明媒正娶的老婆正站在他的身后听他和别人女人打情骂俏，这样恶心的认知让杨雯差一点儿吐出来。

她没有再听下去，只是游魂似的回了房间。

从那天起，她就忍不住观察程卫国，观察他身上有没有香水味，观察他和谁打电话，观察他的行李箱里有没有女人的东西。仿佛有越多的证据就能以毒攻毒麻痹自己，等到心痛到麻木，一切也就过去了。

沈云摇着头说："我劝过她好多次，离婚算了，又不是离了婚就活不下去了，但你妈胆子太小了。"

杨雯是很传统农村妇女，没有自己的工作，成天只是在家中相夫教子，她什么都不敢做，也没有人可以依靠，数年来都是靠程卫国和程卫国的父母，理所当然地没有冲出牢笼的勇气。

程逐有些恍惚："胆子小？胆子小她就不会和别人跑了。"

"这个事情具体我也不清楚，说不定里面有些误会，我觉得你妈不是这样的人。"她拍了拍程逐。

程逐忽然说不出话，她当然知道杨雯当然不是这样的人，所以她才一直觉得是孙鸣池他爸骗了杨雯。

程逐又和沈云聊了几句，就离开奶茶店去李则馨的那家小卖部，却发现李则馨并不在，看店的是一个小妹妹。听程逐问起李则馨，她解释说李则馨偶尔才回来看一下店，平常都是她来看。

在小妹妹奇异的眼神中，程逐厚着脸皮给潘晓婷买了满满一袋的计生用品。

黑色的塑料袋挂在小电驴的把手上，松垮的袋口被风吹得沙沙响，但里面的东西依旧稳稳当当地堆着。

天已经黑了，程逐一脸严肃地骑着车，想着赶紧给潘晓婷送去，没想到刚开进村口就被拦了下来。

她赶紧停车，看向握着她车把的孙鸣池。

"你疯了？"这么拦她车，万一她要没停车，孙鸣池就要被拖行了。

孙鸣池拍了拍她，示意她下来。

"做什么？"程逐从车上下来，左右看了看。

孙鸣池直接坐了上去，然后说："带你做点我年轻的时候爱做的。"

"好像你现在多老似的，所以是什么？"

"飙车。"

程逐啼笑皆非："去哪儿飙？在村里飙？"

"去镇上。"

这个时间点附近没什么人，目光所及除了空荡的小路就是每家每户长势喜人的蔬菜。

程逐开始推他，想让他下去："不去，看不出来我刚从镇上回来吗？"

"你一个人去镇上做什么？"孙鸣池扬起眉，说完他才看见车把上塑料袋里的东西，顿时惊讶道："这么多？"

程逐差点吐血："我买给潘晓婷的！"

孙鸣池敷衍地点点头。

"真的是买给她的！"

孙鸣池一下子笑起来："急什么，我也没说不信啊。"

最后两个人没去镇上，而是进了一趟县城。虽然棠村是偏了点，但旁边也不是没有繁华的地方，和大都市是不能比，但好歹也有快餐店和大型超市这些，对于附近村里的人来说绰绰有余。

程逐坐在小电驴的座椅上，孙鸣池很好心地给她留了大块位置，自己只是勉强贴着一些座位，程逐抱紧孙鸣池的腰，把他往后拉了拉。

孙鸣池看了一眼后视镜，看到里面的程逐眯着眼，头发飞舞的样子。

以前的孙鸣池的确很爱飙车，他给自己买过一辆机车，上下班都是骑机车，每一次在空旷的道路上驰骋的时候，他都由衷地感到痛快，好像糟心事都被机车的高速甩在了后面，永远追不上他。

但小电驴不是机车，孙鸣池必须保证一车两个人的安全，所以他们骑了将近四十分钟。

程逐一边担心小电驴的电会不会不够，一边又在这样的氛围里昏昏欲睡，但最后也没睡着，因为孙鸣池好像知道她犯困，总是找她说话。

然而他的声音很低沉，在空荡的夜里像是某种私语，这让她更觉得困。

"这次你要待多久？"

"两个月。"

"抱紧点。"他厉声道。

"够紧了，你也不怕勒。"

"程逐，袋子里的东西，你确定你都是给潘晓婷带的？"

"……"

程逐深吸了一口气，下了狠劲掐他腰上的一点儿肉，道："你能不能闭嘴，以前怎么不知道你话这么多？"

她的力度对孙鸣池来说根本不痛不痒，他笑道："不知好歹，我是怕你睡着掉下去。"

"我现在很清醒。"她没好气地说。

附近的道路变得繁华，逐渐出现人行道以及各种被暖光灯照亮的商店，程逐发现自己在村里待了几天，反而有些不习惯这种来自都市的热闹。

有时候人是很难分清自己的情绪的,程逐环抱着孙鸣池的腰,缓慢地眨了一下眼。

他们在一个路口停下,因为孙鸣池看到前面有交警。

程逐说:"要被罚款了。"

孙鸣池偏头撞了一下她的脑袋:"下车,去买头盔。"

现在补救还来得及,两个人找了个电瓶充电桩把车停下,然后一路走到了商圈。

程逐进商场的第一件事就是去上了一趟厕所。她怀疑沈云那家奶茶店的用料有问题,茶大概是真的茶,奶恐怕就不是真牛奶了。

喝完那杯热情的奶茶,她的肚子已经疼了一晚上。

孙鸣池在外面的椅子上坐着等她,看到程逐一脸虚弱地出来,他盯着她,忽然说:"怪不得过来的路上总是闻到一股臭味。"

程逐:"……"那是附近的养猪场的味道。

孙鸣池说那句话花了不到三秒,但让程逐花了三十分钟消气。

程逐自顾自地前面走着,一眼都不看孙鸣池,脸沉得好像台风天。

孙鸣池跟在程逐身后,像是一个保镖。他注视着程逐看起来显然带着脾气的背影,忽然喉咙发痒,大概是有些想抽烟。

惹谁也别惹女人,孙鸣池过去将近三十年的生活经验告诉他,及时道歉是最有效的挽救措施,可惜这是以何邱为模板,在程逐的身上并不适用。

在他低声说完对不起之后,程逐的表情更加古怪与不耐烦。

程逐阴阳怪气道:"你没错,你能有什么错,错的是我,是我放屁太臭了。"

"……"孙鸣池难得哑口无言。

程逐把他的不吭声当作了默认,她不可置信地看他:"你不会真的觉得我放屁很臭吧?"

孙鸣池心想,他不是想抽烟,他是想笑。

导购刚走近他们,就听到程逐在说什么臭,她官方的笑脸上忽然出现了一丝裂痕,眼神变得有些奇怪。

程逐注意到了,内心十分崩溃,黑着脸从这家店出去,进了隔壁那家生活好物集合店。

孙鸣池低头抿了抿嘴,不让自己的笑意太明显,之后才跟了进去。

这家店人不少,总算没有导购跟着他们,程逐安心地看看这边架上的饰品,试用那边架上的化妆品,没把孙鸣池放在眼里。

孙鸣池一直站在旁边等着程逐自己消气,但他人高马大,站在这么一家店里实在是有些显眼,店里都是一些学生姑娘,平常哪里接触得到这种类型的男人,眼睛不断偷瞄着。

程逐正在手上试眼线笔,余光看到有个小妹妹拿起手机,后置摄像头正对着孙鸣池。

孙鸣池浑然不知,抱着胸看着眼前架子上的高光盘,像是在疑惑那是什么。

程逐吐出一口气,把眼线笔放回原位,撞了一下孙鸣池。

孙鸣池很快速地扫了她一眼,心里发笑。

程逐在孙鸣池眼里逃不开小姑娘的本质,很好理解,他立刻明白这是程逐发出和好的信号,知道程逐没有在生气了。

但程逐还是装作生气的样子,从店里出来后,她故意找碴:"最近怎么没看到潘晓婷她大姑子?"

其实她还挺喜欢李则馨的,性格直爽的姑娘谁不喜欢,更何况她还是潘晓婷的大姑子,朋友的家人这个定位让她对李则馨更加亲切。

"你问我?"

"不问你问谁?你不是和她约会吗?"

孙鸣池反问她:"你管那叫约会?"

"不是约会吗?"

孙鸣池心说,约会个屁。

李则馨缠着他已经很长时间,孙鸣池实在是有些厌烦,他很干脆地对李则馨说他对她一点儿兴趣也没有。李则馨大概是被伤到自尊,安静了很久,久到孙鸣池开始怀疑自己是不是把话说太重的时候,李则馨却说只要

059

孙鸣池陪她吃一顿饭就不再缠他。

孙鸣池不假思索地拒绝，他完全没有义务陪她，他说对她没兴趣的意思，是让她及时止损趁早离开，而不是让她抱着多余的期望又来找他吃饭。连程逐这个和他在床上滚了两三年的女人都没和他正儿八经吃过饭，他为什么要和李则馨吃饭。

但李则馨太锲而不舍，甚至每天晚上都来堵他，照这样下去，迟早要碰见他去找程逐，孙鸣池从多方面思考了一下利弊，最后答应请李则馨吃顿饭，就当提前谢谢她不缠着他。

"就这样？"程逐问。

其实孙鸣池觉得没有什么解释的必要，但程逐偏偏问起来了。

他"嗯"了一声，姿态有些懒散。

程逐只觉得孙鸣池和李则馨之间的故事颇为无趣，比她奶奶看的八点档的道德伦理剧还无趣一些，她开玩笑道："我还以为有什么感天动地你逃我追的狗血戏码。"

"你在说我们两个吗？"

"我们俩？谁逃谁追？"程逐一脸问号。

蚂蚁般的人流逆着涌来，孙鸣池拉着程逐往旁边走了些，面庞被移动的光影切割，让程逐无端想起了收入剑鞘的利刃。

他说："你不是逃了吗？"

"我还以为你说什么……"程逐皱着眉把手臂抽回，无语道，"那你追了吗？"

孙鸣池扭了扭脖子，俯视程逐，徐徐道："你给我机会追了吗？"

不是孙鸣池斤斤计较，而是他想搞清楚程逐到底在想些什么。

他说："程逐，大清早就亡了，现在还兴株连九族这一套？"

程逐抿唇，不知道怎么回他，须臾，找到破绽似的冷笑道："给你机会你就会追？"

孙鸣池的视线轻飘飘的，让程逐觉得自己说错了话，难得地有些后悔，但这份后悔下一秒就不存在了，因为她听见孙鸣池说"当然不会"。

程逐忽然觉得有些累，各种层面的。

去年何邱那劈头盖脸的一顿骂，到现在程逐还记得清清楚楚。

何邱语无伦次地说："杨雯你这个狐狸精，长得就是一脸狐媚子样，果然干出来的也不是什么能见光的好事，连别人的老公都抢，也不怕自己老公被抢，你迟早要遭报应！"

当时程逐想的是杨雯已经遭报应了，程卫国早出轨了。

不过现在思维需要变化一下，因为实际上杨雯早就知道程卫国出轨，那关于她到底是被孙鸣池他爸骗了，还是主动勾引，这就有待商榷了。

不过唯一可以确定的就是，程逐是无辜的，她就不应该被何邱那样骂。何邱凭什么这么骂她？

要说搞株连九族，那也是何邱先搞的。

程逐一点儿没留情面，直接说："孙鸣池，你妈有病。"

孙鸣池没生气，只是点头说："她老年痴呆。"

"对。"程逐点头，"那又怎么样，她骂了我，我不能生气？"

"你可以生气。"

孙鸣池并不想和程逐吵架，但她的脾气太燥，讲两句就上火。他深知程逐不吵赢不罢休，而他并不想把时间花在无意义的争吵上。

可以避免的风险应当尽可能避免，孙鸣池揉了揉眉毛，又把她往安全出口的地方带。

推开的安全门又被关上，隔绝了人来人往的商场，他们站在空无一人的区域互相看着对方。

走道里灯光昏黄，孙鸣池线条凌厉的脸被照得有些柔和。

这里的空气比外面清爽，好像还有未散去的消毒水的气味。

程逐冷静下来了一些，她说："你就这么看了我一眼，你妈都骂我狐狸精了，我要是还和你扯上关系，我可就不只是狐狸精，得是狐狸成仙了。"

她带了点恶意地想，何邱的老公跑了，如果再跑一个儿子，这老年痴呆迟早要变癫痫病。

孙鸣池说："你觉得我们俩现在这样还不叫扯上关系？"

他肩宽，站在程逐面前，把光都挡住了大半。

程逐往旁边挪了一步，让光重新照在她的脸上，说："又不是明面上的关系。"

"那你又回来做什么？"

既然不想扯上关系，既然想划清界限，那就干脆点，一年不联系他，现在又回来和他在一起。孙鸣池是个男人，还是个快要三十岁的男人，程逐这种行为在他眼里就是把他当物品，按照常理，他不应该有理由这样容忍她。

他的视线落在程逐的脸上，微微蹙着眉，像是在思考什么。

程逐躲开他的目光，越过他往前走："我是来看爷爷奶奶，又不是来看你的。"

孙鸣池把她拉了回来，按在墙上毫不犹豫地亲下去，程逐嘴上的口红被他全部糟蹋了。

亲完，他没松开她，只是抵着她的额头，程逐把孙鸣池的睫毛都看得一清二楚。

孙鸣池的大拇指在她的嘴角蹭了蹭，那片红就更加泛开，甚至泛上他的指腹。

他停下动作，问："程逐，你有没有什么话要对我说？"

孙鸣池大多时候是温和的，无论是眼神还是语气，但程逐依旧会在一些缝隙时刻感受到他的强势，由不得她做出回避，譬如此刻。

但程逐想了几秒，也没想出自己有什么应该对孙鸣池说的，于是她没留情地踹他的腿，骂道："滚开。"

孙鸣池很果断地松开她，转身就走。

这次程逐拉住他了，因为她想到她还要让孙鸣池把她载回去。

程逐又去了一趟洗手间，没有进隔间，只是站在镜子面前。

她扫了一眼镜子里的自己，嘴唇刚被她用清水洗完，看上去比她手里的口红的色号还红一些。

她又盯着看了几秒，才补了口红。

孙鸣池在外面等程逐的时候接了一个电话，是他以前的同事，一个外国人。

程逐出来的时候，刚好听见孙鸣池朝电话那边说了几句英文，很标准的英式发音，也没有吞音，听起来很高贵，和穿着稍显邋遢朴素的孙鸣池有点格格不入。

等孙鸣池挂了电话，程逐问：“你的口语怎么练的？”

"多听多读多交流。"

总结得的确精简，但程逐只觉得这是一句废话。

孙鸣池笑了一下："想学可以找我练。"

他们重新回到人潮里，一楼大厅放着广播，好像是有活动，程逐靠在栏杆上向下眺去，发现今天居然有明星来这个商场，难怪今天商场人山人海。

孙鸣池往下看了一眼，不认识，他问这是谁。

程逐说是最近很火的网络歌手，她随口哼了两句调子。

"听过。"孙鸣池上网时几乎不看娱乐相关的内容，但码头的工友里有爱看的，空闲时间放个不停，他难免听到过这个调子。

程逐半讽刺半嘲笑道："你这样迟早会和潮流脱轨。"

孙鸣池没理她。

两个人坐着扶梯下来，底下人满为患，以一楼活动地点为中心向外均匀发散。程逐的身高加上这个距离，她什么都看不到，眼前只有前面人群的背影。

视线里那个网络歌手正在和观众们互动，孙鸣池感觉到自己手臂被拽了几下。

"怎么？"他收回目光看向程逐，问道，"看不到？"

"太远了，挤得过去吗？"

孙鸣池压根没想着挤进去，而是直接蹲了下来，环住程逐的膝盖，轻而易举地把她举了起来。

程逐吓了一跳，发出一声惊呼，然后抱住了孙鸣池的头，整个人坐在了他一边的肩上。

旁边的几对情侣全部都凝固住了，程逐也一脸蒙，是真没想过孙鸣池会这样子。

"看得清吗?"孙鸣池捏着程逐的小腿问。

程逐咽了口口水,道:"……很清楚。"

程逐发现上来之后视野十分开阔,孙鸣池原本就高,把她抱起来之后,程逐觉得自己快比舞台的幕布都高了,彻底俯视一楼所有的生物。

她摸了摸他头顶的发,问:"你到底有多高?"

"应该没到一米九。"

"你为什么这么不确定。"

"身高超过一米八五之后我就没有量过了。"孙鸣池动了动肩膀,程逐便坐得更稳,他偏头看向程逐,问道,"你多高?"

"你猜猜看。"

"一米七往上。"

程逐低头看向他:"你觉得我有这么高?"

"差不多。"

程逐愉悦地笑了笑,没有告诉孙鸣池自己不到一米七。

舞台中间的歌手终于唱起自己拿手的口水歌,场下一片尖叫,程逐也跟着旋律抖了起来。孙鸣池收紧胳膊,低声警告她:"不想掉下去就别晃。"

于是她又不动了。

由于程逐实在是太显眼,台上的网红歌手频频看向她,甚至用大拇指和食指比了个心。程逐想了想,抬起手臂,也给对方比了一个心,紧接着她就被孙鸣池放下来了。

"怎么了?"她问。

"不看了,找地方买头盔。"

说是找地方买头盔,其实就是程逐胡乱地逛。不知道走了多少家店,两个人终于找到一家有卖头盔的,他们一人拿了一个头盔。程逐的头盔上印的是一只猫,上面还装了两个猫耳朵,而孙鸣池挑了最普通的头盔。

排队埋单的时候程逐才想起点什么来,她说:"回去时被人看到怎么办?"

孙鸣池看她一眼:"一会儿藏好点。"

一开始程逐没理解这句话是什么意思，直到两个人找到充好电的小电驴，孙鸣池让她蹲在车座前的时候，她才理解过来。

车缓缓行驶着，程逐沉默，忍辱负重，带着报复心理拉起孙鸣池的裤脚扯他的腿毛。

孙鸣池抿了抿嘴，忍着痛继续骑车。

等车驶出闹市区，转入荒无人烟的道路时，他在路边猛地停下车，脱掉头盔，把程逐拉起来就亲。

程逐一个劲儿地笑，躲着他的亲吻："你不是没反应吗？"

孙鸣池说："我腿上的毛都被你扯干净了。"

"我去脱毛都要交钱的，现在帮你免费脱，你得高兴。"

他忍不住骂道："我一男的脱什么毛。"

程逐笑得更大声了。

程逐发现孙鸣池有一种魔力，和他待在一起自己总是会变得不像自己，无论是开心还是生气或是别的情绪，又或者是表达欲，都能被他激发出来。

她想，怪不得孙鸣池这么受欢迎，的确是招人喜欢，要没出那些事情，说不定他早就结婚了。名校毕业，长得好，性格也好，拿着爱的号码牌的人都看不到头，而且按照他的能力，指不定孩子都有几个了。

程逐问："你以前的同学朋友是不是都结婚了？"

"结婚的不少，没结婚的也不少。"

"你结婚的时候会请我吗？"她靠在他背上问，耳边都是风声，鼻腔里都是养猪场的气味，闻习惯了倒也不觉得很臭。

孙鸣池看了一眼后视镜，没看到程逐的脸，只能感受到背后的热度。

他问："请你做什么？气死新娘子？"

程逐替他想办法："你别告诉她，你就说我是你多年好友。"

"多年床伴还差不多。"

"说真的，你喜欢哪种类型？李则馨你都不喜欢，那你还要找什么样的？我认识很多美女，可以给你介绍。"她觉得孙鸣池这脸这身材，怎么也得配一个天仙级别的。

065

孙鸣池的车速慢了点下来。

片刻，他冷笑道："怎么，找到对象了，想把我踹了？"

"哪能啊，我这不是想着你年纪大了，万一以后功能衰竭，那也不好找老婆啊。"

程逐暗自琢磨，孙鸣池多大了来着，好像是比她大八岁，那应该是二十九左右，的确是奔三了。

为防止出交通事故，孙鸣池把车停了下来，扭身看她。

程逐被他看得一愣，道："我只是担心你以及你的未来老婆而已。"

"我不行了，第一个哭的就是你。"

她不解："我哭什么，那时候我们俩早就分道扬镳了。"

"最好如此。"

孙鸣池重新发动车，迎面而来的风让人心旷神怡。

程逐刚想再说点什么，却听到孙鸣池顺着刚才的问题问她："你结婚会请我？"

她下意识否认，但不知道孙鸣池是不是误会了什么，忽然笑了两声。

夜晚的道路总是通畅，没多久他们就到了村口。

孙鸣池把车停在旁边的小道，让程逐自己骑回去，他走回去，程逐很干脆地丢下孙鸣池离开，一眼都没回头看他。

等她把车停在村主任家门口，掏了掏塑料袋才发现袋子里孙鸣池型号的套全部被他拿走了。

她"啧"了一声，喊潘晓婷下来拿东西。

最后潘晓婷没下来，李征洲下来了。他接过袋子看了一眼，蹙了一下眉，但没说什么，只是十分沉静地说谢谢，然后问程逐要不要上去坐一坐。

程逐有眼力见儿，这么客套的邀请当然不能应下来，果断地拒绝了。

目送程逐离开，李征洲提着袋子上楼。

潘晓婷裹在被子里，见他回来，问道："是谁？"

"程逐。"他回答道，然后把袋子里的东西倒在桌上，每个都拿起来看了一眼，问，"你让她帮你带这个？"

"她正好要去镇上。"

李征洲看着这些东西，难得心情复杂，他叹了一口气："……下次别让人家帮忙带了。"

等程逐回到家已经夜里九点半了，爷爷正在客厅里看电视，看到程逐之后问她："又去谁家玩儿了，这么迟才回来。"

"去了一趟城里。"她摸了摸肚子，"爷爷，还有吃的吗，我有点饿了。"

"只煮了绿豆汤，正好还有剩的。"

程爷爷舀了一碗绿豆汤给她，夏季的甜汤沁人心脾，程逐吃得很满足。

程奶奶从院子里走进来说："今天晚上没星星，明天可能没太阳。"

程逐拿手机查天气预报，发现过几天可能要下雨。

果不其然，后面几天下起了雨，而且有越下越大的趋势，厚重的乌云从远处飘过来，云层流动的感觉可以被肉眼捕捉，每家每户都露出愁容。大家去田里把棚子架起来，程逐帮爷爷奶奶把院子里的玉米全部铲到屋檐下，然后被迫面对连续降雨。

爷爷奶奶担心农作物被淹坏，还想出门去检查一下田里的排水，但被程逐拦住了。

"雨这么大，外面地太滑了，您别出去了，我过去看看。"

程逐换上雨靴，撑着一把大伞往田边走，发现排水沟还真堵住了，她只好人为处理，把伞夹在脖子上，伸手开始清理排水沟，确保通畅之后她又在棚里到处走动检查了一下，找了个袋子把泥堆都带走了。

她的手脏兮兮的，也不敢再拿伞，只好继续歪着头夹着伞走路。许周刚好从外面回来，看到这一幕，赶紧过来替程逐拿雨伞。

程逐松了口气，转了转有点抽筋的脖子，对他说谢谢。

许周笑着说没事。

两个人走到小河边洗了洗手，洗干净之后她就自己撑伞，和许周并排走着。两人的伞面偶尔撞在一起，雨水抖落下来，打湿他们的肩膀。

许周冷不防地问："这几天潘晓婷是不是心情不好？"

"什么？"

他郁闷道："前两天我碰上她，她忽然说了我两句。"

那天潘晓婷有点无精打采，看到他之后忽然就教训了他几句，指责他大半夜吵程逐睡觉，说程逐这两天看起来都十分憔悴。

想起那晚的事情，许周有点愧疚又有点冤枉。

一开始阿平说得信誓旦旦，好像真发现什么惊天大秘密的样子，他心下也不安，就想陪阿平来程家拿东西，顺便看一看程逐，他也没想到程逐那天睡得这么早。

许周说："你不知道阿平说的有多离谱，她说你和孙鸣池在偷偷约会。"

这么离谱的话，他当时竟然还相信了，许周现在想到还觉得心情微妙。

程逐敷衍地扯了扯嘴角。

"你怎么可能和孙鸣池搅和到一起，和谁都不可能和他。"

"……"

程逐干笑了两声，更敷衍了："确实。"

第四章　雨夜惊潮

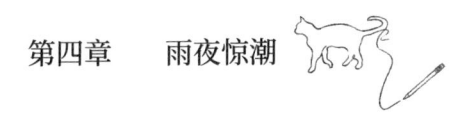

这场雨像是老天爷忘记关水龙头，漏个不停。

程逐进入了"咸鱼"模式，决定除非大雨停下来，否则都不出门，好好休息几天。

后面几天的天色依旧暗沉沉的，窗户被雨拍打，十分扰人清净，程逐躺在床上看电影。

这是她数不清第多少次看《超凡蜘蛛侠》，她的视线全程跟着男主角的脸走，根本不关心女主的美貌有多惊人。

电影里的蜘蛛侠正抱着美人在高楼间飞檐走壁，程逐却忽然走了神。

房间外还能听见爷爷奶奶一起看电视的声音，两个人正在争论电视剧里男女主角离婚到底是男主角的问题还是女主角的问题。程逐又听了一会儿，把电影暂停，偷偷摸去了程卫国和杨雯以前的房间。

她知道杨雯以前有写日记的习惯，但她一直没找到她的日记本，不知道是当年她跑的时候带走了还是其他什么原因。

无论有没有用，程逐还是想找到，她静静地翻箱倒柜，没有惊动程爷爷程奶奶。

这个房间抽屉里的东西程逐早就翻过很多次，甚至已经记清了位置，右边的抽屉里有剃须刀、袜子、平角裤等，乱七八糟的零碎物品挤满了所有空间。而左边床头的柜子里有一些针线，还有各种各样的纪念品，都是程卫国从各地带回来的，还有一些记了账目的本子，这显然都是杨雯放进去的。但里面没有日记本。

程逐随意翻了一下，无果，又出了房间。她在过道上站了会儿，听见爷爷奶奶已经不再争辩，而是换了一个频道听起了戏曲，奶奶的心情很好，还跟着哼唱着。

她抬头往楼梯上看去，然后迈着极轻的步伐上了楼。

楼上有三个房间，其中一个房间被当作了杂货间，里面装着大大小小的东西却依旧还很空。房间里有一个大窗户，如今被雨水浇湿，满是水痕，另一个房间空空荡荡，只是多出来的房间。

程逐掠过这两个房间，直奔爷爷奶奶的房间。

年纪大的人大概都有一种味道，不能说臭也不能说香，倒不如说有些怪异，能让人一闻到就知道这是老人的房间，程逐一进房间就闻到了。

这个房间东西不多，一张床和一个衣柜还有一张普通的小方桌组成了所有。床是以前程卫国和杨雯房间的床，后来被搬到楼上给爷爷奶奶了，如今被蚊帐罩着，旁边的小方桌上除了零碎的东西，还有一台小风扇一直在吹风，应该是他们忘记关了。

蚊帐在微风中飘动着。

程逐没管那台风扇，在房间里到处看了看，然后打开了一个柜子。

柜子门有些不牢固，打开的时候发出让程逐心惊肉跳的声音，她一下子停住动作，又开始注意楼下的动静，确认爷爷奶奶没发现才松了口气。

程逐不打算让爷爷奶奶他们知道她还在查杨雯的事情，或许是怕他们担心她，又或许是其他的原因，错综复杂的细绳缠绕着她，她只想把这些线理清楚。

她沿着柜子仔仔细细地看了一遍，把衣柜下面的抽屉也打开看了一遍，却只看到了一些衣服还有零零碎碎的首饰，她小心翼翼地重新把门关上，站在房间里有些迷茫。

现在所做的到底有没有意义，到底是想求得一个什么结果，这样的问题缠绕着程逐。她盯着那张床发呆，紧接着发现那张床好像放反了。

程逐爬上床，刚想往贴墙那一侧的床沿看的时候，楼下忽然传来奶奶的声音。

"小逐。"程奶奶喊她，站在程逐房间门口说道，"跑去哪里了？没看到出门呀。"

她爬下床，径直走进二楼的卫生间，把门轻轻关上之后，回应道："奶奶，我在二楼。"

奶奶扶着楼梯扶手慢吞吞地走上来，隔着门问道："怎么跑来这里上卫生间了？"

程逐回复："我想早点洗个澡，但楼下那个花洒不出水。"

"可能是用太久坏了，到时候找人修一修。那你先洗，我熬了银耳汤，你记得下来吃。"

"好。"

程奶奶下楼以后，程逐真的在二楼的卫生间洗了一趟澡，因为楼下浴室的花洒的小问题拖成了大问题，现在真的不出水了。

得找人来修一修，但这样的天气，修理工说不定也不愿意来。

程逐第一个想到的是孙鸣池，然后被她否定了，紧接着她又想到许周。

她打了个电话给许周，问他今天出不出门，顺不顺路到她家一趟，顺路的话来帮个忙。

许周应了下来，并且没过多久就来了。

程逐看着他抖着身上的雨水，弯曲的背部拱出一个弧度，湿淋淋的雨伞被搭在屋前的椅子上。

她忽然说道："你是不是胖了点儿？"

许周顿住，然后反问："是胖了吗？"

程逐想了想，说道："也不是胖了，就是比以前壮了一点儿，以前太瘦了。"

"最近在锻炼，吃得也多。"许周松了口气。

"怪不得。"程逐点点头。

其实许周的个子很高，长得也帅气，就是以前太清瘦了，看起来像个竹竿，弱不禁风的样子，现在身上多了些肌肉，看起来有男人味了一些。

程爷爷程奶奶看到他过来也很开心，端了一碗刚熬好的银耳汤给他。

许周笑着说谢谢，接过来慢慢地喝下，然后去帮程逐解决浴室的麻烦。

071

浴室里，他蹲下身，把藏在柜子里的水闸总闸关了，拿着螺丝刀拧着莲蓬头。

他说："你该换一个莲蓬头了。"

程逐说："那我下次去镇上买几个。"多买几个备着，免得哪天楼上的浴室也坏了。

其实莲蓬头没坏，是因为水质不太好，用了这么多年，莲蓬头里的出水口堵塞了而已，只要把堵在里面的脏东西清理出来就可以。

程逐看着认真清理污垢的许周，忽然问："你是专门带着工具箱过来的？"

许周没抬头："有差别吗？"

"你这样我多不好意思。"

原本是想让他顺便来一趟，虽然今天的雨不大，但毕竟也是下雨天，不是很不方便，而且这件事也不是什么急事，如今许周专程跑来，程逐心里有点过不去。

"有什么不好意思的，那不然过两天陪我去看电影好了。"许周随口说。

程逐一口答应下来："你想看哪一部，到时候再叫上潘晓婷。"

许周转身打断她："不叫潘晓婷。"

程逐看着他，有点疑惑。

许周说："就我们俩。"

……

程爷爷过来问他们处理得怎么样，让许周留在他们家一起吃晚饭，许周看了一眼默不作声的程逐，摇摇头拒绝了。

他重新开了水闸，莲蓬头里的水出得很顺畅，水量比程逐之前每次洗澡都要大，程逐才知道原本浴室的花洒还有这种潜力。

许周直起身，到水池边洗手："好了，那我先回去了，我爸妈还在等我。"

"欸，那路上小心，辛苦小许了。"爷爷奶奶一脸欣慰，毕竟也算是看着许周长大的。

许周走的时候程逐还是没说话，只是幽幽地看着他。许周有点好气又有点好笑，他轻轻说："行了，我就随口一问，你慌什么？"

程逐说道："我没慌。"

刚刚在浴室里，许周刚刚说完"就我们俩"，程逐就不小心踩到地上的有些滑的污渍向前滑倒，幸亏被许周接住，她整个人扑进了许周的怀里。

等她站直之后，许周忽然说："我果然没看错。"

程逐愣住："什么？"

他点了点自己的锁骨，目光落在程逐的领口："你这里，有个印。"

许周回想了一下，那天早上遇见程逐的时候，她身上穿的还是吊带加一条薄薄的外衫，撑着伞的手摇摇晃晃，锁骨上的印记似露非露。

其实不是特别明显，但偏偏他忍不住看了两眼，印记有一些发黄，形状是不规则的椭圆，看起来不像被蚊子咬了，倒像是……

如今这个印记更淡了一些。

程逐跟着他的动作摸了摸自己的锁骨，想起孙鸣池之前啃的那一口可能还没完全消掉，没想到许周能注意到。

"程逐你……你交男朋友了？"许周语气有些迟疑。

程逐下意识说"没有"。

他的表情更复杂，嘴巴张开又闭上，欲言又止。

卫生间的白色瓷砖缝隙里有经过时间推移堆积的难以清洗的污垢，灯泡的光照在他们脸上，莫名有些发凉。浴室里的花洒漏了一滴水，忽然响起滴答的水声。

程逐表情难得有些空白，但不是慌张，就是有点没反应过来。

很久以后，程逐再想到这一天，觉得如果当下许周继续往下问，她可能会索性把真相告诉他，然而许周只是抿了抿嘴，憋出了一句："你自己……注意安全就好。"

两个人的沉默一直持续到许周离开，他站在院子门口，看着出来送他的程逐，缓慢地说："程逐，虽然我不知道对方是谁，是个什么样的人，但我希望你能保护好自己，这件事我不和潘晓婷说，你想说的时候你自己和她说吧。"

回家之后，许周坐在椅子上发愣。

弟弟问他怎么了，许周问他："你有没有喜欢的女生？"

许弟弟一脸不好意思，目光闪烁："哥，你说什么呢，我才读初中呢。"

"哦，那就是有了。"

"我没有这么说！"

许周笑了一下，站起来倒在床上，摘下眼镜，把头埋进枕头里，心里的情绪很复杂。

说实话，程逐很漂亮，而且有一种特别的气质，不讲话的时候看起来很冷清，甚至有一点儿凶。大学中不乏追求者，但她从来没有谈恋爱，走得近的男性也只有许周一个，这导致很多人认为许周是她男朋友。

许周知道程逐懒得解释，而他也不想解释，程逐作为三人帮的老大，永远站在他和潘晓婷的前面，也陪了他这么多年，他对她有点好感是很正常的事情。

所以到底是谁呢？到底是什么时候的事情，是学期期末的时候吗？那段时间他们各自忙着考试，没怎么见面，也许是那段时间程逐心情不好，所以找人发泄？难道是前男友？又或者是村里的人？可是村里能有谁呢……

他的心沉沉的，躺在床上胡思乱想。

这一头的程逐回到卫生间扒着衣领照镜子，看到锁骨下面的发黄的印记，忍不住骂了句：这得快两个星期了吧，怎么还没消掉，孙鸣池这嘴是不是有毒？

她拿手沾了点水搓了搓，搓得有点红，又把衣领拉了回去。

程逐看着镜子离得自己，皱了皱眉。

其实许周知道这事也没什么关系，他的嘴巴很严实，就是程逐心理上有点感觉怪异，但也不是尴尬，都是成年人，这很正常，何况她又没有男友，也没对不起谁。

晚饭后，程逐关上房间的灯，又看起了电影，看到一半老觉得心里哪里躁得慌。

她打开手机前置摄像头，给锁骨底下那个印记拍了张照片，然后发给了孙鸣池。

程逐：你干的好事。

孙鸣池：en

程逐：今天被许周看到了。

孙鸣池：en

程逐：打个中文是会要你命吗？

孙鸣池：en

程逐：……

程逐：你就只会'en'？

"鸣池，搬东西还玩手机啊。"一个船老板边打电话边问他。

孙鸣池一开始没有听清他说的是什么，只是敷衍地"嗯"了一声。

有些不方便地收起手机，没有再回复程逐，只是扛着几十斤的货继续往前走，手臂的肌肉因为用力而鼓胀着，压着重物的背稍有一些弯曲，但依旧挺拔。

他已经搬了一整天，的确有些累。

前两天下大雨，怕货被淋湿，码头没什么货需要装卸，但大概是急着发货，今天天气稍微好了那么一些，他们就搭了个雨架来找人装货。船老板一直在打电话，通过各种途径找人来帮忙，大家忙得晕头转向。

孙鸣池身强体壮，干活勤快，长得帅还情商高，和几个货船的老板关系都不错，见他们这么需要人，就来帮忙。

船来船走，上货卸货，他就像个永动机，一直没停下来过。

那个船老板打完电话，又问了一句："鸣迟，刚和谁聊天呢？背着东西还回消息。"

"小竹子。"

"你家猫啊？真逗，还能和你网上聊天，这是成精了？"

孙鸣池被他逗乐了，骂了一句，回身又去帮他搬："别废话了。"

"好，辛苦了，辛苦了。"

天已经完全暗了下来，空气里有混着货物的潮湿气味，又忙了不知道

075

多久，货船里的货物全部卸下来装到货车里运走，码头变得空荡了一些，一伙人总算能坐下来休息一下。

"鸣池，你去哪儿？"有工友问道。

孙鸣池正在往身上套雨衣，他回答道："那边的货都搬完了，万一又有船来就帮我说一声，我有事先回去了。"

说完就走出棚子。

又是扑面而来的雨意，他拿出手机，想了想，给程逐回了一句：我还会别的。

孙鸣池走到停车棚找到自己的小电驴，座位已经全部被打湿，他穿着雨衣直接坐了上去，骑着车往棠村开。

不多时，程逐气势汹汹地发来了一条语音："你在做什么啊？现在才看到消息。"

孙鸣池没戴耳机，出于驾驶安全，他把车停在一边才点开程逐的语音，细细的雨水飘下来，他拉了拉雨衣的帽檐，回复道："我刚从码头出来，什么事？"

"你要回村里了吗？接下来要去做什么？"

"嗯，你希望我做什么？"

程逐打开抽屉，视线在里面逡巡一周，道："下个星期我可能要来例假。"

孙鸣池的手指敲了敲车把手，吹了声口哨，道："我听不懂。"

"……"

程逐这辈子没这么无语过，她冷冷一笑："听不懂拉倒。"说完就挂了电话。

孙鸣池听着耳边的嘟嘟声，叹了口气，重新给程逐编辑了信息——

真没耐心，等着。

程逐看了将近一个小时的电影，孙鸣池还是没来，她等得有些不耐烦，刚想打电话问孙鸣池到哪里了，却忽然听见有人喊她。

她惊了惊，连忙看过去，发现孙鸣池穿着雨衣趴在她的窗口，手臂上的肌肉被窗框压出凹陷，雨衣上的一些水因为他的姿势而沿着墙壁流进来，打湿了地。

他看着这边，也不知道看的是程逐还是电影画面，眼神在黑暗的包裹下显得十分深沉，像是普蓝的颜料里又加了黑色和群青。

程逐开窗让他进来。

孙鸣池把雨衣上的水甩在外面，手臂撑着窗口轻轻一翻就进来了，原本空间足够的房间因为多了一个孙鸣池而忽然显得狭窄起来。

一楼的地板都是水泥地，也不怕浸湿，地上深一块浅一块，都是孙鸣池带来的潮意。

"我发现你翻窗越来越熟练了。"她看着孙鸣池的动作说道。

孙鸣池扫她一眼，没说话。

事实上孙鸣池一直都觉得在程逐房间里不方便也不太好，他之前还会提议去镇上找个宾馆，但程逐总是拒绝，后来他也就由着她了。程逐自己都不介意，他还介意什么。

程逐又道："你上了一天工吗？那是不是——"

孙鸣池打断她："我从家里过来的。"

程逐这才注意到孙鸣池身上的衣服很干净，身上的气息也清爽，大抵是回了趟家，洗了澡换了身衣服才过来的。

孙鸣池熟门熟路地伸手拿床头的纸巾把腿擦干，用床头柜里的湿巾和酒精棉仔细地擦着每一根手指。程逐一直看着，心跳无端加速。

"又在看《蜘蛛侠》？"孙鸣池没有想探听其他的意思，只是随意地找了个话题。

"嗯。"

两人对接下来要发生的事都心照不宣。孙鸣池把垃圾丢在垃圾桶中，然后移开电脑，把程逐压在床上。

程逐顺从地躺倒，手从孙鸣池的衣摆滑进去，摸了摸他的腰。

硬邦邦的，和她完全不一样。

想到白天程奶奶看的某个电视剧，程逐故意说："你说我们这算不算是在偷情？"

"你没对象我没对象，也没有利益牵扯，这算偷情？"孙鸣池握住程逐的手，和她十指相扣，看到程逐仰着脖子，便很配合地去亲她的脖子。

程逐舒服地眯起眼："那你说我们这是什么？"

孙鸣池说是暗度陈仓。

"这两个有什么差别吗？"

"偷情听起来更不道德。"

程逐思考了一下："好像是的。"

他们两个总是在程逐房间深入接触，除了第一次在凉亭，第二次在小宾馆，之后几乎每一次都是在这个房间，孙鸣池对这个房间的熟悉程度仅次于自己的家。

程逐有时候既固执又叛逆，除了上头的时候胆大一点儿，其余时间只是个胆小鬼。

她对熟悉的环境存在依恋的心理，潜意识里不愿意到陌生的地方进行这么亲密的活动，凉亭那一次已经是她的极限，当时热血上头，事后她其实也有一些后怕。后来在小宾馆又疑神疑鬼，觉得哪里都有微型摄像头，担心哪天真在网上看到自己。

孙鸣池看得明白，程逐看上去比一般女生坚强又果断得多，本质上却有点缺乏安全感，她的人生不算跌宕，但也不算恬静温馨，她遇到问题总是很轻松地接受，但又很迅速地逃离，看上去像是对什么事都抱着无所谓的态度，但在细枝末节上又斤斤计较。

他说程逐说得比做得多。

这点程逐承认，她总是喜欢在言语上刺激别人，而孙鸣池是她的重点关注对象，因为他总是有很好的耐心，无论她怎么说，他也不会生气。

程逐问："为什么你好像从来不生气？"

"有什么好气的？"他用手背碰了碰程逐的脸。

程逐觉得孙鸣池才是最苦的人。他原本有美好的前途，平日里西装革履，休息时可以去健身房，或者去咖啡店喝杯咖啡，就像她一样，而不是现在每天在码头干着搬运工的活。

"心疼我？"

程逐没理他的调侃："和你说正经的，你不想再去城市里工作吗？码头也太辛苦了。"

孙鸣池一只手撑着床板,另一只手拨开程逐黏在脸上的头发,道:"人生在世不称意十有八九,我只能做我认为最对的事情,不能做我认为最好的事情。"

百善孝为先,在前途和家人难以平衡的情况下,他选择先专注于亲人,何况——

"程逐,你对我好像有点误解。"

程逐愣了一下:"什么?"

他组织了一下语言,道:"其实我挺喜欢现在这份工作。"

码头的工作时间自由,按件计费,货来就繁忙,货走就空闲,船老板看他的工作效率,对他百般照顾。虽然工作环境一般,但人际关系简单,没有企业里的针锋相对尔虞我诈,对很多人来说可能比较累,但对他来说,工作不费脑,空闲时间他也可以学一些自己感兴趣的东西,甚至接别的活,勉强算是梦想中的工作了。

程逐没想到孙鸣池对于理想工作的要求如此低,有谁梦想中的工作会是码头搬运工。

孙鸣池问她以后想做什么,但程逐想不到自己以后会找什么工作。

她随心所欲惯了,也没有什么远大的抱负,从杨雯跑了之后就没有人在意她的学业,爷爷奶奶觉得她开心就好。程卫国自己忙也不管她,许娇更是对她没什么要求。

程逐高中三年大部分时间在玩乐,偶尔良心发现才会学习,成绩一直保持在中游。

当年她出于好奇报了个美术班,老师发现她进步神速,大概是有一点儿艺术天分,后来程逐干脆就走了学艺这条路。

高考时,程逐的文化课成绩平平无奇,联考成绩倒是还不错,考上的大学还算不错。

上大学后,相比于很多同学十分努力地学习或是积累社会经验,她总是躺在寝室床上看手机,期末就临时抱佛脚,没有努力的动力。

程逐不觉得自己是什么好人,每当这种时候,她的心里再讨厌程卫国,却依旧会发自内心地感谢程卫国,至少他给了她衣食无忧的前提。

程逐说，她的人生乏善可陈，就好像是市场中的一张百元大钞，反复被转手，何时都是在漂流，被推着走，流到哪儿是哪儿，没有丝毫可以拿出来津津乐道的。

哦，唯一的一个，孙鸣池，这点倒是可以炫耀一下。

孙鸣池捏住她的下巴，垂着眼看着身下的她，问道："睡了我这么骄傲？"

"那当然。"这么多女人的梦中情人躺在她身边，谁都会骄傲。

他轻声说："我也挺骄傲。"

"什么？"她看他，看到了他明亮的黑白分明的瞳孔。

"没什么。"

屋里很暗，灯都被关上，只剩月光照进来，能看到半掩着的窗，窗边滴着水的雨衣，地上斑驳的水迹，布满褶皱的床单以及床上的人。

孙鸣池是掀起巨浪的海潮，一次又一次拍打着程逐这座赤裸的岛屿，他像是想把这座岛卷入海底，完全吞噬。

雨水依旧连绵不绝，但至少小了一点儿，也许这两天就能雨过天晴，人间的潮湿泼进程逐的房间，让房间里的两个人都染尽了湿意。

程奶奶刚好下来找东西，听到动静后敲了敲门。

"小逐？你在干吗？"

程逐顿时熄了火，浑身僵硬起来。

孙鸣池的动作慢了下来，掰过程逐的脸亲了一下，眼里都是调笑。

程逐咬着下唇没有叫出声，深呼吸几轮之后，语速很快地回复门外的人："我在做运动。"

"好好的运动什么？"

"减肥。"她的语气更急，因为孙鸣池的手。

程奶奶像是有些好奇，忽然说："你都这么瘦了还减肥，我进去看看你在做什么运动。"

程逐的心停了一拍，还没反应过来，孙鸣池已经撤走，翻身进了床的内侧，那里是一个视觉死角，只要程奶奶不进来，就看不见被柜子挡住的孙鸣池。

他侧躺着,但他一点儿也没有紧张的样子,反倒好整以暇地看着程逐处理现在的情况。

程逐以最快的速度套上了短袖,来不及穿内裤,用孙鸣池丢过来的薄被子挡住了下半身。

程奶奶试探地推门进来,房间里一片昏暗,她愣住。

"小逐,你怎么灯也不开?"

"之前在看电影。"

"不是在运动吗?"奶奶有点郁闷。

程逐回答她:"边看《蜘蛛侠》边运动。"

程奶奶知道她喜欢看《蜘蛛侠》,还特别喜欢里面的演员,听她这么说就了然地点点头。

她把房间的灯打开,看到坐在床中间脸色红润呼吸急促的程逐,惊了惊,问:"你盖着被子做什么?"

程逐平缓了一下呼吸,答非所问道:"一楼的浴室能出水了吧,我今天还得再洗一次澡。"

"下午小许不是来修好了吗,你热的话赶紧去洗洗。"程奶奶成功被带跑,没有纠结她为什么大热天运动完还要盖被子。

"知道了,休息一下就去。"

程奶奶像是要走了,注意到什么似的,又往房间里走了两步。

程逐整个人都僵住,她全是汗的肌肤和被单黏在一起,身上难受,心里也吊着。

旁边的孙鸣池却好似更轻松了一些,手不动声色地往被子里摸去。

程逐压着嗓音说:"奶奶,您先出去吧,太累太热了,我要先休息一下。"

程逐的脖子因这个意外变得通红,看起来倒真像是剧烈运动过后的样子。

其实程奶奶是看她房间的窗户没关好想去帮她关上,听到她说热,就说:"那窗户先开着透透气,反正现在雨不是很大,睡觉的时候记得关上。"

房门被关上,房间里又只剩下两个人的呼吸,程逐猛地掀开被子蹬开孙鸣池的手："你疯了？"她现在心脏还跳得厉害。

程逐语气很冲："你最近怎么回事？"

她开始搞不懂孙鸣池在想什么，又或者从来没搞懂过，他好像觉得两人之间的关系被发现也无所谓，行为举止越发大胆随意。

孙鸣池没吭声，手掌抓住她的脚腕，把她拉向自己，然后俯身。

"你轻点、轻点。"她抓着他的头发，想扯开他。

他松开程逐，问："许周今天过来了？"

"你认识他？"她倒吸一口凉气，"跟你说了，轻一点儿！"

孙鸣池当然认识许周，村里的人他认识大半，和程逐关系好的那几个他更是熟得不能再熟。许周就是那个小胳膊小腿，从小跟在程逐身边，以前被他的同学八卦和程逐早恋的那一个。

孙鸣池问："他在追你？"

程逐拧眉："你在说什么胡话？"

孙鸣池开始动作，两个人都喟叹了一声，好像缺了角的圆忽然找到了缺的那个角，有一种莫名的圆满，再也没有别的东西能进入他们的中间。

他说："我说他是不是在追你？"

"嗯……"

孙鸣池笑起来："这是回答我的问题吗？"

程逐红着眼睛让他滚。

"那我滚了？"

程逐顿时把他拉了回来，环住他的脖子闭着眼亲他。

孙鸣池一直睁着眼睛，看着程逐沉溺在其中的表情，眼底满满的笑意。

……

孙鸣池清理好垃圾，摸了摸她的额头："去洗澡。"

"我不想动了。"

孙鸣池打开点门缝，看到外面一片昏暗，这个时间程爷爷程奶奶早就睡了。

他走回来，十分轻松地把程逐整个人抱了起来，像抱小孩一样让她坐在自己的手臂上，然后安安静静地往浴室走。

最后孙鸣池撑着程逐一起洗了个澡，沐浴露在他们身上变成了一团团泡沫，程逐身上白花花一片，两人差一点儿又擦枪走火。

不过只是差一点儿。

等被他从浴室里重新抱回房间，程逐只觉得自己已经废了。

她拉住准备离开的孙鸣池，有点疑惑地问："你以前的女朋友怎么能受得了你？"

孙鸣池静止了片刻，在黑暗里看着程逐，没有回答她的问题。

"怎么了？"她被看得发毛，伸手想挡住孙鸣池的眼睛，却被抓住了手。

孙鸣池忽然亲了一下她的掌心，干燥甚至带着一点儿翘起的死皮的嘴唇覆上她温热的掌心，像是在祷告，让程逐的心猛地跳了起来。

天上的雨还在淅沥地下，堆在窗外的雨衣无知觉地被拍打，房内的两人只是互相看着，没有说一句话。

第五章　夏日秘语

两年前,他们在凉亭翻江倒浪结束,两个人都有一些莫名的尴尬与沉默,一头热血骤然降温,好像对于之前发生的事情有一点儿发自内心的后悔。

尤其是程逐,爽快是真的爽快了,怕也是真的怕。

她怎么胆子能这么大呢?

程逐差一点儿晕厥,果然人总是在夜晚不清醒,以往晚上最多只是疯狂购物,现在她是疯狂……

孙鸣池光着上半身坐在她旁边,从裤子口袋里拿出了烟和打火机。

"介意吗?"他的嗓子还有一些沙哑,像是还被欲望包围。

程逐看他一眼,然后说:"你抽吧。"

整个凉亭顿时烟雾缭绕,孙鸣池的眉眼都被烟雾所模糊,程逐有一种他一直在注视自己的错觉。

程逐早已经穿戴好,身上除了衣服有一点儿皱,没有其他异样。而孙鸣池的上衣已经完全报废,被他当作抹布把程逐身体以及把弄脏的凉亭擦干净。

黑色的短袖团成一团在他的手边,看得程逐耳根有些发红。

两个人在凉亭坐着休息,幸运的是没有人路过这里,不过正常情况下也没有人大晚上来这里,最不正常的两个人则已经在今晚做出了越轨的事情。

程逐说不清自己心里的感觉,好像也没有很后悔。

她看向那条河，想起自己几个小时前往孙鸣池的身上丢了一枚硬币，不知道还能不能找回来。

孙鸣池像是看穿了她在想什么，说道："还想找回来？"

程逐有点恍惚地说："那可是钱啊……"

孙鸣池吸了一口烟，缓缓吐出，任由程逐独自诡异地发散思维。

钱怕是找不回来了，程逐现在只能找回自己的理智。

"我们得有……"她的脑袋空白了一下，然后接着说，"三年？四年？没见过面了吧。"

一见面就这样，好像太刺激了一点儿。

孙鸣池没说话，视线落在她脸上。

程逐的额角还有汗，脸上泛着潮红，柔化了看起来有些冷漠的五官。

她继续说："我爷爷奶奶要是知道，会杀了我的……"

失智可是大问题。这可不是其他人，这是孙鸣池，是她妈出轨私奔的对象的儿子，程逐和谁搞在一块儿，也不能和孙鸣池啊……

孙鸣池被逗笑："胆子这么小，还买我一夜？"

程逐哽住了。

她发现孙鸣池其实挺爱笑的，从她小时候的记忆里挖掘出来的都是孙鸣池礼貌温和的笑容，对任何人都是，即使从小她对他就没有好脸色，但孙鸣池看她的目光总是像看一个不懂事爱玩闹的小朋友，从来不生气，非常包容。

不过如今这份包容可能不在了，毕竟刚刚孙鸣池的眼神像是要吃了她。

孙鸣池的左边手臂一直撑在她身后的栏杆上，程逐向后靠就能碰到他，她僵硬地挺直身体，甚至向前倾，但孙鸣池却反而搭了上来。

手掌还带着欢爱过后的余温与潮湿，在她瘦削的肩胛骨摩挲着，程逐一下子起了一身鸡皮疙瘩，觉得这个夏夜比以往任何一个都要凉。

"这么紧张？"孙鸣池说着，手依旧在抚摸，但是攀上了她的后颈，一手的汗。

程逐觉得自己像是被捏住了七寸，头皮都发麻，但她一口否认："谁紧张了？"

"不紧张你绷这么紧？"

程逐顿时把自己整个人放松下来。

孙鸣池眯着眼盯着她，然后说："现在紧张还有什么用。"

程逐钱也丢了，两个人都赤诚相对，进行了最亲密的事情了，现在她只有接受现实的份。

"你多大了来着？"他把嘴里的烟摘下来捏在手里，没有再看程逐。

"……我大一。"

孙鸣池点点头，像是若有所思，过了一会儿轻声说："我大你八岁。"

她上初中的时候他都已经大学毕业了，这么想想，的确差得有点多。

程逐看他的表情，忍不住嘲讽道："怎么了，觉得自己老牛吃嫩草了？"

"有点。"

听他这么说，程逐倒有些放松下来，她觉得自己太把孙鸣池当作一回事了，他也就是比她年纪大点，比她成熟点，比她又聪明点，说到底不也是普通人，也有自己的烦恼，两个人半斤八两。

而且她发现孙鸣池真的很好相处，讲理且不会臭显摆，比学校里某些傲慢的学姐学长好很多，这样一想，程逐忽然没有那么讨厌孙鸣池了。

"在想什么？"他问她。

"没有，想到学校社团的一点儿破事。"

程逐刚入学的时候加了一个社团，每周开会都是听前辈炫耀不知道多久以前的一点儿成就，半点正事都不讲，她终于忍无可忍地翘了会议，结果却被点名批评，所以最后她果断地退出了社团，一了百了，没有烦恼。

"这些人仗着年纪大点，就把别人当傻子，也不想想自己是什么德行。"

程逐今晚的话比平常多很多，好像压抑很久的情绪都爆发了出来，混着对程卫国和许娇的失望，以及对自己的失望。

孙鸣池把烟塞回嘴里吸了一口，又缓缓吐出，眯着眼像是在思考什么，没有附和她的话，只是安抚性地拍了拍她的背，像是察觉到了她情绪的不对劲。

程逐逐渐冷静下来，神情也淡下来，不再说话，冷冷地看着前方。

这里的夜空不是纯黑色的，透着难以形容的蓝，好像深海，星星就是游鱼。

夏夜里不仅有树叶响或是蛙叫，还有蚊子叫。

程逐一开始只是一直晃着脚，到后来就是整个人不停地动，生怕自己被咬了。

"走吧。"孙鸣池把嘴里的烟拿出来，丢在地上碾灭，然后把程逐搂了起来。

程逐的腿已经快不能动了，她把自己的身体重量全部放在他身上，只觉得他身上哪里都硬邦邦的，明明也不是那种健身房里夸张得要死的肌肉男，但触感却如钢筋铁骨。

两个人离亭子越来越远，离那条河也越来越远，程逐忍不住又回头看了一眼，看到河在月光下波光粼粼，好像是静止的，又好像是流动着的。

她跟跟跄跄地走着，目光看着前方黑魆魆的夜，忽然说："你知道博尔赫斯吗？"

孙鸣池居高临下看着她的头顶："知道。"

"哦，差点忘了你是高才生。"

孙鸣池没应她这句不知道是夸奖还是嘲讽的话。

程逐说："那你知道他曾经在轮船的甲板上往海里丢了一枚硬币，然后作了一首诗吗？"

我感到，我做出了一件不可挽回的行动，
在这颗行星的历史中加入了
两个连续的，平行的，或许无限的系列，
我的命运，它是由忧惧、爱与徒劳的兴败组成。

孙鸣池的声音很好听，十分低沉，让程逐想起几年前陪程卫国、许娇和程一洋去剧院里看表演时台上交响乐团中的大提琴声，深远又有韵味。

他十分轻松地念出了诗句，不像是背诵，只像是温和地陈述，好像他就是那个站在甲板上往滔滔海水中掷下硬币的人。

程逐的眼里出现了一些迷茫，像是变成了那枚被丢下去的硬币，永远在无知无觉中感受洪流，又像依旧是自己，在俗世感受汹涌而来的喜怒哀乐。

"怎么办呢……"她喃喃道。

"什么怎么办？"

"我们终止交易了吧？"

"我们有交易吗？"孙鸣池扬眉问道。

"我不是给你钱了吗？"

"钱呢？"

"钱……"

钱掉河里了啊！

程逐现在才反应过来，说是要买他一夜，但孙鸣池最后连一块钱都没捞着。

不对，他至少捞着了一个她。程逐自认身材还不错，那孙鸣池也不算很亏吧？而且刚刚孙鸣池脖子都红了，手上都青筋暴起。

听她这么说，孙鸣池冷笑了一下，眼神讳莫如深。

程逐以为他在计较那羞辱性有点强的一枚硬币，有点心虚地问："那你想怎么样？"

他盯着她看了几秒，然后说："想要你。"

非常直白，十分理直气壮，完全没有拐弯抹角的嫌疑，生怕程逐听不懂。

程逐的表情有些僵硬，她以为自己听错了，费力站直了些，迟疑道："你这是要……"

"就是你理解的那样。"孙鸣池很平静地说，脸上的表情没有一点儿波动。

程逐的大脑又宕机，她以为自己已经够有冒险精神了，没想到在孙鸣池面前简直是小巫见大巫，她追求短暂的是刺激，孙鸣池这是想要长期稳定的刺激。

感觉程逐又往下掉了一些，孙鸣池掐住程逐腰部的手臂稍用力，把她往上颠了颠。

"啊……"程逐忍不住发出一点儿痛苦的声音,然后看到孙鸣池的眼神沉了下来。

她连忙解释:"我骨头痛。"

他们走在小道上,时间早就过了零点。

程逐手机里还有几个小时前爷爷奶奶给她发的消息,问她去哪里玩了,怎么还没有回家,程逐让他们自己先休息,别担心她,她迟一点儿会回去。

孙鸣池把程逐送到了程家附近,程逐不让他再走近,尽管这个时间点,在外面活动的根本没有其他人。

孙鸣池也没有强求,站在路口,漫不经心地说:"我之前说的不是开玩笑,你自己看。"

他把决定权放在她手上,虽然很直白,但也很尊重她,他从程逐的裤子口袋里拿出她的手机,用她的手机给自己打了一个电话,然后重新塞回她的口袋。

"愿意的话直接联系我,不愿意就不用联系。"

他看着她,这么说着,瞳孔黑魆魆的,但程逐看不清也看不懂。

那晚过后程逐焦虑了很长时间,拿着手机都感觉像烫手山芋,每次都忍不住点开拨号记录,反反复复地看,孙鸣池的号码她都快能背下来了。

程逐告诉自己不要想太多,事情已经过去了,她要是再和孙鸣池滚到一起,那她就是真的疯了。

她在家里好好地休息了将近一周,每天根本不想出门,只觉得下半身发麻,尤其是每晚睡觉的时候,都忍不住回想起那一夜的刺激与疯狂。

程爷爷程奶奶直觉她的精神不济,心里有些担心,每天都给程逐做各种各样的好吃的,希望她能打起精神来。

程逐吃了躺,躺了吃,终于稍微胖起来了一点儿,但也只有一点儿。她吃不胖,身上的肉都长在了该长的地方,这导致别人总觉得她很瘦,事实上她的体重一直保持在一个健康的状态,甚至比同身高的女生还重一些。

晚上程逐洗澡的时候低头看了看身上密密麻麻的吻痕和掌印，狠狠地叹了口气，心想孙鸣池实在是太粗鲁了。

摒除头脑里乱七八糟的东西，包括程卫国出轨的那点破事儿，她洗完澡坐在爷爷奶奶身边，开始完成慢写的作业。

慢写和速写不一样，速写追求速度，注重抓住主要的动态特征和结构造型，程逐不到十分钟就能画完一幅，但慢写就需要深入刻画，人物的五官表情，画面的氛围，以及明暗关系都要照顾到。

程逐把能观察到的细节都画了进去，无论是衣服裤子上的褶皱，爷爷奶奶笑起来的表情还是白炽灯光照射下的投影，她都耐心且认真地勾画着。

纸面上的线条粗细相交，她熟练地排线。

下一秒，她的手顿住。

"我去接个电话。"她放下画板跑房间里快步走去。

爷爷奶奶对视一眼，疑惑她怎么慌里慌张的。

房间里，手机的默认铃声响个不停，程逐扑到床上拿枕头上的手机，翻过来一看。

潘晓婷。

她接起电话："喂。"

潘晓婷默然，试探道："你心情不好？"

她觉得程逐的语气活像什么冷血无情的意大利黑手党，下一秒就要掏出手枪把子弹射进她的脑袋里似的。

程逐也默了下，然后回了一句："没有啊。"

"真的？"

"真的。"程逐摸了一下床单的边，"所以什么事？"

"没事啊，就是问你这几天在家里做什么。"

程逐"啊"了一声："就休息。"

潘晓婷都震惊了，程逐这几年一共也没回来几次，今年好不容易回来了，居然不找她玩也不自己出去玩，就在家里待着，那还不如不要回村呢，在城里待着多舒服。

她说:"你不嫌无聊啊,赶紧出来玩,我去喊许周。"

"可我都洗完澡了。"

"你怎么这么早就洗澡了,不乱跑,不会出汗的。"

程逐想了想,说:"那你先喊他,我这边画画完了就过去找你们。"

"好!"

程逐重新回到客厅的沙发旁,爷爷奶奶还保持着原来的姿势,就等着她回来继续画。

程逐忍不住笑起来,稍微又完善了一下画上的细节,然后宣布他们可以活动了。

爷爷奶奶舒了一口气,动动脖子动动脑袋,问程逐说:"你们学校里的模特是不是都有酬劳的,这还挺累的。"

程逐撕着胶带:"有的,时薪几十块吧,最近好像涨了点儿。"

她把画收好就去找潘晓婷和许周了,许周是前两天才回村里,看到程逐今年也回来了表示很惊讶,说下一次如果回村的话可以两人一起,程逐应下来了。

三个人穿的都是拖鞋,慢悠悠地在小路上走着,晚上不算很热,三个人都很闲适。

天空将暗未暗,这时候的天色最为美丽,落日的余晖像少女的脸颊带着羞涩的色彩,把整个棠村照得好像世外桃源。

潘晓婷听说许周在大学混得不好,一点儿惊讶都没有,她说:"许周,你要自然一点儿,和别人相处就像和我们一样就可以了,我都怕你以后找不到对象。"

对潘晓婷来说,交友是十分容易的事情,因为她热情大方,不斤斤计较,想认识谁就去认识谁,不会有交际的烦恼。

但许周不一样,他从小就因为瘦弱被人欺负,即使后来有程逐和潘晓婷的帮助,但的确是已经造成了心理上的阴影,原本就不愿意贴近人群,更加上他性格原来就内向,导致他在同龄人里总是一个人,只对程逐和潘晓婷有下意识的亲近信任行为。

程逐替许周解释:"他也有很多人追的,你放心。"

性格是一回事,但许周的确长得好看,在很多人眼里他的性格反而是萌点,在学校,许周和她一起吃饭的时候还有女生来要过联系方式。

潘晓婷露出坏笑:"真的吗?可以啊,我们许周出息了!"她撞了撞他。

许周晃了晃,站稳后无奈叹气:"不要再说我了。"

他问:"程逐,你今年怎么忽然回来了?"

许周每年夏天都会和父母一起回村里,从来没见到过程逐,今年他和父母拖着行李回村,路过程家大院看到程逐的时候十分惊讶,他父母都没认出程逐,是他喊了程逐一声,他们才反应过来。

"就回来看看爷爷奶奶。"程逐没说实话。

"那下次回来可以和我说,我们可以一起回来。"

程逐看着许周笑道:"好,明年提前和你说,我们一起。"

落日降得着急,每一秒看向天空都是不同的景象,粉红的夕阳变得暗沉,像是村里姑娘出嫁时涂的胭脂,山光水色都被泼红,在某一个瞬间,太阳毫不犹豫埋入地平线,天边只剩一条红线,又泯灭,棠村又浸在暗夜中了。

潘晓婷蹦蹦跳跳地和他们说着今年村里发生的一些事情,不断分享着自己的开心与不开心,却没注意脚下,当着程逐和许周的面硬生生栽进了田里。

"啊!!!"

程逐、许周:"……"

画面实在是太好笑,他们俩憋笑憋得面红耳赤。

潘晓婷在下面哀号:"你们看着干什么!快拉我一把!"

程逐憋着笑,蹲下身想拉她,冷不防看见潘晓婷背后还站了个人,程逐被吓到,跌靠在许周腿边,被他拉了起来。

"你们在这里做什么?"是李征洲,正冷着脸看他们几个。

他们当然认出了他是村主任儿子,潘晓婷也才发现自己是栽进了村主任家的那块地儿。

她苦着脸说:"不好意思,我不小心摔进来了,脚扭到了,要不然你先扶我一把呗。"

他看了潘晓婷一眼，又看了她的脚一眼，停了两秒，面无表情地把她扛了起来，从田里上来之后，他们才发现潘晓婷的脚踝肿得像个馒头。

静悄悄的夜晚，程逐和许周还是忍不住想笑，最后反而是李征洲把潘晓婷送到了镇上的诊所看脚，然后又把她送回家里。

为了感谢李征洲，潘晓婷父母第二天就给村主任家送了不少东西，不过据说后来都被退了回来。

这天过后，程逐发现她的生活变得更加闹腾，因为潘晓婷崴了脚不能出门，嫌无聊，便一直给程逐打电话找她聊天，或者让程逐来她家找她。

程逐只去过一次，带了一些补品，然后无情地把不方便动弹的潘晓婷当作人体模特，画完一张画就离开了，完全无视潘晓婷愤恨的谴责。

又过了几天，潘晓婷终于不闹腾了，因为李征洲天天带着东西去看她，她每天要应付李征洲，分不出精力骚扰程逐。

也是这几天，程逐联系了孙鸣池。

程逐联系孙鸣池的理由十分冠冕堂皇，她说："孙鸣池，你方不方便过来给我当人体模特？"

她思考了一下，又加了一句："我可以付钱。"

孙鸣池好像有点无语，半响才回了一句："一块钱？"

"……时薪五十可以吗？"

"可以。"

程逐挂了电话，没想到事情能如此顺利，她心说没想到孙鸣池是如此为钱折腰的人。

"爷爷奶奶，我去镇上一趟，你们有没有什么要带的？"

"没有，你好好去玩吧。"

"好。"

为了看起来比较正式，程逐没带素描本，而是带的画板，她拿了一小沓素描纸贴在画板上，然后把画板夹在胳膊下，又收拾了笔、软橡皮、美工刀等一系列杂七杂八的东西放进背包，看起来一副要去集训的模样，然后在程爷爷程奶奶欣慰的目光下出了门。

在程逐的要求下,孙鸣池在镇上的一家小宾馆开了一间房间。

宾馆位于南边的一个店铺楼上,墙上用红色的喷漆写着宾馆的名字,但被绿油油的树叶遮挡住一半,如果看得不够仔细,可能察觉不出这里还有一家宾馆。

由于程逐心里顾忌太多,她是等孙鸣池开完房间之后才故作自然地进入。

前台的老板娘正拿着计算机对着账面按个不停,时不时发出"归零"的提示音,见程逐背着包进来后抬头看了她一眼,表情狐疑,但看到程逐朝她自然地笑了一下,以为是之前住进去的客人,便不再关注程逐了。

程逐走在楼梯上,背后全是冷汗,心想怎么跟无间道一样。

宾馆有三层,她到了二楼后不怎么费力就找到了孙鸣池所说的房间。

这里的环境不算是很好,但也不能说差,至少过道上都很卫生,棕红色的地毯看起来有一种刻意营造的高级感,和褪色的白色房门有显著的差异。

程逐站在门口,刚想敲门,门就从里面开了。

一道光迎面而来,程逐眯起眼,还没反应过来,孙鸣池直接把她拉了进去。

门被重重地关上。

窗帘没有拉上,房间里亮堂堂的,程逐站在门边平缓了一下心情,然后说:"你好。"

就算是孙鸣池,看到她这副样子也怔住了,怀疑自己理解错误。

他抱着胸靠在她旁边的墙上,哭笑不得地看她到底想做什么。

程逐的眼睛不住地往窗户那边瞄,能看到摇晃的树影以及远处的店铺与楼房。

心下觉得有些怪异,程逐努力定了定心后,慢吞吞地切入正题说道:"按时计费,五十块一小时,你随便找个地方,什么姿势舒服就摆什么姿势。"

孙鸣池沉默了一会儿,然后说"好"。

房间不大，里面只有一张大床，白色的，看起来和白墙和白门一样朴素，一个下午只需要五十块，但这已经是孙鸣池能找到的镇上最好且最不显眼的宾馆了。

程逐一点点把身上的东西拿下来，先是画板，然后是背包。

孙鸣池就站在一边看着，他的眼睛很漂亮，如今这样的眼睛正看着程逐，里面隐秘地起了一丝波澜，又归于平静。

程逐没有察觉，只是从包里掏出胶带，想把素描纸粘在画板上，结果发现自己之前已经把纸贴上去了，于是她又去拿美工刀削笔，平常很稳的手如今不自觉地带着一些颤抖，不知道是紧张还是害怕，又或者是后悔。

后悔怎么头脑一发热就给孙鸣池打了电话，程逐发誓她最最最开始真的没有想多，只是和室友们聊天，聊到模特的事情，室友小钱说她遇到一个帅哥，身材很好，正在想办法游说对方做她的模特。

身材很好……能有孙鸣池好吗？

程逐这么想着，便随口说了一句她遇上了一个八块腹肌的行走荷尔蒙，但室友们都不信，表示无图无真相，于是她就想了这么一出。

但后来有没有想多那就是另一回事了。

"你削了两分钟了。"孙鸣池善意地提醒。

程逐僵了一下，美工刀刮到手指划出了一道血痕，她下意识想把手指往嘴里塞，手腕却被孙鸣池用力握住。

滚烫的热度从手腕传来。

"别动。"孙鸣池厉声喝道。

他从程逐手里把美工刀拿了过来，确认美工刀没有生锈后才去看程逐的伤口，他说："没事，伤口不深，你坐一下，我去买碘酒。"

孙鸣池离开了房间，过了不到十分钟就回来了，手里拿着碘酒和创可贴。

回来之后发现房间的窗帘已经被拉上，他的脚步停了停，看了程逐一眼，而后自然地坐在程逐旁边，低着头握着她的手给她消毒。

孙鸣池的头发不长，从程逐的角度能看清他专注的神情，还有微蹙的眉。

心里忽然产生了一种微妙的感觉，觉得现在的画面荒诞极了，事情是怎么走到这一步的？

感受到程逐的僵硬，孙鸣池的动作顿了一下，没抬头，只是平静地问道："程逐，你在紧张吗？"

程逐矢口否认，肢体语言却很明显地表现出了抗拒与躲避的意思。

孙鸣池用力握着她，不让她把手抽回去，有点好笑道："程逐，你没说，我不会做什么的。"他撕开创可贴，缠在了程逐受伤的手指上，"好了。"

程逐道了声谢，木着脸说："我可没说和你做什么。"

孙鸣池点点头，一副不在意的样子，只是找了个位置坐着，继续让程逐画他。

然而最终这幅画还是没画下去，程逐被孙鸣池的眼神盯得受不了。

她有点控制不住自己的脾气，恼怒道："你能不能看别的地方？"

孙鸣池都快把她盯穿了。

孙鸣池挪开了一点儿目光，但程逐还是觉得整个人都暴露在孙鸣池充满掠夺性的视线里，让她毛骨悚然，身上每一根毛发都控制不住地竖起来。

程逐用力地把画笔拍到桌上，黑着脸说："不画了。"

孙鸣池觉得有趣，因为程逐像一只夯了毛的猫。

他起身，走到她旁边看那幅画，然后陷入了沉默。

可以说程逐画得丝毫没有耐心，没有一点儿能看出像孙鸣池的地方。

孙鸣池迟疑道："美术生？"

程逐心里憋着一口气，觉得自己受到了嘲讽，她骂道："你懂个屁。"

烦躁地把带来的东西往包里收，却因为收的动作太慌张，把包里的东西带了出来。

啊——

杀了她吧！

程逐觉得自己应该在上一秒死去，就不用承受现在的尴尬了。

孙鸣池蹲下身，捡起那条从包里掉出来的干净内裤，若有所思地点点头，真诚地夸赞道："你想得比我周到。"还知道带换洗的衣服。

"……"程逐觉得自己已经解释不清了。

呵呵。

解释不清就不解释了。

原本就是找了个借口，程逐现在可以非常诚实地承认——

本性罢了。

后面的事情发生得顺其自然，宾馆虽然便宜，但是床的确物超所值，十分软，软到程逐整个人陷在里面找不到支撑点。

她是整个人被孙鸣池抛到床上的，程逐一边觉得自己有点惨，一边又觉得有点好笑。

"你好歹让我把东西收起来吧。"

"别收了。"

程逐怔了一下，看着孙鸣池随手把上一张画纸撕下来，把后面的纸贴上，用嘴咬断胶带，然后拿了支炭笔给她。

"我想学。"他这么说。

程逐一开始没明白，直到孙鸣池开始动了才知道他想学的到底是什么东西。

"你、你……"她捏着笔，根本喘不上气。

孙鸣池出来了一点儿，然后说："随便画点什么。"

"我怎么画啊！"她向后转头，尖叫道。

"声音轻点。"他俯视着她，拍了拍她纤细的腰，"画个正方体？"印象中这个应该是最简单的。

程逐把笔一丢："我不画。"

孙鸣池摸了摸她的头发，也没有勉强，只不过动作很折磨人。

过了一会儿，他停下手中的动作，凑近她的耳朵咬了一下，问道："画不画？"

程逐崩溃了。

孙鸣池又问了一遍，这一回程逐说："我画，画！"

眼角有一点儿泪光，程逐用手背抹了一下，然后去拿被她丢到一边的笔，那支炭笔的笔尖在白色床单上留下了一道黑色印记，看起来突兀又十分自然，好像白纸合该被墨水染上。

程逐深呼吸了一下，忽略身后的触感，很快地画了一个正方体。

"好了。"她急促地说。

孙鸣池俯身看了一眼："怎么不涂颜色？"

程逐崩溃道："那叫五大调！"

孙鸣池很好学，他点点头："那你说说。"

程逐不知道自己为什么这种情况下还要兼职美术老师，而且这个学生还十分固执，非要知道哪个是哪个。

但凡画室里有这样的学生，老师都得高兴坏，但这里不是画室。

"为什么要这一条尤其黑？"孙鸣池认真地问，像是已经忘记他们现在到底在做什么。

程逐压着脾气告诉他："这叫明暗交界线。"

"嗯？"

"就是亮部和暗部的交界，那里是最黑的！行了吧！"她又把笔丢开，整个人都不耐烦了，"不做拉倒，松开我。"

孙鸣池笑起来："怎么这么没耐心。"

"这种时候要什么耐心！"她气得全身通红。

既然她这么说了，孙鸣池也不再客气。

程逐抬起头，长长的头发没有规则地散落在肌肤上，黑白分明的视觉感受让孙鸣池呼吸更重。

孙鸣池喘着气说："你怎么能这么白？"

"嗯……"程逐瞥了一眼他撑在她身边的手。

和孙鸣池整个人给人的感觉不一样，孙鸣池的手长得很好看，手指纤细修长，即使上面有疤痕，即使和白皙搭不上边，但依旧有一种斯文的感觉，加上现在上面多了一些鼓起青筋，看起来让人遐想。

"怎么不说话？"

程逐根本不想理他，她把头又埋进柔软的床里。

……

窗边的床头柜里有计生用品,但孙鸣池用的不是床头柜里的,而是从程逐包里拿出来的。

程逐的确周到,包里什么东西都有了。她从一开始打的就是这个主意,还非要找一个借口来和孙鸣池玩一玩奇怪的游戏,这也不怪孙鸣池在床上逗逗她了。

最后孙鸣池停下了,因为程逐说自己必须要画完一幅作业,否则万一爷爷奶奶问起来她糊弄不过去。

等洗完澡放松了一下之后,程逐总算能静下心来画画。

无论孙鸣池的眼神有多炽烈,她都非常淡定。

程逐的脸皮厚度肉眼可见地增长,毕竟都这样的情况了,从她联系孙鸣池的时候就已经做好和他维持稳定长期关系的准备,既然已经下定决心乐在当下,那其余的事情她就不再考虑,管孙鸣池是谁,现在他只是她的床上人。

她穿戴整齐后坐在椅子上,握着画板看向床上赤裸的孙鸣池。

有一种错觉,她是米开朗琪罗,孙鸣池是大卫,她一下子笑出了声。

孙鸣池支着一条腿,手臂撑在膝盖上,问:"你确定我不用穿点什么?"

"先不用穿,这幅画完你再穿。"

"那我可以拿被子盖一下吧?"

"你要很别扭就盖吧,没事。"

孙鸣池点头,问:"你要画几幅?"

程逐看了一眼时间:"就两幅吧。"

"行。"他叹了口气,"那我可以抽根烟吗?"

程逐停了两秒,说:"可以。"

孙鸣池看了她一眼,笑了一下,弯腰伸手从床底下的裤子里掏出了一包烟,然后用打火机点燃,程逐看见后眨了眨眼,立刻开始动笔。

这样的场景对于程逐来说并不稀奇,学校里也有人体课,学美术的搞懂人体构造很重要,有些美术生对于骨骼肌肉的了解程度堪比医学生。在他们眼中，人体就和石膏是相同的东西，需要琢磨的不是这个人体的身材如何，而是哪些骨骼支撑着肌肉，有哪些块面，以及肌肤的纹理和光影的表达。

照理说程逐不应该觉得别扭，但当下她还是觉得有些奇怪，也许是孙鸣池的目光一直落在她身上，这让程逐有些如坐针毡。

"学校里也有裸模？"孙鸣池随口问。

程逐表情认真地在画板上画着，之前那张正方体已经被她"人道毁灭"，丢进了垃圾桶。

她说："偶尔有。"

"都是什么人？"

"附近的农民工。"

孙鸣池点点头。

第一幅画程逐画了快一个小时，最后画完时，她发了一下呆，不想再做修改，果断放下了笔。

"好了，你穿衣服吧。"程逐把胶带撕下来。

孙鸣池配合地站起来把衣服都穿上，随后换了个更舒服的姿势。

身体微微前倾，跷着二郎腿，一只手臂支在腿上撑着头，手指被短发遮掩着，另一只拿着手机，看起来在专注地看着什么。

程逐只花了几分钟把第二张速写画完，姿态清晰但面容模糊，勉强能看出是孙鸣池，但看起来又让人联想不到他。

孙鸣池没有在意第二张画成什么样子，只是走过来对着一张画看了片刻，然后弯腰拿起，卷好后收到了自己手里。

"你干什么？"程逐奇怪地看他，抢他手里的画，"给我啊。"

孙鸣池躲开："这张给我了。"

"喂！"

"万一流出去了，那我就出名了。"孙鸣池看着程逐悠悠说道。

"……"

那一天，到最后程逐也没有抢回那幅画。许久以后，等室友再一次问起程逐口中八块腹肌的行走荷尔蒙,求图求真相的时候,程逐只能寒酸地把那张速写发给她们看,其实程逐觉得自己画得挺好的,但遭到了一致的嫌弃。

棠村的仲夏依旧炎热,伴随着微风与蝉鸣,而他们之间也充满酷暑的潮湿与热烈,从这天起,程逐和孙鸣池就心照不宣地维持了这种关系,大多数时候都是程逐联系孙鸣池,孙鸣池有求必应。

三个夏天犹如流水淌过,短暂又绵长。

第六章　　爱与俗世

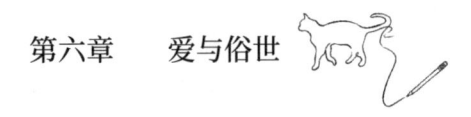

七月，正是花枝繁茂的好时节。

雨过天晴已经是一周后，棠村终于重新迎来炽烈的阳光，天空像是一片海，拥有着深度与厚度，每一片云朵都在流动，映照着旷野中盛开的硕大花朵，仿若一种呼唤。

许周被程逐身上的痕迹搅得心烦，这段时间不免兴致缺缺。

这天，他摘完玉米，在附近漫无目的地游荡，却没想到看到孙鸣池。

对方正抱着那只之前他抱过的猫，蹲在陈叔门口的花旁边，穿着干净的背心，露出的手臂显露着力量，下巴上有没刮干净的胡楂，看起来不修边幅的脸此刻看起来十分沉静。而那只猫一直往他怀里拱，画面莫名和谐。

许周看了一会儿才走到他旁边，道："那是程逐种下去的。"

孙鸣池听到声音抬头："所以呢？"

"请你和你的猫不要把它弄坏了。"

孙鸣池哼笑了一声，没有搭腔。

两两蜀葵相背开，茎枝上的每一朵花都长得显眼，三角花瓣的色彩由内自外变浅。

孙鸣池一点儿也没客气地摘了一朵下来，许周来不及阻拦，眼看着他把花丢给小竹子玩，全然忽略他的话。许周说不出话，心说孙家真是一家都不是好东西。

片刻后，孙鸣池偏头看许周，手上慢悠悠地揉着小竹子的背，问道：

"你喜欢她？"

许周先是愣了一下，反应过来"她"指的是程逐后才生硬地说："关你什么事？"

"问问呗。"孙鸣池还是笑着的样子，"没胆子追？"

他意有所指："还是怕她有喜欢的人？"

许周脸色不太好看。

孙鸣池笑笑，也没想到真的问出什么，起身直接离开。

手里的小猫朝许周凶狠地叫。

另一头，程逐果然如期来了例假，在家躺了一段时间，破天荒地抓住了赶速写作业的冲动，速度和当年集训不能比，但勉强也算是比较高效率。

除速写之外，程逐还写了几百字的有关艺术类著作的读书笔记，不过写得很干巴，可以看出她其实没什么感想，完全是在挤着渣滓。

这天，镇上有集市，程爷爷想要买点东西，程逐很久没动弹，索性当了个跑腿。

有集市的镇子更加有人气，马路两边全都是商贩的推车还有临时的棚架，附近村子的村民都来了，路上熙熙攘攘，还有大人背着小孩到处看。

但热闹归热闹，地上垃圾却不少，农村垃圾治理迫在眉睫。

帮程爷爷买完需要的菜和种子后，程逐自顾自开始逛街。

接到孙鸣池电话的时候，程逐正在一个铺子里看衣服。

密密麻麻的衣服挂满了架子，程逐看得眼花缭乱，刚好老板娘手上拿了几件裙子，程逐看中一件碎花裙，示意老板娘拿给她后，准备进更衣间换。

说是更衣间，事实上只是临时挂起块布挡了一下。

一般没有人会试衣服，通常在身上比画一下就直接付钱买下，偏偏遇上程逐这个奇葩，看起来像个有钱人，但一件这么便宜的衣服买得也不干脆，非要试过才行，老板娘无奈之下为程逐拉了一个简易的"更衣室"。

电话里。

孙鸣池问程逐："你在镇上？"

"干吗？"

"问问。"

"不在。"

"真的？"

"爱信不信。"程逐进了更衣间。

刚挂掉电话，帘子被人掀起，一个高大颀长的身影迅速挤了进来。

程逐被孙鸣池吓了一跳，十分努力才压住冲到喉咙口的尖叫。

她难以置信道："你怎么在这里？"

孙鸣池不说话，只是盯着程逐看。

狭小的空间因为多了一个人更显得拥挤，附近的温度直线上升。

程逐心中焦躁，不耐道："问你话呢！"

"不是不在镇上吗？"

"……"

孙鸣池拿眼角瞧她，见程逐吃瘪，这才慢悠悠地回答程逐："收工早，路过。"

更衣间里光线昏暗，只有头顶上漏进来的一些光能把他们照清。

光线带来的阴影把孙鸣池的影子投在了程逐身上，程逐的身体被切割成了很多部分，光暗分明，像是架在展览里的石膏像。

不过石膏像可不会穿这么潮流的衣服。

"我要换衣服了。"

"换吧。"孙鸣池没有一点儿动作。

两人贴得很近，程逐的前胸贴着孙鸣池的手臂，孙鸣池不动声色地往后挪了一点儿。

见他依旧一副没打算出去的样子，程逐索性当他不存在，先把短袖脱了下来，紧接着是长牛仔裤，动作快到明显带了谴责的意味。

看到她腿上的那些印记，孙鸣池诧异道："怎么还没消，我都没怎么用力。"

"你那还叫没用力？"程逐冷笑，迅速套上裙子背过身，"帮我拉一下。"

他垂眼，伸手扫了扫她短发的发尾，才帮她把拉链拉上。

裙子是淡紫色的,虽然有碎花,但穿在她身上也不显得土,反而看起来很纯真,纯真得不像程逐,至少不像孙鸣池看到的程逐。

毕竟程逐这姑娘哪里和纯真搭边,分明是个满脑子废料的小狐狸。

程逐转回身,伸手扭腰,确认裙子的大小没什么问题之后抬头看向孙鸣池。

"怎么样?"她问。

孙鸣池回答她:"好看。"

"多好看?"程逐故意找碴。

孙鸣池不说话,似笑非笑地看着她。

"连夸人都不会。"程逐撇撇嘴,拉开帘子打算出去,孙鸣池却握住程逐的手腕把她转了回来,有力的大手扣住程逐的后脑勺,直接果断地吻了下去。

就算有帘子挡着,这也是在大街上。

程逐能听到老板娘和其他顾客的对话声,不禁心惊肉跳,不敢剧烈挣扎,只是瞪大眼睛企图让孙鸣池停下动作,但孙鸣池可不会理会,勾着她吻,唇舌纠缠。

程逐无处可躲,闻到了从孙鸣池口中渡来的一点儿啤酒味。

许久,孙鸣池松开她,露出一个标准的微笑:"好看到我会这样。"

"……"

商铺简单,人却是络绎不绝。

从更衣间出来后,程逐一眼望去,至少有十几个人在看衣服,离她换衣服的临时更衣室相隔不过几米,只要稍稍细心,都能发觉更衣间方才发生了什么。

头皮一阵发麻,程逐闭了闭眼睛冷静,心说孙鸣池真的有病。

在老板娘身边等了片刻,看到她闲下来,程逐才说:"这条我要了,请问多少钱?"

顾客的问题多得回答不完,老板娘累得口干舌燥,一开始没回复程逐,而是端起水壶像水牛似的往嗓子眼灌水,润完喉刚想说话,却被帘子里走出来的孙鸣池吓得咳嗽不已。

这里只卖女装，哪冒出来的男人从更衣间出来。

"多少钱？"程逐重复了一遍。

老板娘捋着胸口平息那一阵咳嗽后才说："六十块。"

她悄悄看程逐身后不远处的孙鸣池，看到孙鸣池微笑着对她颔首。

哎哟，这小伙长得真高，真有味儿……

老板娘悄悄问程逐："美女，你对象？"

程逐面不改色地说："仇家。"

"骗人吧？"老板娘不信。

"没骗你，我妈跟他爸跑了。"

"现在哪还有这种事儿，肯定骗我，你们感情多好，我看他就喜欢你。"

程逐扯了下嘴角，道："是吗？"

老板娘还想再说什么，但程逐掏了一百块出来让她找零。

见程逐根本不讨价还价，老板娘笑得眼角的皱纹都炸成了花。

也没管到底是对象还是仇家，是谁爹拐了谁妈，此时都没赚钱重要，她迅速从腰间的挎包里拿了两张二十块的旧纸币给程逐，嘴里说着美女下次再来啊。

程逐嘴上应付，攥着四十块钱转身，却发现不见孙鸣池身影。

孙鸣池手机响了，看了一眼屏幕，寻了个角落接电话。

目光一转，看到程逐探头探脑在寻找什么，孙鸣池吹了一声口哨，对方便看了过来。

那双眼睛在阳光下闪闪发光，看起来比小竹子的眼睛还要亮，孙鸣池不由一笑。

巷子这一处尤为阴暗，光从左右两边传来，能看到走动的人流，灰墙上有几扇开着的窗，里面传出棋牌碰撞的声音，墙上一台白色的空调外机横亘在他们头顶上，正在作响。

程逐皱着眉走近："你怎么到这里了？"

"鸣池？你在哪呢？"电话那头的人问道。

孙鸣池看了一眼程逐，用胳膊圈住她，比了一个噤声的手势，然后说:"在镇上买东西。"

"我怎么听见有姑娘的声音?"

程逐靠在孙鸣池的怀里,有点反应过来了,这是何邱的声音。

倒是没有去年骂她时候的那股凶劲儿,乍一听温声细语,像个慈母。

程逐冷冷一笑。

"大街上一大半都是女的,你听不见才有问题。"

"你这孩子,我是说你边上有姑娘的声音。"

"听错了吧,我边上一大男人呢。"孙鸣池捏了捏程逐的下巴说道,笑了笑。

程逐:"……"

何邱没再细究,只是说家里的红豆和绿豆都用完了,让孙鸣池回来的时候带一些。

孙鸣池随口应着,余光看见空调外机的水不偏不倚地落在程逐的头发上,那一簇头发被打湿,一滴水挂在发尾一直没落下来。

搭在程逐身上的那只手食指稍弯,指尖轻轻地接住了那滴水。

程逐偏了偏头,目光落在孙鸣池的手指上。

店外的空调外机还在呼呼作响,好像在催促什么,声音似乎实质化,像一根细线被拉紧,无端令人心惊肉跳,程逐立刻想撤开,然而孙鸣池却搂得更紧。

没有预兆地,湿润的指尖贴在了程逐的眼睛下面,触感冰凉却又透着独属于男人的温热,沿着皮肤慢慢地往下滑着,留下一道印,像是雨天留在玻璃上的一道水痕,也像一滴泪。

事实上程逐很少哭,脱离号啕大哭的年龄之后,她几乎没有在别人面前流过一滴眼泪,除了孙鸣池,但那些眼泪和任何情绪都无关,只是因为生理的疼痛。

唯独去年,何邱的辱骂没有让她想哭,但孙鸣池的目光却让她切实地感到不适。

程逐很难形容那种感觉,像是一把火忽然烧了起来,不得不难受,她需要让自己尽快脱离这种异常的状态,所以她很果断地离开,并且切断了和孙鸣池的联系。

不过她总归还是又回来了。

程逐没恼，只是擦了擦脸上的水，用力把孙鸣池的手挥开。

后背贴着孙鸣池的宽阔结实的胸膛，视线落在墙角，看着一串整齐爬动的蚂蚁发呆，每一只都很不起眼，一群却又惹眼得很。

过了片刻，听到空调水落在水泥地的声音，很笨重，没有一丝回响。

仰起头，却发现孙鸣池低着头在看她，目光很暗。

程逐怔了怔，没能挪开目光。

巷子外人流涌动，巷子里的两个人只是默默对视着。

再然后，他们接了一个吻。

嘈杂的声响犹如凌乱的细珠落在鼓面上，一声声沉重地落在耳里，扰乱人心。

一触即分，短暂到似乎无事发生。

程逐想不起来是谁先主动的，也忘记了刚刚是否真实地发生了什么。

"回去吗？"孙鸣池挂了电话，嘴角挂着淡淡的笑。

"你不是还要买东西？"

孙鸣池点头，拉着程逐走出巷子。

周末，程逐去找潘晓婷，心说如今青天白日，总不至于打扰他们。

没想到到了村主任家，面对的还是李征洲阴沉的棺材脸。

程逐恍悟，无论什么时候来找潘晓婷，李征洲都不会开心。

不过潘晓婷很热情地欢迎程逐，抖着儿子念叨："胖虎，叫阿姨，阿姨，程阿姨——"

潘晓婷的儿子小名叫胖虎，据说是村主任取的，全家除了李征洲，没人敢提出异议，但碍于李征洲取的小名更难听，最后大家择优选取了"胖虎"作为小名。

程逐对于这个名字没有多余的感想，盯着胖虎看得认真。

但看着看着，胖虎就哭了。

惨烈的号叫传遍整个房间，潘晓婷呆住了。

"程逐，你笑一下……可能是你不笑的样子太凶了，吓到他了。"

程逐立刻扯了一个笑容。

"你这是笑吗？你这是威胁好吗？"潘晓婷尝试教会程逐如何做到和善，咧出一个笑，"像这样，自然点，你家不是还有个弟弟吗？你没逗过他？"

"没有。"

程逐一向对小孩没辙，更何况程一洋不需要她逗，每次看到她就爬过来笑，从小到大都没变过，她冷着脸也不管用。

前段时间程逐还收到了程一洋发来的视频请求。她没接，结果没过多久程一洋就发了十几张各种角度的自拍，像是生怕程逐忘了他长什么样，还要程逐也发照片给他看。

最后程逐没办法，找了张老照片发给程一洋，又给他回了条消息，让他别再往她这发照片，但这显然不能满足程一洋，他非要打视频看看程逐现在的样子。

程逐倒是想同意，奈何孙鸣池当时刚好在她边上。

他还指着照片优哉游哉地问程逐："你弟弟？挺可爱的。"

程逐懒得理他，等他走后才给程一洋回了个视频。

又哄了好一会儿，胖虎终于不再乱号，只是好奇地看着程逐。

潘晓婷把胖虎塞进程逐的怀里："来，抱抱看。"

程逐抱着胖虎，虽然后者不再哭泣，但他的眼泪从嘴里流了出来，把程逐的胸口的衣服都打湿，透出白色衬衫里的一点花纹，程逐脸色更僵硬。

潘晓婷觉得程逐的表情好笑，忍不住拿手机给程逐拍了几张特写，又把程逐带来的一大袋东西发到他们三人帮的群里，暗示许周这个叔叔不上道。

收起手机后，她忽然道："对了，还记得我大姑子吗？"

程逐怔了怔："怎么了？"

话说回来，都好久没看到李则馨了。

潘晓婷八卦道："李征洲说，她去外地谈生意，交了一个还在读大学的男朋友。"

109

程逐听完没什么反应，潘晓婷眨了眨眼睛，继续说："现在我公公婆婆逼她分手回村，让她别在外面瞎闹，回来认认真真找个对象稳定下来。"

"为什么？"

"什么为什么？"

"为什么觉得她不是认真的？"

"他们年纪差这么大，我大姑子三十一了吧，那个男朋友最多才二十二，差了九岁，任谁看都是玩玩的。"她顿了顿，又说，"其实我公公婆婆最喜欢的还是孙鸣池，各方面都好，可惜孙鸣池不喜欢我大姑子。"

程逐没有说话。

"等我大姑子回来，他们打算到时候直接去找孙鸣池他妈说一说这事儿。"潘晓婷还在琢磨，嘀咕着，"孙鸣池也奇怪，怎么就是不找对象，是不是有念念不忘的前女友什么的。"

程逐心不在焉地说："不知道。"

码头。

没开灯，天光照进来，能看见屋子中间有个折叠的桌子，如今四个腿展开，稳稳地立着，桌面上放着零散的扑克牌还有几瓶饮料啤酒。

整个屋子烟雾缭绕，几个光膀子的男人坐在地上说着什么，孙鸣池也在其中。

今天需要装卸的货不多，大家干完活休息，索性打起了牌。

旁边一个工友点开手机刷短视频，没多久就刷到了上回和程逐在那个商场里碰见的网络歌手的歌曲，孙鸣池听得脑壳疼，咬着烟含糊道："赶紧换首歌。"

"干什么，这不是挺好听的。"

孙鸣池骂道："好听个屁，现场跟个车祸似的。"

"你去听现场了？是不是前阵子来我们这县城里过，原本我和老婆也想去凑个热闹，但那天晚上我女儿发烧了，都在家里照顾她了。"

孙鸣池点头，随手打了几张牌，嘴里说："三带二。"

110

"那天人是不是很多,我看这歌手还挺火的,长得帅,都是女粉丝。"

孙鸣池左手拿着牌,右手漫不经心地捋着牌面,分出一缕神回忆那天舞台上歌手的长相,回想到最后也只有一个小白脸的轮廓,还有唱两句歌都喘不上气,于是他说:"人的确挺多,但长相和歌都不行,没什么好看的。"

另一个在打牌的工友小杨笑道:"鸣池这话怎么一股酸味儿。"

"话说回来,好久没看到有人找鸣池了。"

"上回不是一次来了三个女的吗?"

"对,有个女的我看见了,白得发光,我就没见过这么——"话没说完,小杨大叫了一声,"孙鸣池你有毒啊!离这么远也能踩到我!"

屋子里脏乱不堪,衣服、鞋子、水泥袋还有各种东西堆在一起。

空气静止了一瞬,又自然地流动起来。

孙鸣池收回脚:"不好意思。"

男人多的地方总归不会多干净,从头到脚都不干净,更别提孙鸣池这糙人的鞋踩过哪些地方。小杨看着脚丫子上一块乌漆麻黑的印,一脸的一言难尽。

孙鸣池又道了个歉,表情看不出真诚与否。

"算了,我继续说,那个女的穿个吊带,露出来的——"

"小杨。"孙鸣池打断他,随手又出了张牌,摘下烟碾灭,烟灰沾到手上,他甩了甩,漫不经心地说,"你明年得结婚了吧,这么喜欢看美女,你老婆知道吗?"

小杨的话憋回了嗓子眼里,他哭笑不得:"别介啊,我就欣赏欣赏,也没怎么样。"

"那你老婆知道你这么喜欢欣赏女人?"

"瞧你这话说的。"小杨哽了哽,扬起声道,"不说这个了,打牌!"

"八九十勾圈。"

"炸弹!"

小小的屋子里越发热闹,孙鸣池嘴里跟着音乐哼着不成调的歌,盯着桌面上大小王妖娆的姿势,心里想的却是程逐身上附着薄汗,咬着嘴唇死活不肯求饶的样子。

确实白,白得没边了,在夜里跟个夜明珠似的。

就是脾气太差了。

这局打完,孙鸣池把牌一丢,扬了扬下巴示意换个人上。

一旁看手机的工友顶了上去,噼里啪啦,又是一阵扑克牌翻动的声音。

孙鸣池洗了个手,随手把衣服套身上,出门透透气。

空气咸湿,像是泡在柠檬盐水中,星星点点的腥气围绕在鼻尖。

看到一工人拖着一板车的鱼货走上坡,孙鸣池过去帮他推了把,随后便往另一边走,没两步就碰上船老板。

"鸣池!"对方喊住他,随手给他递了根烟。

孙鸣池丝毫不客气地接过来,打火机一按,火光一闪,烟头被点燃。

大拇指和食指中指一起捏着香烟,放进嘴里吸了一口,又缓缓吐出,顿时烟雾缭绕,姣好的面容在迷雾中显出不一样的色彩。

一旁的船老板"啧"了一声:"鸣池,你这人就适合吸烟。"

"什么?"孙鸣池眯起眼。

"特别有味儿。"

"这什么说法?"

"好看啊。"

孙鸣池嗤笑:"好看顶个屁用。"

"女孩子喜欢呗。"

"那喜欢的也只是皮囊,迟早有一天会跑。"

"怎么?有经验啊。"

孙鸣池不置可否,岔开话题问:"最近生意不好?"

"嗯。"最近海上不太平,一些小船不怎么出海跑船。

他们站在岸上,看着三三两两的工人卸货装货。

"没有急活的话,我最近就不来了。"

"怎么了?"

"我妈最近精神头不太好,我带她去医院看看。"

船老板点头说好,两人一齐往远方望去,那是无边无际的海,表面上无风无浪,充满包容性,但却难以察觉底下酝酿着怎样深沉的风暴。

孙鸣池掸了掸烟灰,没有继续吸,只是把烟夹在手里,任由星火把烟慢慢燃尽。

棠村碧空如洗,像面镜子。

又过了些天,许周不知是不是想通了,又来找程逐,只字不提程逐身上印记的事情。

"捉泥鳅吗?"

"不去,没意思。"

"那打不打麻将,我过来的时候刚好看到那边凑了几桌。"

"不去,她们看到我就不打了。"前两年程逐赢了太多钱,村里那一群爱打麻将的阿姨们对她避之不及,生怕她又来低成本敛财,但凡程逐出现在牌局间,她们能找借口溜的都溜了。

许周显然对这事也有印象,表情有些无奈,想了想,道:"要不然去爬山吧?"

"这个可以。"程逐想了想,"叫上潘晓婷吗?"

"你想叫就叫吧。"

于是他们两个一起去村主任家找潘晓婷,在李征洲冰冷的脸色下把潘晓婷带走了。

"李征洲会恨我们吧?"许周说。

潘晓婷没心没肺地摆手:"哎呀,不要管他,我们玩我们的就可以了。"

许周叹了口气:"他真惨。"

潘晓婷忍无可忍地捶了他一拳。

天气越发炎热,田里的庄稼也长得精神,能看到田里有人戴着斗笠弯着腰拎着锄头在锄地。每个人身上都是一层薄汗,还有拿着水管浇水的,隐隐有彩虹在水流间闪现。

他们走在路上,看到熟人就打个招呼聊几句。

这边的山不是很大,没走多久就爬上山头,不过小山的后面还有一座大山,那山上都是坟包,潘晓婷指着那座山说,村里的小孩就是在那见了鬼。

三个人一起朝那边看去。

"你们说怎么会看见鬼呢?"潘晓婷稀奇道,"好像说是个白面和尚。"

"会不会是庙里的和尚?"许周猜测。

"不是,听说穿的都是一身白,脸也白得和死人似的,一眨眼就不见了。"

三个人不约而同地缄默。

许周:"我们聊点阳间的话题。"

潘晓婷:"嗯……"

微风徐徐,风和日丽。这山不像有鬼的样子,有蛇倒有可能。

冒险精神又探出头,他们还是决定上去看一看。

观察了一下哪条路可以通到那边的山上,三个人便开始往那里走。

抱着猎奇的心情爬上了山,然而结果却差强人意。他们全程没看见白面和尚,寺庙里的小和尚倒是见到一个,所以他们顺便去庙里拜了拜。

说不出是遗憾还是庆幸,最后三个人又悠悠地下了山。

程逐的确太久没有户外运动过,爬了一趟山感觉浑身舒畅。

她和许周决定先把潘晓婷送回家,生怕回去太迟李征洲暗暗记他们一笔。

李征洲知道他们要回来了,早早地在家门口等潘晓婷。看到潘晓婷一脸高兴地回来,他十分自然地搂住她,然后朝他们笑了一下,程逐和许周都觉得这笑有点瘆人。

路上,许周看起来有什么话想对程逐说,但许久也没说出口。

程逐心不在焉,没察觉又或者说丝毫不在意,和许周打了声招呼便回了家。

到家后才发现爷爷奶奶今天居然都出去串门了。

院子里有些落叶在几不可察的风中摇晃，屋子里没有一点儿声响，显得有些空荡。

程逐在房间里躺了一阵，忽然记起什么，从床上翻起来，跑上楼去爷爷奶奶的房间。

上一次想看床里侧的抽屉时刚好被打断，如今趁着爷爷奶奶不在，程逐随手掏了掏，却没想到这一掏还真掏出了点东西来。

程逐盯着上面积了一层厚厚的灰，被老鼠啃了一个角的本子，慢慢地翻了开来。

孙鸣池正在家中陪何邱和何山。

前段时间何邱经常失眠，精神不济，他前两天带她去了一趟医院，医生说是思绪太重引起，其他没什么问题，老年痴呆的症状也还算稳定，药要继续吃，平常也要多动动脑。

这几天孙鸣池盯着何邱，想问何邱最近在想什么，但何邱不肯说。

晚上，三个人坐在餐桌上吃着饭。

何邱问孙鸣池："鸣迟，前段时间你怎么都回来得这么晚？"

"码头忙。"

何邱看了他一眼，继续默不作声地吃饭，没有再问什么，倒是何山，眼神在他们俩之间徘徊，欲言又止。

孙鸣池接到程逐电话的时候正在沙发上陪何邱看电视剧。

听到铃声响，何邱下意识看了一眼手机屏幕，上面是一串号码，没有备注。

"谁啊？"

"推销电话。"他把电话按掉。

少时，何山说："鸣迟，锅里的东西炖好没有，你去看一下。"

孙鸣池看他一眼，又看了何邱一眼，笑了笑，把小竹子放在地上，拿着手机往厨房走，同时重新给程逐拨去电话。

程逐很快就把电话接了起来。

"你挂电话做什么？"

"有事。"孙鸣池回她,看了看锅里,往里又加了一点儿水,"找我什么事?"

程逐问:"问你,你骗过我吗?"

孙鸣池皱了下眉,没有回答这个问题。

电话那头的程逐没等到答案也不在意,眼前只有日记上密密麻麻的字,她依旧说着话,语气是说不出的微妙,她问:"人是不是都是自私的?"

"什么?"孙鸣池问,"你在哪里?"

"你先回答我的问题。"

孙鸣池靠着白墙思考了一下,然后说:"趋利避害是人的本能。"

自私的基因存在于所有生物体内,只是在人类身上的特性更突出而已,没有人是不自私的,他也一样。孙鸣池一直觉得自己算不上好人,他做事目的性向来很强,很少做无用功,他必须要保证自己付出的同时有收获,无论是生活、工作还是其他方面。

程逐若有所思:"趋利避害……"

孙鸣池静了两秒,再一次问道:"你在哪里?"

锅里的东西炖好了,孙鸣池拿出来之后放在了餐厅的桌上。

回到客厅后,他和何邱说自己要出去一下,何邱奇怪道:"到底怎么回事,你最近晚上总是出去,码头最近怎么这么忙?"

"不是,去找个朋友。"他这么说。

"哪个朋友啊,我认不认识?"何邱表情忽然变得严肃,"是不是……"

话没说完何山就皱着脸打断她:"行了,管这管那的,出个门还要报备。鸣池都快三十了,怪不得他到现在没对象。"

"哎哟!你不懂!这不是有没有对象的问题!"何邱还想说什么,想起什么似的又把嘴里的话咽下去,无奈道,"算了算了,你去吧,别让人家等久了。"

孙鸣池微妙地看了何邱一眼,像是有些惊讶,而后笑道:"好。"

棠村的河水依旧清澈见底，即便白天有不少小孩戏水洗澡，它依旧在流动中保持着最初的模样，好像一切污秽都会被冲刷。

程逐坐在凉亭中，头顶上有一团蚊虫在飞。

嗡嗡声让人头皮发麻，她站起来走到河边，回忆当年孙鸣池是站在河里哪个位置，程逐脱了鞋，试探性地往下伸了伸脚，但刚踩下水就被人拉了起来。

"你要做什么？"孙鸣池有些用力地拉着程逐的手臂，脸色有些冷。

程逐有些慢半拍地说道："反正不是想不开。"

这河这么浅，她跳下去也淹不死，被河底石头磕晕的可能性倒大一点儿。

孙鸣池提着她的鞋，把她从河边带远了一点儿。

扶着他穿鞋，程逐没穿袜子，一个个粉白的脚趾在夜里显眼。孙鸣池不动声色地收回视线，道："说吧，到底怎么回事？"

她穿完鞋后才平静地说："你说当年的事情到底是个什么情况？"

"什么事情？"

"还能是什么事情，你爸和我妈一起跑了的事情。"

孙鸣池想了想，说："这事儿没法说。"

程逐的这个问题从来没有正确答案，因为客观事实已经被岁月掩埋，他们找不到真相，也没有人会在意真相，这个社会就是这样，所有人看到的只是自己想看到的，每个人的答案都是主观的。

孙鸣池大概是局中人里唯一比较理性的，他既不偏袒自己的父亲，也不恶意针对程逐的母亲。当年的事情在他看来简单得不能更简单，根本没有什么需要多提多想的地方。

程逐想了想，问："你觉得我妈有没有勾引你爸？"

这是一道送命题，孙鸣池不知道程逐为何忽然旧事重提，不过这并不影响孙鸣池坦然地说出自己的想法："一个巴掌拍不响。"

"话虽如此……"

程逐深吸了口气，开门见山道："我妈真的勾引你爸了。"

杨雯的日记颠覆了程逐以往的认知。

看过日记后程逐才知道，原来爷爷奶奶对于程卫国出轨的事情知道得一清二楚，甚至比杨雯知道的时候还早得多，只是他们从来没想过和她说。

杨雯以为他们是一家人，却没想到她是被蒙在鼓里的小丑。

对于程卫国出轨的事情，杨雯一忍再忍，盼望着事情还有转机，但爷爷奶奶知道事情真相却还一再纵容隐瞒，这让杨雯恍悟她的真心换不了真心，没人站在她这边。

杨雯彻底绝望，说不定还要加上对不听话的女儿的厌烦，这些组成了最后冲动。

没有被迫，没有被骗，是杨雯先迈出的那一步。

如果让程逐客观地评价杨雯和许娇，那无疑是前者更漂亮。

杨雯以前在村里是出了名的美女，未婚时有不少人追求，而孙鸣池父亲也是其中之一，但杨雯最后却狠心拒绝了他，选了人模狗样、花言巧语的程卫国。

自结婚之后，杨雯为了避嫌所以很少接触孙家，何邱知道丈夫的那点旧情事，自然也不让他们家接触程家。直到后来杨雯的刻意接近与试探，这两个人才重新开始接触，暗通款曲。

而杨雯做这些的目的也很简单，为了报复程家，顺便解决自己的后半辈子。

日记的后半部分都是雷同的，几乎每一天杨雯都会和孙鸣池父亲暗中相见。

程逐在学校里上课的时候，杨雯可能和孙鸣池父亲在某个地方眉来眼去，甚至来接程逐放学之前，杨雯可能刚从孙鸣池父亲那里回来。

最后一篇日记是杨雯跑掉的前三天，她和孙鸣池父亲被人撞见的第二天，上面写了不少后悔的话，但程逐分辨不出杨雯是真的后悔还是假的后悔，毕竟三天后她就和孙鸣池的父亲化作梁山伯与祝英台，变成蝴蝶双宿双飞，全然忘记她还有个女儿了。

程逐把日记里的内容一五一十地告诉孙鸣池，做好了孙鸣池听完后露出厌恶反感表情的准备，但孙鸣池并无什么大反应，甚至边听边点头。

她不可思议道:"你不生气?"

"气什么?"孙鸣池语调平直。

"我妈勾引了你爸啊。"程逐古怪地看他一眼。

注意到她的目光,孙鸣池笑笑:"你不用想太多,我爸问题也很大。"

程逐不理解孙鸣池怎么还能做到心平气和地与她讲话,甚至反过来安慰她。

孙鸣池是菩萨吗?下凡度她来了。

像是能看透程逐在想什么,孙鸣池微微俯下身平视程逐道:"还是那句话,一个巴掌拍不响,你不用把错都归结到你母亲身上,更不用因为她而觉得愧疚,又不是你勾引的,你也是受害者,我对你生什么气?"

说话的语气轻松得像在讨论明天的天气。

程逐抿了下唇:"我可没愧疚,杨雯做的事与我何干?"

看着程逐的冷脸,孙鸣池没再说什么。

今晚夜色很好,温柔沉静。

月光透过树影漏下细碎的玉,河水跟泼了金箔似的闪。

小树林和河道的中间冷不丁起了一阵风,像个幽灵拂过身体。

程逐打了个颤,孙鸣池看了一眼,发现她今天穿的上衣是件白色短衬衫,十分轻薄。

他问:"冷?"

"还好,刚那阵风有点凉。"

孙鸣池往前站了一点儿,碰了碰程逐的手,温的,又放下。

程逐看了他一眼。

孙鸣池仰头,语调没什么起伏道:"程逐,我父母感情一直不怎么样。"

他的父亲不是好丈夫,也不是合格的父亲。孙鸣池的童年经历了父母无尽的争吵以及父亲的冷落,倒是何邱一直是一个优秀的母亲,可以说对孙鸣池无微不至,所以当年知道父亲跑了之后,孙鸣池没有多少伤心,只是担心自己的母亲是否能扛得住。

这些事孙鸣池没和其他人说过,因为没必要。

程逐沉默,这样想来,何邱的确是彻头彻尾的受害者,也难怪她这么恨杨雯。

她说:"你说他们俩早在一起不就好了吗,哪里还有我们什么事。"

说不定世上都没有程逐和孙鸣池这两个人了。

"或许我们会变成亲兄妹,如果是那样,那我铁定是在哥哥阴影下成长的可怜小孩。"程逐又想起以前杨雯要她向孙鸣池学习的痛苦回忆,"我可能会半夜到你房间,求你帮我写作业,你可能会把这事告诉家长,害我被痛骂。"

"我这么坏?"知道程逐的心情好一些了,孙鸣池瞥她,"想象力这么丰富,怎么不去写小说?"

"我倒是想写,写一本女主角用一枚硬币追到个帅哥的小说。"

孙鸣池挑眉:"我是你的男主角?"

"……你真自恋。"

风又变大,程逐的头发都扬了起来。

她抬手捋了捋,花哨的指甲跟蝴蝶似的在发丝间翻飞。

孙鸣池说:"回去吧。"

程逐没动,孙鸣池去拉程逐,程逐却反捏住孙鸣池的手。

孙鸣池眯眼,心下明了:"不想回去?"

程逐点头。

出门的时候刚好碰上爷爷奶奶回来,程逐没有询问日记的事情,因为不知道怎么开口,不知道开口之后造成的结果是不是她想要看到的,更何况她也不清楚自己想要一个什么样的结果。

粉饰太平是人类最擅长的事情,程逐就在这么做着,并且感到怪异,越发分不清虚伪冷漠的是自己还是这个世界,不过这个世界总归还是有真实的东西。

例如冲动。

程逐抬眼:"孙鸣池,开房吗?"

穿过棕红色的地毯,打开褪色的灰白色房门,坐在熟悉又陌生的房间，白色的墙面环绕着他们，棕色的窗帘被拉上，只有房间里的光暖暖照着。

到了房间孙鸣池便脱了上衣，只穿着一条牛仔裤在房间里走动。

孙鸣池身上有些脏，也有汗味。程逐坐得远也能闻到，不是很臭，反而让人面红耳赤。

孙鸣池自从决定留在村里就活得十分粗糙，很多很多年前，程逐印象里的孙鸣池还是一身休闲装的大哥哥，偶尔能看到他西装革履，像是哪里的精英，而现在已经完全被短袖裤衩拖鞋取代。

程逐探究道："你现在都不穿西装了吗？"

"什么？"孙鸣池怔了一下，随后嗤笑道，"穿西装搬货，人不得把我当傻子。"

顿了顿，他又说："你想看？我可以穿给你看。"

"真的？"

"假的。"

"……"程逐不想说话了。

看着程逐的表情，孙鸣池乐了半天，最后说："有机会让你看。"

房间里的空调呼呼吹着。

"喝一点儿。"孙鸣池烧完水，转身递给程逐。

程逐接过来慢慢喝着，水杯摸起来是热的，用热水烫过，又装上了热水。

孙鸣池靠在一旁的桌子上看程逐："怎么敢在宾馆里了？"

知道他在调侃，程逐没好气地说："你不是很不情愿进我房间吗？"

孙鸣池从她手里接过没喝完的水，吹了吹，一口喝下，把水杯放到桌上后凑近程逐。

程逐抬眼看他："干什么？"

"许周进过你房间吗？"

"没有"两个字还没说出口，程逐已经被吻住了。

孙鸣池低下身捏着程逐的下巴，一开始只轻轻地啄，后来越吻越深。

程逐用力推他，嘴里发出含糊的声音："你还没洗澡。"

"一起。"

……

事情结束后，两人在床上。

程逐赤身裸体把自己裹进了被子里，感觉不只是手指，全身的皮肤都皱了，她的眼睛还有些红，但是面无表情道："我要换洗的衣服。"换下来的她不想再穿了。

"现在这么晚，我哪里去给你找换洗的衣服。"孙鸣池穿着内裤坐在程逐旁边的床上，扭身看着程逐说，"先这样凑合着吧，明天我早点去看看。"

"玩完就丢是吧？"程逐冷笑道。

孙鸣池挑眉："这又是哪一出？"

程逐烦得很，把脚伸出被子，恶狠狠地踹了他一脚。

这一脚不痛不痒的，孙鸣池拉住她的脚，回身把大灯都熄灭，只留下一盏床头灯。

脚腕发烫，程逐看去，发现泛过来的光把孙鸣池照得很温暖，从头到脚的温暖，大山般的身体如今布满抓挠留下的伤口，都是程逐新仇加旧恨恶意留下的。不过孙鸣池从没喊过疼，反而乐在其中，笑话她说小竹子也是这么挠人的。

孙鸣池这是把她当猫养呢。

"你说我们怎么就搅在一起了？"程逐忽然问。

"因为那枚硬币。"

孙鸣池在给何邱回消息，说今晚有事不回去了，顺便嘱咐何山帮他照看一下何邱。

他没回头，但程逐能看到他黑漆漆的瞳孔，认真专注的表情。

程逐有些出神，不由自主地想到她两年前回棠村，在车上百无聊赖地寻找影片，菜单里的影片林林总总，她提不起一点儿兴趣，在她即将放弃的时候，却被一部电影的封面吸引。

她点开，发现影片的开端差强人意，过程却偶有惊喜，车窗外逆行的树出现虚幻的光影，而她则渐入佳境越发沉迷。

那部影片她已经想不起名字，唯独记得影片结束时她刚好到了棠村门口。

稻田连片，古树林立，她一眼就看到了人群中路过的孙鸣池。

孙鸣池似乎是看了她一眼，又好像没看。

没过多久，他们就在那条河边见面了。

那一枚硬币就是一切故事的开端，两个人关系从一开始就带着羞辱的含义。程逐承认当时的她就是故意的，想要恶心孙鸣池，但没想到孙鸣池也这么不要脸，后续的发展是十匹马也拉不回来。

不过如果不是那枚硬币，两人现在还会有羁绊吗？

也是有的，只不过那是程逐最厌恶的羁绊，因为两个不负责任的长辈。

"你后悔吗？"

"你呢？"他不答反问。

程逐没回答。

这时候孙鸣池回头了，看到程逐正举着手机对着他，见他回头后就把手机放下来。

孙鸣池低头，看到程逐手机照片里的自己，是他不能理解的构图，巨大的倾斜角度，几乎面容不清，昏暗灯光下的躯体倒是隐约可见，像一座桥横亘在屏幕中央。

"偷拍我？嗯？"他捏了捏程逐的腿。

"给我以后练习人体。"程逐垂着眼淡淡道，点开编辑，把孙鸣池的脸彻底截掉。

孙鸣池浑不在意地点头，松开她的腿，随手打开床头柜看了看，发现除了他们用掉的东西之外，还有一包劣质香烟以及一些茶包。

他想关上，但被程逐拦住。

程逐把香烟盒拿出来拆掉，抽了一根出来，学着孙鸣池以前抽烟的样子，塞进自己的嘴里，装模作样地摆弄了一下，似乎是觉得有趣，便让孙鸣池教她抽烟。

孙鸣池拒绝了。

"为什么？"

"你不是嫌臭？"

123

程逐没回答，她很久没看孙鸣池抽烟了，似乎是过去的某一天，她随口说了一句不太喜欢闻烟味，孙鸣池就再也没在她面前抽过烟。

房间里一片昏暗。

孙鸣池掀起被子把自己也塞进了床里，程逐觉得一个滚烫又坚硬的身体贴上自己，像个移动的火炉，她不由自主往后缩了缩，但孙鸣池又圈着把她拉回来，程逐的身体不自然地颤抖了一下。

"明天早上给你去买换的衣服，今晚先睡。"

"睡不着。"

"那说明你还不够累。"孙鸣池作势要起身。

程逐连忙把眼睛闭上，紧接着感受到孙鸣池的身体震了震，似乎是笑了，随后又像以往一样亲了她一下，不过和以前不同的是，这一次他没有离开。

他们睡在一起，拥抱着，而且将彻夜如此。

这太不同，也太不应该。

一丝不挂，有很多东西藏不住，像是浴室里的那一层蒙了雾的玻璃，被硕大的水滴一次又一次肆无忌惮地冲刷，变得一清二楚，任谁都可以窥探。

程逐越发烦躁清醒，隐隐后悔于今天的冲动。

房间一片静谧，飘进来的月光都安睡，均匀的呼吸声缓缓响起。

黑暗中有两道不同频率的心跳声。

许久，程逐慢慢睁开眼睛，喊道："孙鸣池。"

无人回答。

又许久，被搂紧，额头一烫，很轻很沉的一声"嗯"。

第二天，旭日东升，人间烟火气从窗外传来。

等程逐醒来的时候身边已经没有人，阳光从窗帘缝隙爬进来，像个蛛网似的包裹住了她，程逐不适地眯了眯眼，重新把头埋进被子里。

又等了十分钟，她摸到了被子里的手机，发现没电了。

没有充电线，失去网络，陌生的环境，没有熟悉的人，只有灰尘在飘动。

恐慌感后知后觉漫了上来,思维难以转动。

"孙鸣池?"程逐像一个提线木偶,僵硬地喊了一声。

没人应答,她又喊了一声,随即从床上坐起来。

程逐把昨天换下的脏衣服套回身上,动作很快,却频频出错。

越是急越是错,越是错越是烦躁,在第三次扣错纽扣后,程逐暗骂了一句,终于忍无可忍,发泄似的用力踹了床一脚。

"嘭!"

震天雷的声响,她闭了闭眼睛,呼出一口气,这才慢下动作。

把衬衫纽扣扣完,穿裤子的时候,门锁却传来声响,孙鸣池慢悠悠地走了进来。

看到程逐的样子后,他一愣:"想跑?"

程逐动作顿住,猛地看向他。

一颗石头落了地,发出清脆的声音。

程逐松开手,裤子啪地掉在地上,她没在意,面无表情地问:"你去哪里了?"

孙鸣池"唔"了一声,晃了晃手里的早餐和衣服:"买这些,我给你留了纸条。"

顺着他的视线,程逐这才看见床头柜上有一张便签,上面写着"出去一下,马上回来",字迹很"孙鸣池",狂野又温和,笔锋犀利飘逸却不潦草。

"以为我走了?"他揶揄。

"……没有。"

孙鸣池不置可否,把手上的塑料袋递给程逐。

程逐当着孙鸣池的面脱下身上的衣服,换上新的一套。

大小适合,连内衣内裤都恰好合身,程逐沉默不语,走进了卫生间洗漱。

身上的衣服是普通的短袖短裤,但不是程逐平常穿的紧身风格,而是休闲宽松的版型,看起来舒适又自在,好像某个在家惬意醒来的清晨。

孙鸣池站在卫生间门口看了片刻,想到刚刚程逐的反应,声音有点哑:"过来。"

程逐没动。

"程逐,过来。"

程逐看都没看他一眼,自顾自吐掉漱口水,开始洗脸。

"行了,我过来。"孙鸣池叹了口气,走到程逐身边。

扣着程逐湿漉漉的脸转向自己,凝视几秒,按住了程逐的腰,大手的热度透过衣服传到程逐身上,把她压向自己,低声问:"生气了?真以为我走了?"

"滚。"程逐冷冷撇开脸。

孙鸣池没滚,反而轻轻吻着程逐的额头和头发,然后是嘴唇。

毫无缘由的吻,吻得很深,程逐静止了片刻,攀上他的肩吻了回去。

裹挟着清晨的露珠,撞击着玻璃窗,惊醒沉眠中的人。

叫卖声像一阵热浪滚滚而来,灼烧藏匿着的思绪,融化成水龙头中滴答的水滴。

两人的身子紧贴着,像是要揉碎。

亲吻由深变浅,又变深。

孙鸣池粗糙的胡楂磨着她的下巴,程逐什么都没说。

两分钟后,程逐挣开他,用毛巾擦了擦脸,走回房间。

想起什么,又回头对着孙鸣池道:"我手机没电了,帮我找根充电线。"

孙鸣池去楼下前台帮程逐借了一个充电宝,程逐耐心地摆弄着,把数据线插进充电口,等待电量已经到殆尽的手机开机。

过了十分钟,手机开机界面终于出现。

下一秒,无数信息涌入,"滴滴"的提示音响个不停,像一道道催命符,程逐有不祥的预感,孙鸣池也被声音吸引,看了过来,和程逐对视了一眼。

程逐低下头,想打开手机看信息,但电话先进来了。

"谁?"

"许周。"

接通的那一刻,程逐心神不宁,情不自禁握起拳头。

电话里,对方的情绪激动,声音透过听筒传了出来。
——"程逐,你去哪里了?你奶奶出事了!"

人生的可能性太多,谁都说不准下一秒可能发生什么。

有人说灾难接踵而至才是生活的常态,程逐不愿意认同,但不得不认同。

幼时,程逐曾经幻想过自己的下辈子,既然是幻想,那便不需要什么逻辑,没必要再拘谨。她贪婪地期望家庭和睦,家底厚实,头脑优秀,生活顺遂,有百分百的好运,有让别人羡慕不已的情人、不离不弃的朋友,一点儿也不费劲地活着,一丝苦难与疼痛也不要有。

但这个想法在懂事后就被扑灭了,因为过于顺遂美满的人生难以饱尝幸福,没有坎坷,没有努力,顺遂最终也会成为一种寡淡,人将变得没有勇气面对死亡又或是期盼死亡。

所以程逐认为,她经历的种种苦难也许是上帝的一种试炼,这些试炼对更苦的人可能不值一提,但对她来说已经是当头一棒。

程逐无法判断接下来的人生会变成什么样,也无法改变已经发生的事情,她只能顾好当下以及做好自己。

书里说,既然决定活下来,那就要迎接更激烈残酷的战斗。

尽管如此,新的试炼到来的时候,她依旧感到苦楚,无论大小,都像潮水推着她。她是被丢入海底的硬币,以为自己能沉底,现实却是任何东西都可能让她漂泊,没人能再寻到她。

程逐努力做到冷静,不自乱阵脚,伪装好自己,但又迫切需要一个人能看到她,目不转睛一直看着她,不让她迷失在深海。

并且,有力地一把抓住她。

医院楼下车水马龙,医院里形形色色的人在来往,人间百态,众生万象,都可以在这小小的范围里见到,比菜市场还丰富,有谁能说它不是热闹的?

但这热闹带着自嘲的苦涩,并不被期盼。

程逐从车上下来,把从商场买的装了猫耳的头盔递给孙鸣池。

孙鸣池接过来,握了一下程逐的手,虚无的安慰起不了任何作用,两人心知肚明,所以孙鸣池没有说,只是说:"有事给我打电话,听到没有?"

程逐:"知道了。"

"赶紧上去吧。"他拍了一下程逐。

程逐点头,不再看孙鸣池,转身融入人群,看起来十分冷漠。

孙鸣池盯着消失不见的身影,没有立即离开,又在楼下抽了一根烟。

一根烟从头烧到尾,四五分钟。

这几分钟里,孙鸣池不怎么费力就记起了几年前的那个夜晚,他在那条河里被砸了一枚硬币,接下来他和程逐的人生都出现了偏差。

那天的程逐跟个仙女似的,穿着个白色连衣裙,长发飘飘,他远远就瞧见了。

孙鸣池用力地吸完最后一口烟,重新骑上车,打算离开。

——"孙鸣池。"

他回过头,没想到看到了许周。

许周看着他说:"有空聊一聊吗?"

医院里。

消毒水的气味弥漫在每一个角落,程逐到了许周所说的病房,看到了躺在床上的程奶奶。

灰白交错的头发,布满斑的褐黄脸颊,安静的容颜。

程逐脑子发涨,乱七八糟的思绪缠绕在一起,深呼吸了几回才推门进去。

"小逐,你去哪里了,怎么现在才来?"程爷爷从椅子上站起来。

程逐张了张嘴,说:"对不起。"

"哎,爷爷不是怪你!"程爷爷满面愁容,不复平常的精神气,"昨天没回家,早上又没联系上你,我还以为你跑哪里去了,爷爷也是担心。"

话在嘴边转了一圈,程逐又道了个歉。

程爷爷说,早上程奶奶想买点东西,见程逐不在就只好自己上了趟镇,结果去的时候被辆车撞了,那车撞了人就跑,还是后面来的车发现路上倒了个人,停下来查看,并送去了医院。

程爷爷接到电话的时候慌得要命,拼命给程逐打电话,但联系不上,他只好去找邻居。可邻居年纪也大,光知道替程爷爷着急,不知如何帮忙,刚好许周来找程逐,听说事情之后,立刻找来父母帮忙载着程爷爷去找程奶奶。

医院的各种流程程爷爷弄不懂,全是许周帮忙走的,钱也是许家垫上的。

万幸的是程奶奶伤得不是很重,只有右腿骨折,看来平常多做农活也算是有好处,至少骨头还算硬朗,除此之外还有些脑震荡,昏迷了一阵,中途醒过一次,大概是难受,又昏了过去。许周不放心,让程奶奶做了头颅CT,现在还没出结果。

许周父母有事先离开了,留许周在这边帮忙照看程爷爷程奶奶,并且一直在联系程逐。

"小许这孩子好啊,一早上都辛苦他了。"程爷爷说,"不过他跑去哪里了?刚刚还在的,听你说要到了就说下去接你,怎么你上来了,他没上来?"

程逐眉心一跳:"他下去了吗?"

"你没看到他吗?"

"……没有。"

越过病床,程逐往窗外望了一眼。

什么都望不见,只有泛白得像褪了色的天空,以及在空中摇曳的树叶。

医院楼下。

许周嘴里咬着孙鸣池施舍给他的香烟,抽得很熟练,熟练到孙鸣池都挑了挑眉。

"老烟枪?"

许周摇摇头,他抽烟频率很低,但一抽就很多,抽得最凶的时候还是高中。

那时候没有程逐也没有潘晓婷,他性子闷也交不上新朋友,孑然一身,学校里有不少以前的同学,见识过他狼狈的样子,也参与过使他狼狈的行为,不过许周不怎么在意,一个人也自在,什么都敢尝试。

身体的瘦弱不代表内心的弱小,性格沉闷不代表还会别人欺负,在很多事情上,许周比程逐想象中要大胆强势得多,但在对程逐的事情上,许周显然谨慎过了头。

程逐不知道他会抽烟,无非是许周想给程逐留下个好印象,毕竟程逐不怎么喜欢烟味。

他的一切所作所为无非是为了程逐能把他当作以前那个需要保护的他,像过去一样待在他旁边,继续保护他,即使实际上他并不是这么需要保护。

两人站在阳光下,烟已经燃了一半。

孙鸣池脸色不变,只是盯着许周,想看看他要搞什么名堂。

"你们两个昨晚在一起。"许周推了推眼镜,这么问着,语气很确定。

从他看到程逐姿态自然地从孙鸣池的车上下来,很多事情就都解释得通了。他脑子里缠绕很久的想法找到扭结,在那一刻被解开,顺成一条清晰的直线,没法再自欺欺人。

"是。"

"程逐身上的印是你留的。"

孙鸣池眼神冰凉地看向他,没说话。

许周也不需要孙鸣池的答案,他的手都在抖:"你们两个怎么能搞在一起?"

"你是不是在骗程逐?"

"关你什么事,你是程逐的谁?"孙鸣池吸了一口烟,微微眯起眼。

"……关我什么事?我是程逐的谁?"许周含糊喃喃道,随即把嘴里的烟一甩,像被一把火点燃,狠狠捏住孙鸣池的衣领,怒声吼道,"你又是程逐的谁?你爸拐了程逐的妈,你妈又把程逐骂成这样,你怎么好意思和她在一起?!"

附近的人往这边侧目,孙鸣池有些头疼。

不得不说,潘晓婷和程逐把许周保护得很好,要说天真,许周比程逐更天真，如果以一个成熟男人的眼光审视判断许周，可以客观又轻易地从后者的言行举止中断定其心性的稚嫩，不沉稳，情绪化，因而也看不清很多东西。

不过倒是真的关心程逐，句句把罪名往他身上盖。

孙鸣池一哂，没觉得生气，只觉得好笑。

见他笑，许周怒道："笑什么笑！"

"笑你不敢去问程逐。"孙鸣池嘲笑他。

许周恼羞成怒道："放屁！"

孙鸣池又笑了笑，不想再和许周这个小屁孩废话，把嘴里的烟抽完，转身就想走。

许周不肯，拉着孙鸣池的领口不松手，黑色短袖因为拉扯而被拉到胸口，暴露出一片结实健康的身体，露出上面清晰可见的抓痕，可见昨夜的激烈。

孙鸣池顿住，没什么温度地看了许周一眼："松开。"

许周瞪着他看了一会儿才松开，往后退了几步，看起来冷静了点儿。

孙鸣池低头理了理衣服，有些话不适合从他嘴里说出来，何况从他嘴里说出来的也算不得数，毕竟程逐这人……啧。

他抬眼道："有什么问题就去问程逐，她会告诉你的。"

程逐和爷爷在病房里陪床，是单人病房，空调很足，程逐身上那点冷汗已经干透了，她翻看着手机，里面几乎都是许周打来的电话，每隔十分钟就会打一个，就连潘晓婷都在找她，给她发了不少消息。

"欸，小许回来了。"程爷爷欣喜道。

许周推门进来，一眼看到程逐。

见程逐抬头看她，许周动作顿了一下，才走进来。

"小许，你去哪里啦，小逐都上来好久了。"程爷爷问。

许周笑着回答道是碰到个朋友，所以聊了几句。

程爷爷不疑有他，又和许周聊了几句，觉得口渴，便走出病房倒水喝。

许周神情自然，走到程逐旁边的椅子上坐下，想了想，对程逐说：

"医生说程奶奶没什么大问题,等醒来之后好好养一养就可以了。"

程逐点点头:"谢谢,今天辛苦你了。"

"没事,我们谁跟谁。"

话音刚落,病房里陷入了僵硬的沉默。

程逐看着奶奶的侧脸,低声说:"你碰到孙鸣池了吧。"

许周没否认。

程逐了然:"你们说什么了?"

"你只关心我们说了什么?"许周表情莫名。

不想虚与委蛇,程逐直截了当道:"你有什么想问的就问吧。"

话音刚落,程爷爷走了进来,端着一杯水坐在他们旁边,看着奶奶的脸叹气。

许周看了程逐一眼,站起来走出门。

程逐又坐了两分钟,和程爷爷打了声招呼,也走出了门。

这层的安全通道里。

程逐抱着胸靠在墙上:"问吧。"

许周深呼吸,身子在震动,他问:"你和孙鸣池这样多久了?"

"……两年。"

许周闻言静了半晌,又问:"是你自愿的吗?"

"嗯。"

"你们在一起了?"

程逐瞧他一眼,手指在手臂上敲了两下:"我们不是那种关系。"

这是什么回答。许周克制着情绪说:"程逐,抛开你和孙鸣池的关系不谈,去年孙鸣池他妈这么骂你,我和潘晓婷是真的替你生气。潘晓婷那段时间还经常和李征洲吵架,就因为李征洲和孙鸣池的关系不错。我爸妈也和孙家关系闹僵了,以前还能说上几句话,现在见着面都不打招呼。

"你这样瞒着我们,不觉得有点不妥吗?"

一句句质问跟冰雹似的砸下来。

程逐抿抿唇,诚心地道了个歉。

这方面的确是她没有思考妥当,她和孙鸣池原本就是岌岌可危的关系，连接他们的那根线绷得一直很紧，随时可能断掉，既然随时可能分开，自然认为越少人知道越好，没考虑到关心她的人会因为信息的缺失而带上情绪。

见她这样，许周有气没地方撒，他说："我不知道你是怎么想的，他可是孙鸣池。"

程逐抿了抿唇："我知道他是孙鸣池。"

就是因为他是孙鸣池。

如果当初不是孙鸣池出现在那条河里，说不定也没有这么多后续，只是因为心里那点零星的、由父母产生的愤恨和叛逆，她和孙鸣池才一步步走到现在。

许周说："你有没有想过，孙鸣池在骗你？"

"是我先找上他的。"

"但他为什么同意了？"许周脸色严肃地看着程逐，冷静分析道，"你们的身份从一开始就很尴尬，孙家和你家存在不可调和的冲突，他拒绝了这么多女人，为什么偏偏接受了你？你从来没想过吗？"

程逐真没想过，也没打算去想，她为什么要想这么多自讨苦吃。过去是被记忆粉饰的，并不真实，而未来是难以预测的，乐在当下能省下很多烦恼，何况孙鸣池还能解决她的很多烦恼，怎么算都是她赚了。

许周真没想到程逐洒脱到这种程度，他说不出是生气还是无语地瞪着程逐。

安全出口有风跑过，程逐压了压头发。

她叹了口气："行了，我知道你是担心我被骗，但他能骗我什么？"

许周依旧一脸"你在说什么废话，你说他能骗你什么"。

程逐心说就孙鸣池那脾气，她骗他还差不多，她只好解释说："你担心的情况都不存在，我和他无非是互相取暖的关系，没有过多牵扯，有任何问题就会散伙。"

许周盯着程逐看了几秒，扯扯嘴角道："算了，你想怎么样都随你，我也管不到你，不过你最好趁早和潘晓婷交代了，否则她哪一天忽然从别处知道，肯定比我更生气。"

133

许周先回了病房，程逐站在一角，盯着一道道阶梯出神。

她和孙鸣池的关系居然都两年了，但说是两年其实也不尽然，毕竟她和孙鸣池见面的时间满打满算也只有几个夏天。

程卫国不满于她一到放假就不待在家中，认为程逐没把他放在眼里，所以把她的卡停了，她哪里也别想去，什么也别想买，程逐和程卫国大吵了一架，讨价还价后最终得到每年暑假可以回棠村的承诺。

第一年夏天，离开棠村前，程逐主动提出协议，不结束当前的关系，并且在关系存续期内，双方不能干涉或是影响对方正常社交，同时不可以再和其他异性发生超越正常社交的行为，除非找到对象，那这个关系就自动终止。

当时孙鸣池站在程逐床边，正在帮她换床单，而程逐站在他身后，目光从他未着寸缕的上身徘徊，觉得此情此景有一种让人恍惚的缱绻温情。

听到程逐这么说，孙鸣池转头嘲笑程逐："我以为你不知道正常社交的范畴。"

程逐摸了摸身上的衣服，似乎还带着孙鸣池的热度，也不知道是在哪里买的。

过道里稍显空旷，脚步声与对话声从四面八方传来，急促又轻飘飘的，像是在避难。

安全通道的门发出咿呀的声响，程逐走了出去。

这天，晚些时候，程逐回了一趟棠村。

下午的时候CT结果终于出来，检查未见异常，大家都松了口气，不过程奶奶显然还得在医院躺些日子，爷爷留在医院看着奶奶，许周留着照看爷爷，程逐则回来整理些东西，再过去把许周换下来。

天有些沉，路过拱桥的时候还能听到村民们的八卦声。

透过树梢望过去，正是棠村公认的最嘴碎的一群人聚在了一起，一个个穿着白背心加短裤，跷着二郎腿，摇着蒲扇。

棠村是温情淳朴的，但也有蒙昧的一面，程逐听了这么多年，横竖都是那些玩意儿，气人有笑人无，编造传播一些莫须有的谣言，再炫耀自己几分，七嘴八舌，不分男女，从来不怕遭报应，在附和声中获得成就感。

程逐不参与、不反驳、不传播，只当乐子听。

在经过几次有意无意的偷听之后，程逐知道她在大家嘴里是长相刻薄、性格尖锐、克爹克妈的形象，对于程逐身上衣服的价格、花了多少钱上大学、交了几个男朋友、犯了什么事，他们都能说得头头是道，好像真的知道，真的见过。

别说是听的人，程逐本人都快信了。

不过今天的话题比较乏味，是关于村头老李家的孙子因为头戴绿帽而离婚的事，大家聊得热火朝天，全程围绕没有提到程家或是程逐。

听不到自己的坏话，程逐反而觉得有些乏味，便打算离开。

刚迈出一步，听到什么，程逐的脚步停住。

桥椅上。

"话说孙家儿子和老李那孙子差不多年纪吧。"

"同一年的，人家都离婚了，孙家儿子还没有对象。"

"孙鸣池岁数也不小了，再耽误下去也不行，但他这样的家庭，跑了一个爸，妈又有点疯疯癫癫，很多女孩子家估计不会同意的。"

"现在谁还管家里同不同意，不都追求自由恋爱吗，他们自己喜欢就行，改天我也要给孙家儿子介绍一下，毕竟长得好又优秀的男人不多了，在码头估计赚得也不少。"

"那肯定没有他在城市的大公司里赚得多，以前听他妈说他经常出差，今天在兵马俑，明天就在西湖，后天就去故宫了，这样东跑西跑还能旅游，真好。"

"以前怎么样也没用啊，现在还不是在码头打工。"

"对了，我听说……"

那人的语气忽然变得神秘，程逐下意识竖起耳朵细细地听，却冷不防被人掐住后颈。

"嘶——"

程逐缩起脖子，整个人像被提起来似的。

她一腔怒火，嘴里骂人的话即将要脱口而出，想看看是哪个不知好歹的浑蛋，但回头看到对方后一顿，又生生咽了下去，瞪着对方看了几秒，骂了一句："你有病啊。"

被她一连串反应逗乐，孙鸣池抱着肚子笑了半天。

那边依旧叽叽喳喳，完全没注意到他们八卦的中心人物就在不远处。

"别笑了。"程逐烦躁道，再听不进去他们在议论什么。

孙鸣池也不在意被人议论，只是笑着问："怎么回来了？情况怎么样？"

"没事，就是还不能出院，我回来理东西，去那边住段时间。"

孙鸣池点头："着急去吗？"

程逐说还好。

"那走一走。"

他们从拱桥旁边的小径走到另一处河道。

太阳落得晚，夕阳炽烈，霞光横斜，像千层浪翻滚而来，任谁望去，都觉得惊叹。

如今国家全面脱贫，棠村也早已改头换面，再过几年把路修修好，政府再宣传宣传，说不定能向旅游景点发展，但当年的脱贫攻坚战还未打响时，棠村不能算是贫困县，也的确没多好，是数一数二的小破村，每家每户房子的墙皮都褪色脱落得厉害，哪有现在的光景。

有一阶较高的台阶，孙鸣池把程逐手上的包接过来，伸手道："下来。"

程逐递手，被握紧后从台阶上踏下来，落到实处，那人的手却没松开。

扫了一眼交握的手，像互相依靠的两个树枝，程逐收回目光，想起刚刚听到的内容，问："你以前真的可以边工作边旅游？"

"你信他们说的？"孙鸣池的目光像是重新认识她。

程逐不说话了。

孙鸣池笑了一下。

说起以前的工作，孙鸣池说不上很喜欢，但也并不讨厌。

他不是只为了自我满足自我充实才工作的圣人，他是个普普通通的男人，工作很单纯，为了钱，为了让自己家庭的生活得到改善，所以就算有时候再想辞职，看到工资卡里的余额也就想开了，继续进行为钱发电的努力。

　　至于边工作边旅游，那纯粹是放松的一种方式，其实那根本不能称之为旅游，只是在周末到附近逛一逛，毕竟他不是机器人，也需要劳逸结合。

　　程逐说："那也算去过这么多地方了，我也就高中集训的时候去过一趟杭州，在西湖玩了一段时间，然后高三毕业去甘南玩了一趟。"

　　孙鸣池像是终于想起自己还牵着程逐，这条长长的小道都快走完时他松开了手。

　　程逐情不自禁抬头看向孙鸣池，看到他嘴角的一点儿笑。

　　孙鸣池问她："你觉得西湖怎么样？"

　　"就这样，也没怎么玩，成天就是跟着班里的同学一起画画。"

　　程逐回想了一下当时的场景，道："我们那个班，一周只有一两天会出去写生，每次都被围观，其实很烦。"

　　甚至有不少男生向程逐要过联系方式，夏天的太阳大得惊人，她被晒得烦闷，根本不想理会，只希望他们赶紧离开她的视线。

　　孙鸣池哼笑一声："小姑娘挺受欢迎的。"

　　"没你受欢迎。"程逐意味深长地扫了他一眼。

　　想起什么，程逐蹙眉说："我还丢了一幅很喜欢的画。"

　　是一幅潜水艇，虽然是胡乱画的，但她的确很喜欢，连线稿都没打，调色盘上的颜料也都是之前用剩的，她起初只是用水粉笔在纸上随手画了一笔，逐渐就画成了那样。

　　大概是西湖边闷热得厉害，她迫切需要一艘潜水艇让她潜入海里安静下来。

　　"唔，找不到了？"

　　"嗯，落在西湖边上，再回去找就找不到了，也不知道是谁拿了，说不定是清洁阿姨。"他们刚好走到村口，程逐从孙鸣池手里把包拿回来，嘴里说，"算了。"

芦苇在摇晃，那团火又往下沉了一些，殷红布满水面，倒映着的云彩成团成簇，看谁都柔软。池子里的雨蛙一个个往云彩里栽，又接二连三地跑出来。

送走了程逐，孙鸣池趿拉着鞋回家，夕阳照得他睁不开眼。

远远看到李征洲在路上，孙鸣池跟上后拍他的肩："从哪里回来？"

李征洲脚步顿了顿，反问："你又是从哪里回来？"

"出去散散步。"

"不在家陪你妈？"

"有人陪她了。"

李征洲转头看了孙鸣池几秒，微眯眼，道："我爸妈今天上你家去了吧？"

"嗯。"

"怎么说？"

"什么怎么说，就这样。"

李征洲盯着孙鸣池看了几秒，冷笑了声："你给我小心点。"

孙鸣池缓缓笑了，几不可察地挑了挑眉："瞧你这话说的。"

过了几日，程卫国带着程一洋赶了过来。

程逐在医院里看见他们，倒真有点恍然如梦的感觉，好像她给自己捏造的这个短暂的夏日梦境忽然被打破，那些彩色的泡沫炸开，她又跳到现实里来。

"姐姐，我好无聊。"程一洋对这个环境有些怯怯，一直黏着程逐。

程逐有点烦，但还是忍住了，她把手机给程一洋说："你去那边看动画片。"

程一洋看了一眼程卫国和许娇，发现他们没有训斥他的意思后，就抱着手机坐在一旁的沙发上，从手机里的视频软件浏览历史里找到以前看的动画，继续往下看。

病房里忽然变得热闹了一些。

程奶奶早就醒了，躺在床上，盯着天花板发呆。

知道她无聊，程逐给她找了个平常爱看的肥皂剧，拿平板架在面前。

程奶奶高兴了点儿，欣慰地拍了拍程逐的手，程逐扯了扯嘴角。

一间病房里挤了六个人，多少有些拥挤。

程卫国的脸色不好看，没对程逐说什么，倒是先训斥起程爷爷。

"我早就说让你们到城里，棠村这破地方，什么都没有，路上电子眼没有，交警也没有，瞧瞧！现在是谁撞了妈都不清楚，都没法找人赔。"

"再破你也是在这儿长大的。"

"在这长大的又怎么样？爸，你们留在这里没意义，您要喜欢种田，我在城里买个院子，里面弄块田专门给您，白菜萝卜随你种，累了就回屋里休息，方便还安全，哪像这里碰上个大雨天都愁死。而且村里那些人看热闹不嫌事大，您以为您和他们关系好呢，谁知道他们在背后怎么说您的。"

"那也不看看是谁惹出来的。"程爷爷怒斥道，大概是在说杨雯。

程逐抬眼，看到程卫国脸色很沉："说这干什么，小逐还在这儿呢。"

听起来跟关心她似的。

程逐闻言冷笑了一下。

又在病房里待了几个小时，他们便说要先回酒店。

程一洋磨磨蹭蹭不愿意走，道："姐姐和我们一起吗？"

程卫国摸了摸他的头发，对程逐说："小逐和我们一起回去，正好和一洋住一间，他最近天天念叨你，正好你陪他玩会儿。"

"我不走。"程逐冷冷道，"都走了谁看着奶奶。"

这时候奶奶说话了："小逐，你好几天没好好休息了，你跟着回去，明天再过来。"

怕程爷爷年纪大了撑不住，所以最近夜里都是程逐来守夜。程奶奶有起夜的习惯，每天夜里都要程逐扶着上厕所，程逐对睡眠的要求高，医院的环境原本就难以入眠，好不容易睡着又得起来，起了就再睡不回去。

几天下来，程逐的眼睛下面带着青黑，脸色是显而易见的难看。

程逐没有一点儿怨言，但程奶奶看不下去。

这回奶奶态度强硬,程逐便只好跟着去程卫国定的酒店。

酒店不至于富丽堂皇,但至少看起来的确有档次,算得上这边比较好的酒店,连房间都带着香味,和孙鸣池开的小宾馆完全不一样。

程卫国重新开了一间标间给程逐,把程一洋塞给了程逐。

房门关上,程一洋扑到程逐身边:"姐姐,你怎么都不找我?"

"找你做什么?"程逐把他推开,手机被他玩得没电了,她从包里翻出充电线插在插座上,顺便找出幅拼图丢给程一洋,之后耐心地等着手机开机。

程一洋不复刚刚在医院的沉闷模样,高兴地拆拼图。

程逐也没再管他,去卫生间简单洗漱了一下。

几天的疲劳总算被冲刷,程逐精神了一点儿。

程一洋见她从卫生间出来,忽然道:"姐姐,我忘记说了,之前有奇怪的人给你发短信。"

"奇怪的人?谁?"程逐擦着头发随口问。

"菩萨。"

"……"

接到程逐电话的时候,孙鸣池还在码头卸货,臂膀肌肉虬结,像一弯镰刀挥动着,一袋袋水泥被拎起来又丢到地上,发出的声音像一道道雷砸下来,沉重有力。

工友朝他喊了一声:"鸣池,你手机没带身上吗,有电话过来!"

刚好把最后一袋水泥卸下来,孙鸣池应了一声,甩甩手,捡起脚边的短袖用来擦脸擦脖子,走过去拿手机,看到是程逐来电之后很快拨过去。

"怎么了?"

路过的工友稀奇地瞧了孙鸣池一眼,一脸坏笑地问:"谁啊?"

孙鸣池踹了他一脚让他闭嘴,自顾自走进屋子。

酒店的房间里,程逐打开窗户。

热风灌进来,棕褐色的窗帘微微摇动,又沉沉地静下来。

程逐压低声音咬牙道:"孙鸣池,你忽然发这些干什么,要流氓?"

看了一眼在床上专心致志玩拼图的程一洋,她感到十分头疼,也不知道程一洋有没有点进消息看,四五张图片,都是程逐以前给他画的速写,有的衣服穿得多,有的没穿衣服。

"清理相册的时候刚好看见,就发给你了。"孙鸣池一边洗手一边说着。

顿了顿,他又说:"不都是你自己画的吗,这算耍流氓?"

"这还不算?"

"那你去年给我寄的那东西算什么?"

"……"

"忘了?"

程逐没说话。

"需要我帮你回忆一下?"

"……不用。"

程逐一直觉得孙鸣池在床上有些服务性,因为他总是把前戏做得很足,为了感谢孙鸣池的这种自觉,去年程逐在学校的时候,给孙鸣池寄了个情趣用品。邮政快递在路上奔波了将近一周才送到,孙鸣池说,幸亏送到当天刚好赶上他早些下工回家,否则他无法想象何邱看到快递的表情。

孙鸣池说:"要说耍流氓,你这才是。"

程逐镇定地提醒:"那个很贵。"

"那又怎么样?"孙鸣池气笑了,他要那东西做什么?

程逐听着听筒那边的气声,把酒店的窗户重新关上了。

"情况怎么样了?"孙鸣池问。

"挺好的。"

"累不累?"

"不累。"

"有没有什么想吃的?"

"姐姐!我拼好了!"程一洋忽然喊道。

孙鸣池听见了,问道:"嗯?你弟弟过来了?"

程逐:"嗯。"

"姐姐,你在和谁打电话?是之前发消息的菩萨吗?"程一洋很兴奋。

程逐:"……"

孙鸣池:"菩萨?"

程逐:"我还有事,先不说了。"

孙鸣池:"程——"

没等他再说什么,程逐把电话挂了。

码头。

远方的船只传来呜呜的汽笛声,屋子里的灯亮了。

小杨收工,走过来拍了拍孙鸣池:"怎么这个表情?"

"没事。"孙鸣池收起手机,拿毛巾擦了擦身子,换了件干净的衣服套上,套完之后忽然问,"一个女人总管你叫菩萨,你说什么意思?"

"这个我知道,就是……"

"什么东西?"孙鸣池扬起眉。

小杨点开手机开始搜索,问:"是不是这种?"

看完几个视频和图片后,孙鸣池点进评论区,他和小杨不约而同地陷入沉默。

"鸣池,谁管你叫菩萨了?"小杨欲言又止。

"……"

孙鸣池冷冷地瞥了他一眼,一声不吭走出了屋子。

海风吹来,混着咸湿的腥气和沙子味。

一位工友探头探脑在找什么的样子,看到站在岸头的孙鸣池之后,五官顿时舒展开,挥手喊道:"鸣池,你在这里啊,外面有个人来找你。"

孙鸣池看了眼时间,道:"知道了,谢谢。"

那人坏笑:"最近业务很繁忙啊。"

"滚。"

接下来的日子,程卫国终于有了一点儿当儿子的样子,放下手上的工作,每天照顾程奶奶,程奶奶的精神逐渐转好,每天乐呵呵的,除了腿脚不便,其他倒是没什么问题。

不过程逐无聊得有些发霉，每天的任务无非是陪奶奶和陪程一洋。

程逐猜测程卫国没和程一洋说清楚到底是来做什么，程一洋几乎把在北京买的东西都带来了，吃的喝的玩的，不知道的还以为他是来度假的。

每天晚上，程逐把那些玩具丢给程一洋，或者给他放着动画片，他就不会再闹腾，而白天程逐则会去看奶奶，像以往一样和她看电视，再和程爷爷聊聊天，偶尔画张速写，尽量不表现出什么异常。

一个寻常的周末，潘晓婷和李征洲带着慰问品来看程奶奶。

病房里，李征洲和程卫国正在交流，两个人说着说着就说到生意上去。

潘晓婷不懂这些，便凑到程逐边上低声问："你怎么回事，看起来这么没精神。"

"最近睡不好。"

"为什么？"潘晓婷正色道，"有什么烦恼和我说，我帮你解决。"

程逐偏头看了她一眼。

"怎么了？"潘晓婷眨眨眼睛，一脸关心。

想到许周上次说的话，程逐迟疑了一秒，道："我有个事和你说。"

李征洲还在和程卫国说事情，余光看见程逐和潘晓婷从病房里走了出去，他皱了皱眉。

程卫国顺着他的目光看去，笑道："两个人关系真好。"

李征洲淡淡地收回目光。

空荡的楼道，程逐抱臂倚墙，略去细节后大概地讲了讲她和孙鸣池的渊源。

潘晓婷的表情从一开始的迷茫震惊，到生气，到最后的恍惚："我就说呢，我一直觉得哪里不对劲……两年，程逐，可真有你的啊，瞒得真好。"

她低头，又抬头："许周也知道了？"

"嗯。"

"你是怎么想的？"潘晓婷不知道怎么说，一腔话憋进肚子里。

"对不起。"

"这是对不对得起的问题吗？"潘晓婷气得拍了程逐一掌，"你说说你！这不是玩我们吗？早点和我们说或者稍微透露一点也可以啊！真以为你和孙鸣池世仇呢，搞得我们家和孙家都快成仇家了！"

程逐又道了个歉，她也没想到能和孙鸣池维持这么久，说好两个人谁找到对象就结束，谁能想到孙鸣池这个年纪了还一直不找对象。

"你不也没找对象？"

程逐张了张嘴，说："没遇上喜欢的。"

潘晓婷想了想，迟疑道："说实话，你们真的不是谈恋爱吗？"

程逐一顿："什么？"

"你们像在谈恋爱。"潘晓婷用力地说，"我和李征洲以前就是这样的，他爸妈一开始不是不同意吗，我就和他偷偷摸摸地约会，偶尔一起睡睡觉，你说这和你们是不是差不多？"

程逐闻言有些愣神。

潘晓婷的家庭情况不好，文化程度也不高，村主任一家一开始并不太喜欢潘晓婷，知道他们在一起之后千万般阻挠，要他们分开。要不是李征洲这人轴得要命，直接先斩后奏，潘晓婷怀孕了，说不定现在他们俩早就闹掰了。

这样想来，确实有一点儿像。

"你喜欢孙鸣池？"

程逐没说话。

潘晓婷欲言又止，担心程逐被孙鸣池骗了。

"他会不会是为了报复你妈？"

"……不会。"

潘晓婷不以为然，挖掘出那些道听途说的八卦恐吓程逐："孙鸣池这么受女人欢迎，为什么不和别人搅在一起，偏偏和你搅在一起，你不觉得奇怪吗？前阵子隔壁村里那个王姐不就是被骗了吗？"

这事程逐略有耳闻，前阵子村里的八卦组都在议论，连爷爷奶奶都在说，隔壁村那个王姐和一个男人谈了几年恋爱，都住一起了，结果老婆找上门来才知道那个男人结过婚。

不过孙鸣池总不至于结过婚啊,程逐心想。

潘晓婷观察程逐的表情,还有什么话想说。

安全通道的门忽然被打开,摇摇晃晃地发出刺耳沉重的声响。

李征洲走进来,搂住潘晓婷低声问:"聊完了吗?"

潘晓婷噤声,回答道:"还没。"

李征洲看向程逐,表情冷淡。

程逐回视,表情变淡,眯眼道:"你也知道我和孙鸣池的事情。"

"知道一点儿。"李征洲坦然承认,潘晓婷诧异地看向李征洲,李征洲面色不变,拍了拍潘晓婷的腰,对程逐说,"怎么?你们还没分开?"

这句话有点奇怪,程逐面露疑惑。

李征洲了然道:"看来孙鸣池还没和你说。"

"说什么?"

"我姐和他的婚事定下来了。"

程逐在卫生间里用冷水洗了把脸,水滴答滴答往下掉,全部砸在程逐的领口,但她没有在意,脑子里还在循环李征洲的话。

李征洲冷漠道:"你和他的事情我知道得不多,但你们横竖不是情侣,之前怎么样我管不着,现在孙鸣池和我姐的婚事定下来,那他就是我的姐夫,你们乱七八糟的关系最好赶紧理一理,省得到时候闹得三家都不好看。"

一旁的潘晓婷拼命拉李征洲的手臂,让他说话不要这么难听,反被李征洲拉住。

"这婚事是孙鸣池亲口答应下来的,我不知道他为什么还没有告诉你,我已经提醒过他,他迟迟没动作,那我就先替他说了。程逐,别怪我说话难听,你也不是小孩子了,比潘晓婷还大一岁,应该知道有些事能做,有些事不能做,你也不想身上无故背个骂名。"

"好好想想,当断则断,不要到时候后悔。"

别有意味的眼神和话语像是冷水从程逐的头顶浇下,哪里都彻骨冰凉。

时间晚了,天空像裹了一层黑布。

潘晓婷和李征洲已经回去,只剩下几袋营养品放在病房的桌子上。

程卫国又在和程爷爷说让他们搬到城里,他说:"一洋快上小学了,这边师资力量不好,我有个同学有点门路,我是想让我们全家直接搬去北京,如果您和妈一直留在这里,那逢年过节多不方便。"

"平常逢年过节也没见你来看看我们二老。"

"这不是太忙嘛。"程卫国打哈哈,"您看,小逐也快开学了,我接下来也有工作,不可能一直留在这边,你们俩老这个样子,让人怎么放心,何况这边的医疗设备和技术哪有北京那边好,万一妈落下病根就不好了。"

程爷爷有些动摇。

程卫国再接再厉:"您要是不想和我们一起住,我就再给您和妈买套小房子,你们住那里也可以,这样小逐每回放假都可以去看望你们,多方便,省得两头跑。"

他扬起声音,问:"小逐,你说是不是?"

程逐静了两秒,"嗯"了一下。

程爷爷还有顾忌:"那那边的东西,还有田怎么办?"

"您想卖掉或者放着都可以。"

"那什么时候走?"

"不急,小逐还有两个星期开学,到时候一起走。"

程爷爷沉默着,看了一眼沉睡的程奶奶,说:"明天再说吧。"

程逐在一旁一声不吭地听着,隐隐有些头疼,仿佛有把斧头吊在她的头顶上,如果落下来,那她似乎就没有非要回棠村的理由了。

回家后,潘晓婷不让李征洲碰。

她缩在被子里大吼大叫:"这事怎么能怪程逐,明明就是孙鸣池的问题,他脚踏两条船!"

潘晓婷非要吵架,李征洲脸拉得老长,在他的手第三次被潘晓婷拍开之后,李征洲无奈道:"我没怪程逐,我这是在帮她,省得孙鸣池真要结婚了她才后知后觉。"

"那你也不能那样说程逐,你没看到程逐的脸色吗,那么难看。"潘晓婷不以为然,一脸不高兴,"孙鸣池这样子你也放心你姐嫁给他?"

李征洲冷笑:"我爸妈同意,我姐喜欢,孙鸣池也应下了,我不放心有什么用?"

"可他居然瞒着程逐。"

"所以我替他说了。"

"男人没一个好东西!"

李征洲瞥她,去拉潘晓婷身上的被子。

"别碰我!"潘晓婷踹开他,嘤嘤呜呜地喊着,"没天理啊,现在的男人太狗了,当初你把我骗到了,现在你的好兄弟又来骗我的好姐妹,天杀的,我们的命怎么这么苦。"

"……"李征洲抱着胸静静地看着她演戏。

路过的李则馨好奇地敲门:"你们俩吵什么呢?"

潘晓婷顿时安静了。

半晌,李征洲推门出去,问李则馨从哪里回来,李则馨说她刚从码头回来。

"去找孙鸣池了?"

"对啊。"

李征洲眯着眼看她。

"这么看我干什么?"李则馨一脸嘲讽,虽然她比李征洲大几岁,但她从小就受不了弟弟这个强势的性格,也就潘晓婷忍得下去,她道,"不是要结婚吗,我和鸣池交流交流感情也碍着你了?"

李征洲看了她几秒,冷冷道:"最好如此。"

李则馨果断转身回房,大力地甩上了门。

第二天,程逐起得不是很早。

前一天的头疼发展为头晕反胃,大概是有点发烧。

等洗漱完从卫生间出来,程逐发现程一洋还在呼呼大睡,一点儿没被她吵醒。

凑过去看了一眼,发现他怀里还抱着昨晚玩的拼图,看进度,估计是在程逐催他睡觉之后又偷偷在被窝里拼起来了，怪不得到现在还没醒。

程逐伸手想把拼图拿出来，结果刚抽出来程一洋就迷茫地睁开了眼睛，在看到程逐的表情以及她手里的拼图之后，他的表情顿时变得紧张起来。

"姐姐。"他讷讷道。

"几点睡的？"

"不知道……"程一洋咽了口口水，"没有很迟。"

程逐看着他，像是在判断他说的是不是实话，少时，她略带警告地说："下次再被我发现你不好好睡觉，我就把你的玩具都没收了。"

"知道了！"

整理好后，程逐带着程一洋去医院，但还没走进病房，程逐就透过门上的玻璃窗看见程卫国和程爷爷站在病床边，而程奶奶正看着他们在说什么，表情似乎是有些不高兴。

程逐心下一沉。

"姐姐。"程一洋拉了拉她的手，"不进去吗？"

程逐定了定心，推门进去，没想到一进门就听到程奶奶说："我不去！我的腿没事，去什么北京治，在这里养养就可以了！"

"妈，这不是您说没事就没事的，您年纪大了，骨头是很脆弱的，稍稍弄不好就要留下后遗症，我有个同学就是以前腿上有伤没养好，现在——"

"你说谁年纪大了呢！"程奶奶打断他。

"不是，我不是这个意思。"程卫国揉了揉眉心，有点头疼。

目光一转，看到程逐走进来。

知道他说话没程逐说话管用，程卫国立刻沉声说："来，小逐。"

病房里白色依傍着白色，不知怎么，程逐的脑子跟着有些空白。

她在床边坐下，视线落在程奶奶的腿上。

纤细，布满松弛的褶皱，常年风吹雨打导致的不均匀的肤色，还带着许多的陈旧的疤与斑，像两株干枯的树枝，似乎稍稍用力就能折断。

程逐不由想到和孙鸣池牵手的那天，树影婆娑，夕阳美丽。

"这一次还算是小事故，刚好在假期，大家都赶得过来，以后万一碰上别的事，我们都去北京了，谁来照看你们。"程卫国这么说着，"我这也是为你们好啊。"

程爷爷欲言又止，反反复复地叹气。

程一洋则好奇地看着程逐，一副不谙世事的样子。

程卫国有些不耐地提醒道："听话，小逐，快劝劝你奶奶。"

程奶奶没有刚刚的激动情绪，只是拉住程逐的手。

程逐回神，静了静，说："奶奶，跟我们走吧。"

等从病房出来已经是一个小时后。

程逐头痛难耐，去楼下发热门诊挂了个号开药。

取药的时候，手机响了，程逐拿起来一看，发现是孙鸣池。

铃声又响了几声，程逐深呼吸，接了起来。

"程逐。"呼吸声伴随着些许嘈杂在程逐耳边响起，听起来应该是在外面。

"嗯。"

"在做什么？听起来这么没精神。"

"没事。"

那边似乎有猎猎风声，这风穿过听筒钻进程逐的耳朵，她不由打了个激灵。

孙鸣池说："有空吗？"

与此同时，程逐喊道："孙鸣池。"

风声消失，孙鸣池似乎是找了个安静的地方，他说："怎么了？你先说。"

程逐说："我要走了。"

"今年这么早？"

"不是，我爷爷奶奶也要搬走，以后我就不来棠村了。"

那头安静了。

许久，孙鸣池说："你应该还有别的话要说吧。"

程逐刚要说话,这层的安全通道口传来点动静,她望去,发现是一个护士撞到了人,似乎在说着对不起,紧接着程逐发现手机听筒里也传来同样的声音。

心里一个咯噔,程逐迅速问:"你在哪里?"

孙鸣池没答。

程逐没理窗口护士的问话,迈着大步走到安全通道,看到拐角处的孙鸣池。

孙鸣池穿的是西装,估计是从哪个箱底扒拉出来的,上面还有不少褶皱。

他放下手机,朝程逐笑了笑。

今天是个阴天,色彩变得暗淡。

他们从医院离开,在附近找了一间小店坐了下来,充满油光的破旧桌子像一道楚河汉界将两人分隔开,似乎昭示着他们的关系就应该是这样。

"怎么穿西装了?"

"你不是想看吗?"是程逐说想看,孙鸣池才穿的,找得临时,也没熨过。

程逐沉默,她都忘记了。

"要走了是吧?"

"嗯。"

"什么时候动身?"孙鸣池一边问,一边倒了杯水给程逐。

"下个周末。"

"不回来了?"

"嗯。"

"搬去哪里?"

"北京。"

孙鸣池点点头:"嗯,那是有点远。"

程逐看他一眼。

"没事,留个地址给我,我去找你。"

程逐没吭声。

大概是发烧，喉咙干涩得像是被刀片划过，她端起手边的温水喝了一口，但似乎并没有缓解，于是又喝了一口。

"说话。"

程逐停了停才说："不用来找我。"

孙鸣池了然地点点头："这才是你想说的吧。"

程逐垂着眼，又喝了口水。

"你决定好了是吗？"

"嗯。"

"理由呢？"

"……没有理由。"

孙鸣池拿了根烟出来，问程逐："介意吗？"

程逐摇摇头。

打火机一亮，烟被点燃，孙鸣池吸了一口，说："问你个问题。"

"什么？"

"跟我上床挺难受的吧？"孙鸣池的脸上还带着笑，但皱起的眉目间留下一片阴影，"做的时候缠人得要命，时间到了就拍拍屁股走人，对我挺不满意吧，真觉得我啃嫩草了是吧。"

任谁都能听出这话夹枪带棒，但程逐依旧无法确信孙鸣池是不是真的生气了，毕竟孙鸣池从来没在她面前发过火。

"说话。"

程逐木然地看着手里的水杯。

孙鸣池盯着她看了两秒，把烟熄灭在她面前的水杯里，拉着程逐往外走。

两人都没带身份证，只好找了个不合规的招待所。

所幸房间还算干净，只是有些古怪的气味，程逐能忍受。

孙鸣池的吻没有以往那样怜香惜玉，程逐被亲得透不过气，一直用力推着孙鸣池，直到程逐克制不住溢出一点儿泪水时，孙鸣池才松开她。

"生气了？"

"滚。"程逐拿枕头砸孙鸣池。

"程逐,我都没生气,你为什么要生气?"孙鸣池夺过枕头扔到地上,俯身向前掐着程逐的脸,用了些力道。

程逐瞪着他,胸膛起伏,说不出话来。

孙鸣池注视着,松开程逐的脸,缓缓吻了上去。

这一回很轻柔,手也埋进程逐的衣服里。

程逐甩开他:"走开。"

孙鸣池充耳不闻。

"我不想!"程逐喊道,拼命把衣服往下拉,不让孙鸣池得逞。

孙鸣池停下手,果断抽身。

房间里很安静,空调风把桌上的塑料袋吹得直响,里面是孙鸣池给程逐带的一些甜品,原本是想和程逐找个地方一起吃的,现在似乎没什么必要。

太久没穿过西装,总觉得不舒服不自在。

孙鸣池坐在床沿,稍显不耐地把领口解开,隆凸的肌肉才有呼吸的空间,紧接着他又把空调往下打了两度。

程逐就这么看着他的动作。

在孙鸣池身上,这身衣服没有一点儿斯文的味道,反而让他看起来像是被束缚的野兽,深深的眸子每时每刻都像是在虎视眈眈锁定着猎物,等待着最好的时机扑击。

程逐下意识拉住了他。

"怎么,不是不想要分手留念吗?"说完像是反应过来什么,孙鸣池又冷笑一声,"哦,不好意思,忘了我们可没有分手这一说。"

这话有点刺耳,但哪有说错?

程逐终于意识到这回孙鸣池是真发脾气了。

程逐主动吻了上去。

他垂着眼睛看程逐,不给予一点儿反应。

独角戏总是尴尬,程逐立刻想要撤开,这时候孙鸣池又搂了上来。

"程逐,你真是……"孙鸣池的语气说不出是愉快还是嘲讽。

两人的亲吻带着狠劲,像是要分出个胜负,非要你死我活的激烈,程逐尝到了一点点铁锈味，是孙鸣池的嘴唇被她咬破了。

动作没持续多久，孙鸣池就察觉出有什么不对。

"你发烧了？"他停下动作，起身抽出手。

"不用管。"程逐又缠了上去。

孙鸣池用力把程逐从身上扯下来，拉开了距离。

程逐觉得有些冷。

"怎么不早说。"孙鸣池脸色不好看，拿纸巾擦干手之后，皱着眉往程逐身上套衣服，"吃药了没有？"

情事猝然终止，那点火热的氛围全都消散。

程逐被孙鸣池用被子裹上，后者去拿热水壶烧热水，卫生间里水龙头的流水声响起，孙鸣池走出来把热水壶放在加热底座上，把空调往上调了几度。

程逐大脑难以转动，看着他的背影低声道："孙鸣池，你都要结婚了，还做这些干什么？"

孙鸣池的动作顿住，转过身："谁和你说的？"

"……"

"怪不得。"孙鸣池嘴里喃喃。

"什么？"

"就因为这个？"

程逐默然。

"说话。"孙鸣池加重了语气。

"……我没什么好说的。"

塑料袋的声音还在房间里胡乱地响着，搅得人心乱。

孙鸣池脸色平淡得让人害怕，眼里像是有一层旋涡要将人卷进去。

"你……"顿了顿，似乎是一下子失去了声音。

终于在某个瞬间，他想起要说什么："程逐，自始至终你都没信过我。"

去年夏天，一句话的辩解时间都不给他，一声不响地离开，把他的联系方式删光，一副决绝的样子；而现在，只是从别人那里听到一句话，就给他判了死刑，连问都不愿意问他一句。怕受到伤害，遇到问题马上就跑,也不管别人的感受,而他总是被丢下的那个。

这样的事情还要发生几次,孙鸣池不知道。

盯着程逐看了许久,孙鸣池自嘲地笑了笑:"我就问一遍。程逐,我们什么关系?"

程逐忽然想起许周那时问过她,她和孙鸣池是不是在一起了,他们怎么可能在一起,他们的关系分明,还能是什么,左右就是见不得光的关系,躲躲藏藏,生怕被人发现了。

他们是两个世界的人,开始就是个错误,是时候修正了。

她说:"没什么关系。"

房间里有一种陷入绝境似的安静。

"行,程逐,真有你的。"

程逐脸色微白,不知是因为生病还是其他。

孙鸣池冷冷道:"就这样吧。"

烧水壶呜呜地叫,他大步离开,门板被摔得震天响。

接下来,程逐度过了十分难熬的几天,头晕脑涨,眼睛痛得睁不开,吃什么吐什么,在医院躺了一天,又在酒店躺了两天,每天孙鸣池的话都在脑子里打转。

程逐心神不宁,怎么都想不明白孙鸣池为什么这么生气。

程逐无数次点开孙鸣池的号码,想要拨过去一问究竟,但最后还是停下了。

没有意义。

她都要走了,北京,多远啊……

程一洋见程逐最近看起来没精神,不敢打扰,每天自己玩自己的,今天又在搭模型,搭完了程逐才看出来是一艘轮船。

"姐姐,好看吗?"程一洋拿着成品炫耀。

"……还可以。"

"真的吗!"程一洋很高兴,开始畅想未来,"我以后要开一艘很大很大的船,姐姐可以到我的船上来,我们可以住在船里在海上旅行。"

"万一遇上风暴呢?"

"啊……"程一洋有点苦恼，想了想，说，"那就先回家，等天气好了再出发！"

程逐的心情像是沾了水的海绵，沉甸甸的。

就在莫名又反复无常的情绪中，程逐终于在离开之日前恢复了元气。

既然打算要搬到城里，自然要趁最后几天把行李慢慢地理一理。

留程卫国照看奶奶，程逐和爷爷一起回了棠村。

老人整理起东西总是思考太多，这不舍得丢，那也不舍得扔，都想带着，但其实还是最舍不得离开这个地方。

程爷爷一会儿拉着程逐讲这个桌子的故事，一会儿拉着程逐道这个枕头的渊源，饶是程逐也有点扛不住，正巧潘晓婷和许周听说程逐来了，来找她出去走走，程逐便和爷爷说："爷爷，您先看哪些是一定要带着的，记得，是一定要带的，剩下那些慢慢搬没关系。"

"好吧好吧，你去玩吧。"程爷爷一脸愁，转身进房间。

三个人离开程家，在一片大池塘边上打水漂。

潘晓婷找了个扁的石头，往水里一丢，接连跳了十几下才沉底，她得意地捋了捋头发。许周找了个又扁又圆的，往水里一丢，五六下后沉底。程逐也找了个扁的，斜着手向水里飞出，只听咚的一声，石头直直地进水，一层层波浪泛开。

程逐：……

潘晓婷、许周：好菜。

程逐不想说话了。

今天程逐的状态不是很好，他们都感受出来了，又玩了一会儿，潘晓婷悄悄和许周对视了一下，随后潘晓婷说："程逐啊。"

"嗯？"

"你和孙鸣池……"

程逐飞石子的动作停住，表情淡淡地说："掰了。"

潘晓婷和许周都松了口气。

"掰了好！掰了好！天下好男人这么多，不要吊死在一棵树上。"潘晓婷兴奋地拍拍许周的肩膀，"你这么漂亮，什么样的找不到，比孙鸣池好多了去了，看我们家许周不就挺好的，知根知底，一看就专一。"

许周的脸一阵白一阵红，瞪着潘晓婷。

潘晓婷挤眉弄眼：帮你呢。

程逐又把手里的石头丢出去，这回跳了七八下。

波纹荡到脚下，程逐低声说："算了吧。"

会有比孙鸣池好的人吗？也许吧。

反正她还没碰到。

孙家。

"鸣池，征洲来找你了。"

孙鸣池应了一声，依旧躺在床上。

他盯着手机里程逐的号码看，点进去，消息还停留在他给程逐发的那几张画上，就再也没有后续。

去北京？

托词真多。

孙鸣池在手机上点了几下，把程逐的号码拉黑了。

院子里，李征洲又喊了一次："孙鸣池，出来。"

何邱一脸担心："鸣池，今天征洲的心情怎么不太好的样子？"

"是吗？我心情倒不错。"孙鸣池冷笑了一下，漫不经心地看了眼时间，随后一边套衣服一边走出房间。

"没什么事情吧？"

"能有什么事，您安心看电视，我正好要去码头，晚上不用等我吃饭了。"

在外面耗了两个小时，看时间差不多，程逐便回了家。

见她回来，程爷爷招呼着，让她看看还有什么要理的。

客厅里堆了不少东西，都是程爷爷理出来的。

程逐一眼望去，看到了诸如电风扇、椅子、茶杯、锅碗瓢盆等东西，甚至还有一袋没用完的绿豆，几乎整个房子里的所有东西都包含在程爷爷

"一定要带的东西"的清单中。

看这架势,二十辆搬家车叫来都不一定搬得完。

程逐欲言又止,最后说:"爷爷,您确定这些都要带走吗?"

程爷爷静了会儿,才道:"……小逐,我不想走。"

程逐沉默。

程爷爷的手有些发抖,扶着旁边的桌子坐下来,粗糙的手握成一个拳在桌上轻轻地敲了两下,才慢慢松开,他说:"小逐,你爸指望不上,你又要读书,这么多年来我和你奶奶俩老头老太太,哪有人陪,不都是和村里他们互相帮衬着。"

他的脸紧皱着,像是一团打湿又挤干的纸巾,布满令人难过的纹路。

"你瞧隔壁你刘爷爷,他那老婆走得早,就一个人,平常和别人也说不上话,就我一个陪着他,我们还约好每天都要下棋,万一我走了,他怎么办?"

"我在这儿待了太久了,朋友们也都在这儿,我知道他们会在背后说我坏话,但我也会说他们的坏话,这都不影响我们的感情,该帮忙的时候还是会帮忙。"程爷爷看着地上歪七扭八的东西出神,"我不想要住多好的地方,也不想要多少钱,我就想和你奶奶好好的,待在棠村,种种菜养养花,闲的时候和街坊邻居唠唠嗑。"

"我们年纪大了,也不知道还能活多少年,只想过点自己喜欢的生活,这要求很高吗?"

客厅的电视没开,比平常安静许多。

"爷爷。"程逐轻声喊。

"小逐,我不想走。"程爷爷又重复了一次。

程逐有一些出神,半晌才说:"……东西先放着吧,我们先回医院。"

把程爷爷送到医院之后,程逐在楼下散步。

椭圆形的小广场,地面由黑白色的地砖砌成,有不少医院里的病人家属在这附近。

广场正当中有一个小型许愿池喷泉,一眼望去里面有不少硬币,每一枚都寄托了人们美好的愿望，沉甸甸地待在最底下，等待上帝看见它。

虚头巴脑的玩意儿。

程逐盯着看了一会儿就移开了目光。

下午四点，太阳刚刚生出些微的西沉架势，广场上依旧有不少人。

程卫国打来电话问程逐去哪里了，怎么不回来陪程一洋。

自从程卫国出现，一件好事也没碰上，如今程逐听见他声音就心烦，于是二话不说撂了他的电话，但程卫国坚持不懈地打来，程逐便干脆把他的号码拉黑了。

世界都清净。

又过了会儿，天色似乎变阴了些。

程逐在喷泉边坐着，迎面走来一对情侣。

他们询问程逐能不能帮忙拍张照片，程逐随手帮他们拍了一张，照片里，那对情侣笑得很灿烂，女生看着镜头，男生的视线则落在女生身上，看起来幸福满满。

他们朝程逐说谢谢，程逐勉强地笑了笑。

拿出手机翻了翻消息，只有大学寝室群依旧叽叽喳喳说个不停。

放假的日子鲜有人记得今夕何夕，一位室友今天阴差阳错地点开手机日历，才发现假期已经快过完，焦虑感油然而生，不断询问大家的作业进度。

程逐的作业也还没做完，自从奶奶出事，她就再没有碰过笔。

往年夏天的这个时候，她早就把作业画完，甚至还有闲情逸致画孙鸣池，但每回画完的画都被孙鸣池拿走，而今年夏天……

程逐又一次点开孙鸣池的号码，"菩萨"两个字到现在还没改过。

大拇指在拨出键上虚虚地浮着，又很快移开，锁上屏幕，把手机放进口袋。

似乎碰到什么，程逐从口袋里把东西拿了出来。

一根皱巴巴的香烟。

是之前在镇上的时候从孙鸣池嘴里抢来的，上面还留着一点儿牙印，很整齐。

程逐又想起那天在宾馆里，她让孙鸣池教她抽烟，想起第二天没看到孙鸣池在身边的慌张感，想到孙鸣池总是漫不经心让人产生错觉的温柔。

脑子里想的东西太多，越发心烦意乱，陡然生出满腔怒火，程逐气得对着喷泉踹了一脚。

"欸，那边的，你干吗呢？"不远处的保安气势汹汹地跑过来。

反应过来的程逐立刻收脚道歉："不好意思。"

这时，手机铃声又像警报一般响了起来。

程逐接起来问道："怎么了？"

紧接着她一个激灵，听见潘晓婷说："程逐，我大姑子跑了！"

三个小时前，李征洲去孙家找孙鸣池。

顾忌长辈在家，李征洲只是在院子外面让孙鸣池滚出来。

两人走到院子后面，孙鸣池停住脚步，道："别走了，就在这说吧，我赶着去码头。"

李征洲盯着孙鸣池，道："我姐跑了。"

"啊，她跑了啊？"孙鸣池一副诧异的样子。

李征洲脸色十分阴沉。

不久前，村主任联系不上李则馨，他没有在意，只以为她是像往常一样去码头找孙鸣池了，但李征洲敏锐地察觉到事情的不对劲，出于保险，去翻了翻李则馨的房间，结果发现她的行李全部消失。

东窗事发，李家乱成一锅粥，村主任打开保险柜，发现李则馨的证件一本都不在之后，气得把保险柜砸了。而村主任夫人哭哭啼啼，喃喃着女儿疯了，怎么能跑去和一个大学生结婚，连家都不要了，是不是被下了降头。

李则馨有没有被下降头，李征洲不知道，但孙鸣池和这事脱不了干系。

"她去哪里了？"

"我怎么知道？"

"你怎么会不知道？"李征洲咬牙切齿。

"除了她要跑这件事，其他我一概不知。"孙鸣池不再装傻充愣，抱胸靠墙看着李征洲说，"我只答应她假装同意婚事，顺便给点建设性的意见,具体事宜都是她自己排的。"

"果然……"李征洲头疼得要命,"你会害死她的。"

他是真没想到,有一天会被自己的兄弟和自己的亲姐摆了一道。

孙鸣池挑眉:"我这是在帮她。"

"让她和一个小了八九岁,还不懂事的学生在一起,这是帮她?"

"那学生不懂事有什么关系,李则馨三十多了,她懂事就可以了,她能为自己的行为负责,轮到你们操那么多心?"孙鸣池站直了些,毫不客气地嘲笑道,"你还挺迂腐,小了八九岁怎么了,就不准人家是真爱?"

李征洲冷笑:"那你和程逐是真心的?"

他看不上孙鸣池这种行为,要不然在一起,要不然就分开,哪有他们这种似是而非的关系。程逐这姑娘头脑也不灵清,两个人的身份这么尴尬,万一掰扯不清,她家那俩老人家都得疯。

要不是看在潘晓婷的面上,李征洲也不会提醒程逐让她清醒一下,看起来效果很好,不过似乎没人领他的情,他已经被潘晓婷当死人晾了好久了。

"吊着人家小姑娘,你也好意思?"李征洲的语气没什么起伏。

"你为什么会觉得我不是认真的?"孙鸣池问得漫不经心。

李征洲怔住。

孙鸣池微笑:"是你告诉程逐我要结婚的吧?"

李征洲似乎明白些什么,眼皮一跳,阴恻恻道:"……好你个孙鸣池。"

"彼此彼此。"

医院里。

程卫国见程逐终于回来,一脸威严地沉声道:"还知道回来?"

程逐脑子里还在循环刚刚潘晓婷和她说的那些话,没搭理他。

"听到我说话没!"程卫国伸手拉程逐。

"别拉我。"程逐甩开他。

"你一个人在外面乱跑什么?一洋一直等着你呢。"

"他等我我就得陪他?"程逐一脸不耐地抬眼,"找你的小老婆来陪他吧。"

程卫国不高兴了："你的教养呢？那是你许阿姨。"

"我管你许阿姨还是刘阿姨，反正都是你找的小老婆，谁知道以后还会不会有个别的阿姨。"程逐冷笑道，"至于教养，我从来没有那种东西，毕竟你可没教我。"

程卫国气得挤出来一句："你妈也没教你吗！"

程逐闻言骂道："闭嘴！你有什么资格提到她，要不是你，她会跟别人跑吗？"

似乎是觉得丢脸，程卫国表情有点尴尬："胡说八道什么呢！杨雯那……"

"你别提她的名字！"程逐看着程卫国的目光冰冷，"我胡说八道？你出轨的时候怎么没想过别人会在背后胡说八道什么？你有没有想过那时候我才多大？我要听白天要听同学议论，回家要听村里人议论，你有没有想我？！"

程卫国气得脸红脖子粗，说不出话来。

程逐还不满意，轻飘飘地说道："真不要脸。"

护士过来提醒说不要大声喧哗，眼神却不由得往程卫国身上瞄，隐隐带着嫌恶，边上的人带着看热闹的心态围观，窃窃私语，指指点点。

有色的目光像是一面不透风的墙，程卫国透不过气，而且跟被针扎了似的，脸色立刻涨红了。

他看着程逐的目光像是要吃人，没控制力道，伸手用力拖拽着程逐，直接一把将她带进了病房。

"松开我！"力量悬殊，程逐挣不开。

甩上门，没等程逐说话，程卫国黑着脸直直地甩了她一巴掌。

程逐反应很快，但还是没能完全躲开。

"啪——"

清脆声响。

空气都静止了。

病房里，爷爷奶奶脸色陡然一变。

程逐捂着脸，五官被凌乱的短发挡住。

161

一旁的程一洋控制不住地开始哭，呜呜的声音弹球似的在屋子里打转。

程卫国咬牙道："小小年纪不学好，骂起人来倒是一套套。"

"闭嘴！"程奶奶很快反应过来，支起身体一脸心疼地把程逐拉到身边，看着程逐，手都在发抖，"小逐，给奶奶看看，疼不疼？"

程逐面无表情，低着头没说话。

过了几秒，她推开他们快步出了医院。

程逐又回到了楼下的小广场，坐在喷泉对面的长椅上。

摸了摸脸，还好她躲得快，只擦到了一点儿。

程逐暗骂程卫国脑子有病，不过心里很痛快。

程卫国可不是不要脸吗，要没有他，现在也没这么多破事。

程逐总是认为杨雯也许是有苦衷的，当年明明可以把她一起带走的，为什么把她丢下了。

上天又为什么这么戏剧性地，在程逐以为她还有父亲可以依靠的时候，让她知道程卫国才是一切的罪魁祸首。又在程逐觉得最后的最后还有爷爷奶奶的时候，上天告诉她，原来他们也是帮凶，现在就连爷爷奶奶的好都让她觉得别扭。

乌云不知何时飘来，天下毫无预兆地落了几滴水，周边的人似躲非躲。

程逐的脸上被砸到一滴豆大的雨，她擦了擦脸，往天上看去。

忽然记起去年回棠村那天也下着这样不痛不痒的雨。

许周和她一道，两人并排走着，都没撑伞，和迎面而来的孙鸣池擦肩而过，彼时程逐和孙鸣池都没有看对方一眼，但当天晚上，他们就滚到了一张床上。

那天孙鸣池没弄几次，因为程逐实在是太累了，白日里舟车劳顿，夜晚又巫云楚雨，原本就不爱运动，到了最后更是连抬手的气力都没有，眼皮也像被胶水粘住。

孙鸣池半倚着床头，程逐则躺在他的大腿上，他的手一直轻触她的发丝。

程逐觉得孙鸣池似乎很喜欢她的头发，她想问孙鸣池对她剪了短发的感想，没想到没等她开口问，孙鸣池先说话了。

"程逐，为什么剪头发？"

"天气太热，怎么了？"

"好看。"

程逐心下一动，翻身想去看他的表情，却被他挡住，不让她看到他的脸。

"别动。"

"为什么？"程逐不高兴道。

孙鸣池又把她翻了过来，他带着低头看她，缓缓说道："你该睡了。"

那天的眼神，她总是忘不了。

爷爷说他不想离开棠村，程逐又何尝想离开，棠村究竟有什么东西吸引着她，让她一次又一次地回来，无比留恋，是绿水青山，还是某个物，某个人？

起了一些风，像是一双手抚摸过侧脸。

目光一转，看见程一洋在不远处鬼鬼祟祟地往这里看。

程逐面无表情地喊道："程一洋。"

程一洋浑身一僵，在原地犹豫片刻，才老老实实走了出来。

"姐姐。"他走到程逐旁边，"你疼不疼啊……"

程逐看他一眼，没说话。

程一洋揪着衣服嗫嚅道："对不起。"

"你对不起什么？"程逐皱眉。

"我妈妈她……"

程逐不耐烦地打断道："你谁都没有对不起。"

程一洋不说话了，坐在程逐旁边偷偷瞄程逐的脸。

过了一会儿，想起什么，他眼睛一转，说："姐姐，我上次看见菩萨了。"

"什么？"

"就是你手机里那个菩萨。"

程逐脸色变得不太好:"你看见画了?"

程一洋一脸天真无邪地点头,丝毫不觉那些画有什么异常。

程逐十分头大,她深呼吸问道:"在哪里看见他的?"

"就在这里呀!"

程逐的眉毛拧成麻花。

"就是姐姐你生病那天,他在这里抽烟,抽了好多好多烟。"程一洋以为程逐不相信,想了想,又补充道,"真的!我看见他了,穿的是西装!又高又壮,比画里还帅!"

那天她是从招待所出来回的医院,人昏沉,也没注意到是不是有人跟在她后面。

程逐心一沉,下意识摸了摸口袋,又摸到了那根香烟。

她的手不自觉地握成了拳。

又有几滴雨砸到了程逐的脸上,她猛然清醒过来。

"雨变大了,你先回去。"程逐对程一洋说。

"那姐姐呢?"

程逐说:"我有点事。"

程一洋离开后,程逐拨通了那个电话。

"对不起,您拨的电话已关机,请稍后再拨。"

程逐连着拨了三次都没接通,提示音不是在通话中,就是已关机。

真相昭然若揭,孙鸣池把她拉黑了。

程逐盯着手机,呼出一口气。

不远处的保安见程逐又回来了,而且左右张望,形迹可疑,心中有些警惕。刚想打开传呼机,却看到程逐长腿迈着大步向他走来,紧接着听见她问了一句:"请问可以借我一枚硬币吗?我支付宝转给你。"

拿到硬币后,程逐站在喷泉前,心情异常地平静。

低头往下看了一眼,数不清的硬币,也不知道砸在哪个位置能被上帝看到。

视线左右逡巡,最终落在正中间的一个小平台处,那里的硬币最少。

下一秒，银白色的硬币在空中翻飞，道道白光闪现，只听咚的一声，它停止旋转，落入水中，慢悠悠地下沉，最后安然地待在目标位置的左边十厘米，一堆硬币的最上端。

大差不差，程逐想，上帝不至于计较这么点距离。

最近渔船收获颇丰，今天又来了几批大货，需要很多装卸工。

码头上乌泱泱一片，船员都下了船，不少临时工正在装卸。

几个船老板吆喝着："这边先！先把这些卸了！"

和李征洲分别后，孙鸣池赶来码头，动作迅速地换上衣服，进了船舱。

这进去，一待就是几个小时，这趟全是海鲜冻板，一袋都有三十斤，又沉又冰，还磕手，孙鸣池身上湿了又干，干了又湿，戴着手套的手都被冻僵，额头和鼻子上一层细密的汗珠。

这工作要说辛苦，还真有些辛苦，刚来的时候孙鸣池也受不了，累是一回事，最关键的是每回搬完海鲜，回家搓完澡都洗不掉那股腥味，睡觉的时候都在鼻尖环绕，好像被腌入味。

不过多搬几次也就习惯了，都是大男人，过得也糙，谁也不注重这么多。

等孙鸣池再出来的时候，天都快黑了，有微小的雨。

余霞成绮，海边有似粉似蓝的奇妙色彩，像两种颜色的纱布交错着，呈现出紫色的光芒，一眼望去都是船只的剪影，散布着一种熨帖又繁忙的味道。

"哟，鸣池。"工友刚巧走过来，朝孙鸣池喊道。

"怎么了？"

"外面有个女人找你，等了好久，我就把她带进来先放我们那屋子里了。"那人笑嘻嘻地说，"你小子艳福不浅啊，就没断过。"

"艳福个屁，问都没问过就往里带，万一我不认识呢？"孙鸣池皱着眉骂他一句。

"前段时间来找你那女人呢？"

"结婚去了。"

"啥？！"

想起最后李征洲一副要杀了他的表情，孙鸣池通体舒畅。

真要说起来，李则馨原本没打算这么早就跑，毕竟婚事说下来还没多久，甚至都还没在村里公开，她有大把的时间准备东西跑路，但谁让李征洲先把孙鸣池的节奏打乱了，他闲来无事，索性就帮李则馨加快了点进度。

码头总是吵闹，天黑后的高杆灯放着圆周形的光。

工友迟疑道："怎么你看起来还挺开心？"

"结婚不是好事吗？"孙鸣池乐道。

"好事的确是好事……不过现在的女人这么善变的吗？之前还天天来找你，转头怎么就结婚了。"工友一阵恍惚，狐疑道，"鸣池，你是不是不行？"

"你才不行。"孙鸣池毫不留情地踹他一脚。

那人笑个不停："我乱说的。"

孙鸣池脱下手套丢在地上，抓起衣摆擦脸上的汗，随口问："什么样子的？"

"什么？"

"刚带进来的女的。"

那人想了想说："白得发光的。"

"哦。"孙鸣池动作一顿，转向他问，"你刚说放哪儿了？"

"我们那屋。"

屋子里。

依旧是那破灯管，这么小的一块地方都照不明白。

满地的啤酒罐，桌子上散乱地铺着扑克，大概是上一次打完没收。

小杨抓耳挠腮，不停地偷看程逐。

上次远远看去是白，现在近距离看起来更白了，不过和孙鸣池是什么关系呢？

小杨跟旁边的工友窃窃私语："不知道为什么，我好紧张。"

"你有老婆你紧张什么。"对方低声说，抬眼又瞄了一眼程逐。

嗯……漂亮是漂亮，但看着也太凶了……

这里除了小杨，剩下都是未婚的年轻小伙，最小的才十几岁，都在村子里长大的，哪儿见过程逐这样的女人，瞧着一个比一个拘谨，衣服都好好地穿着，烟也都没抽，不聊天，只埋着头玩手机。

程逐坐在几个人中间，神态很自然，甚至主动找话题。

她问："孙鸣池什么时候回来？"

"搬完货就会回来休息的。"

"你们都住在这里吗？"

"就我住在这里，其他人只在这里休息。"一个皮肤黝黑的小伙说道。

"你们在这做了多久了？"

"只有我刚来几个月，他们都干了几年了。"

程逐掸了掸桌上的灰，自己给自己倒了杯水喝："你们这样一个月能赚多少？"

"少的时候就几千，多的时候能上万。"最年轻的小伙这么说，其他人跟着叹了叹气，拍拍他道，"听着还成，但实在是累人，没日没夜的。"

"那孙鸣池呢？"

"他好像没签合同，比较自由，但工资也没有很高。"

"唔。"程逐点点头，又问，"你们都多大了？"

小杨立刻说："都没鸣池大，他是我们这里最大的。"

"……"

片刻后，一位工友忽然站起来，见大家目光灼灼地看向他，他尴尬道："我去外面抽根烟。"

说完就灰溜溜地走出屋子，看到外面的天空才痛快地舒了一口气。

里面的氛围太窒息了，为什么大家还待得住。

他点了根烟，拉住一个人问："有没有看到鸣池哥？"

"我刚还看他往这儿走呢。"那人转了转脑袋，眼睛一亮，"喏，来了。"

程逐听到屋外有动静，她望过去。

先是一只熟悉的大手搭在门上，只能看见来人的半个身子。

很高大，手臂上肌肉线条明显，还有一些水珠在上面，穿着有些脏兮兮的背心，能看见被黑色的短发包裹着的后脑勺，程逐紧紧盯着，她知道那是什么手感，很刺。

孙鸣池像是在和门外的人讲些什么，片刻后往里面看了一眼。

冷不防地和程逐四目相对，孙鸣池停顿了一下，又转了回去。

这回连半个身子都看不到了，手也收了回去，只有细碎的声音。

程逐抿了抿嘴，站起来，朝门外喊道："孙鸣池，你过来。"

屋里众人露出惊讶的表情，像是听到什么秘密。

那只手又出现了，手指在门板上敲了两下，露出那人的脑袋来。

孙鸣池盯着程逐看了两秒，勾了勾手指："出来。"

天彻底沉了下来，灯光像一把大伞笼罩着码头。

孙鸣池找了个水池洗了洗手和脸，后来索性把头发也冲了冲，晃了晃脑袋把多余的水甩掉，浑身湿答答地往一个方向走。

程逐落后于孙鸣池半步，但一直紧紧跟着，踩着孙鸣池的影子。

两个人无言地同行，似乎已经忘记他们不久前已经分道扬镳。

这是程逐第一次进到码头，目光所及能看见还有不少人在卸货，下起雨也不影响作业。

程逐抿了抿唇，问："那边是在做什么？"

孙鸣池淡淡看去："是船员在码垛。"

"码垛是什么？"

"把东西摞整齐。"

"你们每天都有这么多货吗？"

"这几天货多。"

前阵子有点台风，这两天晴朗，但还有刮小风，这对渔民来说是顶好的天气，孙鸣池认识的几个船老板全都忙得脚不沾地。

两人走到岸边上，几艘船停在岸边，程逐忍不住看了几眼。

"想上去看？"

"嗯。"

孙鸣池回头扬起声喊:"老海!进你船看看!"

不多时,远远传来一句:"看吧——别弄坏了就成——"

老海的船虽然是个铁壳船,但也有些年头,边角外皮脱落得挺厉害,滑轮装置都有些生锈,没见他去修过,据老海说想等着船报废了就下岗不干了。

程逐走在船上,心里不太踏实。

孙鸣池瞥她一眼,没戳穿,只是说:"你踩的地方就是起网抽包的地方。"

程逐捂着鼻子,心说怪不得这么浓的腥味儿。

他们往船舱里走,孙鸣池告诉程逐,这是船长平常待的地方。

"他们会到别的海区,有时候清早出发傍晚才回来。"

"大副站那上面盯着,起网的时候会吹哨,哨子一响,黄金万两,图个好寓意。"

"有的船出一趟海只够把油费赚回来,有的船运气好,一趟拉上来的鱼就够半辈子。"

孙鸣池想到什么讲什么,讲得漫不经心,程逐则似懂非懂地听着。

一声悠远的哨声从远方传来,像是一把刀划破长空。

"看那边,看到了什么?"

程逐看过去,什么都没有。

只有一片沉静的海与驳岸的船。

"有人空船回来了。"

这回程逐看见了,是一艘小船,船主人垂头丧气地上岸。

她问:"那怎么办?"

"什么怎么办?凉拌。"孙鸣池姿态闲适,随意地抬手点了点远方,"水上行舟,风平浪静是常态,风起云涌也是常态,这船上工作的,没有人会因为碰到一次大浪就舍弃了船,也不会因为一次空网就再也不出海。"

孙鸣池扶着围栏,微微倾身眺望去,道:"想要成功,就得承受相应的风险,没人会因为要承担风险而逃避所有尝试。"

程逐沉默。

169

他松开围栏，转身朝程逐一摆头："走吧。"

他们重新回到甲板上，这里的海风比别的地方大，旁边破旧的窗当当响，像首奏鸣曲。

下一秒程逐就脚下一晃，毫无防备地跌进孙鸣池怀里。

是有船返航蹭到了这艘船，船身摇晃许久才平稳。

怀抱滚烫，有着程逐不喜欢的气味，但似乎也不是那么难闻，抬眼看去，程逐看到孙鸣池比这天还黑的眼，看不清里面的情绪。

孙鸣池松开圈住她的手臂，让程逐站直，像一座大山立在程逐的身前，挡住了大部分的光线，也挡住了大部分的风，将她包裹在他的阴影里，带着雨夜的潮湿与温热。

程逐往后退了一步，风雨又越过山脉游了过来。

那山也进了一步，飘摇又止。

不远不近的距离，若即若离的触碰，又深又静的氛围在发酵。

无形的玻璃被雨水疯狂冲刷，然后被心跳击碎。

他们静静对视，孙鸣池的脸藏在黑暗中。

下一秒，额头贴上额头。

程逐看见墨色的眼眸，听见他用低沉沙哑的声音问："不是后悔了？不打算说点什么？"

这个瞬间，程逐眼前里闪过很多画面，骨头不自觉地战栗，迫切地想要说些什么，做些什么，但最后她只是问："为什么把我拉黑了？"

孙鸣池似笑非笑："怎么样？被拉黑的感觉好受吗？"

程逐掀起眼皮，那眼角瞧他。

就在要启唇开口之际，后脑勺多了一股力量。

孙鸣池带着不管不顾的力度压了上来，将她的话语全数吞下。

孙鸣池拉着程逐的手在码头里穿行。

天上依旧是毛毛细雨，他们脚步急促，众人惊异侧目，又匆匆遗忘他们。

手腕很烫，是孙鸣池的温度。

程逐心里有难以言喻的兴奋，觉得码头的气味都是香甜的。

头发一簇簇地耷拉在耳边，程逐不顾，孙鸣池侧目，下一秒松开程逐，将自己身上的衣服脱下来搭在了程逐头顶上，混乱的味道与温暖的气息侵袭而来，脑海里程卫国、杨雯、爷爷奶奶的脸轮番闪现，最后都被宽阔的背影取代。

心由衷地安静了，却又更吵闹。

雨似乎比之前大了些，他们似乎又比之前沉默。

像是暴风雨之前的宁静，程逐的脚步快得几近狼狈。

浅浅的水坑倒映着两人相牵的手，脚下雨水飞溅，一片狼藉。

他们在雨夜中奔跑。

孙鸣池赤裸的身体上分不清是雨水还是汗水，细细密密地堆积着，又一丛一丛地往下流，程逐看见它滑进了裤腰中，不由舔了舔唇。

远处船笛呜咽，像一道古钟声冯虚御风荡开雨夜。

招待所的灯光犹如灯塔，年迈的老板娘瞥见他们，见怪不怪地收了钱拿出钥匙，没有多说一句废话。一前一后的脚步在破败的楼梯间回荡，一道道湿淋淋的脚印留下，伴随着剧烈又急促的喘息与钥匙敲打的声音，像是一出舞台剧。

演员已经就位。

钥匙还没插锁眼，程逐已经扑了上去。

……

孙鸣池很凶，一次结束后，程逐有些脱力。

她倒在床上，喘息不止，但心里前所未有地满足。

"还来吗？"孙鸣池看她。

"让我休息一下。"他太凶了。

孙鸣池点头，侧躺着静静地看着程逐，程逐也拿湿漉漉的眼睛看他。

他心知肚明："有话就说吧。"

"李则馨跑了。"

"我知道。"

"你干的？"

"嗯。"

"为什么不告诉我？"

"我们是什么关系？告诉你有什么意义？你都要去北京了，咱俩不是掰了？"

每一句都是程逐说过的，全给挖出来堵了回去。

程逐瞪着他，翻了个身不看孙鸣池，而是看着窗外。

如牛毛花针的细丝似乎已经消失，今天的雨来得莫名，停得也莫名。

"你想知道？"孙鸣池从身后搂紧程逐，问得别有目的，"程逐，你为什么想知道？"

程逐缓慢地眨眼，答非所问道："我刚刚在许愿池投了枚硬币。"

孙鸣池看着她的后脑勺，"嗯"了一声："许了什么愿？"

"说出来就不灵了。"

孙鸣池没再问，但脸色淡了些，手臂缓缓松开，像是想抽身离开。

一阵风钻进两人身体间的缝隙，程逐翻了个身，用力拉住孙鸣池，神色变得认真，她道："孙鸣池，我来的时候想，有一句话我一定要和你说，要是这个夏天没说出口，我这辈子都睡不了好觉，百八十岁的时候都会后悔。"

程逐神色清淡，窗外的微光把她的瞳孔照亮，有一种通透感，她说："孙鸣池，我是不是没和你说过，我喜欢你。"

坠入爱河之所以是坠入而不是跳入，就是因为不可预见那瞬间发生的事情。没有人能说清感情产生的源头，也许是某一天的阳光正好，也可能是某一天对方的笑容正好，又或者只是对方看向你，你发现了那双动人的眼睛。

等理智转化为冲动，喜欢就成为不可逆转的情绪，在心里狂野生长。

说她喜欢上了她妈出轨对象的儿子，谁听来不荒谬？连程逐自己都觉得荒谬，他们隔了太多东西，不恰当也不应该。但程逐无法控制，没有人能受得了孙鸣池这样的男人的糖衣炮弹，对你好的时候像你是他的挚爱，而且他只对你好，对你坏的时候……孙鸣池似乎没有对她坏过，这就是最致命的。

孙鸣池说得对，人是自私的，而她是最自私的，说走就走，说回来就回来，是因为她潜意识认为孙鸣池会等她。丝毫没有缘由的自信，昭示着她那点不为人知的小心思。

如今程逐想把他们的关系发展得正当一些，至少不用被李征洲那样说，虽说话糙理不糙，的确是为她好，但听起来确实刺耳，而这一个小小的愿望，上帝不知道能不能看得到，反正孙鸣池一定能看得到。

孙鸣池一直没说话。

这时候的沉默像是一种审判，让人发自内心地焦虑，不过程逐似乎失去了那样的情绪，十分平静且耐心，甚至有闲情逸致盯着孙鸣池饱满性感的双唇走神。

许久，那唇动了。

她听见孙鸣池用平直的语气说："程逐，你觉得我为什么对你好？"

"我三十了，家里的情况你也知道，我没有这么多精力把一切放在情和爱上，我朝你走了九十九步，如果你连一步都不愿意走向我，那我再往下走也没意义，也没有理由在原地等你。但你只要向我走出一步，我多远都会跑来接住你。"

世界上有爱吗？这是不是又是另一个深渊？

程逐轻声问："你能接住我吗？"

有光，月亮似乎绕过云显了出来。

鼻尖贴着鼻尖，呼吸都在勾人。

孙鸣池反问："我什么时候没接住过你？"

这不是告白是什么？

程逐的嘴角快要咧到天花板上，她努力克制表情，真心实意夸道："你好会讲话。"

"比起你是会讲一点儿。"

"感觉我占到了大便宜。"程逐有些稀奇。

孙鸣池掐程逐的脸："我可不值钱。"

雨过天晴似乎是一种感受，再黑的夜也抵不过那点星光，程逐越看孙鸣池越觉得喜欢，怎么会有脾气这么好，体力又这么好，还这么帅的男人呢。这么好的男人看上了她，那她岂不是完美中的完美。

程逐得意扬扬，激动得身上不住冒汗。

孙鸣池问:"身体都好了?"

"你在意?你忘了你把我丢在招待所里吗?"

程逐有意找碴,想听听孙鸣池会怎么辩解,没想到孙鸣池根本没反驳,顺着说了一句:"我的错。"说完察觉到程逐的神情有些微妙,奇怪道,"怎么了?"

"没有。"程逐把想说的话咽了下去,说不出是什么心情。

孙鸣池摸了摸程逐的头发,想起那天他在楼下等了半小时,抽了半包烟才等到程逐出来,他一路跟着,看到程逐进了医院后,他到小广场把剩下的烟抽完才离开。

他没有烟瘾,但那天大概是他几年来抽得最凶的一次。

孙鸣池不是不会生气,只是很多事情没必要生气。他对程逐已经无限妥协,程逐总应该给他一点儿信心,分明只是问一句话的事情,程逐却上来就要提分开,还拿要去北京当借口,这一次解释了,那下一次,下下次呢?

万一又有一次,程逐无声无息地消失呢?

程逐那套乐在当下的处事方式对她自己来说没有任何毛病,只是孙鸣池喜欢把事情看得长远,并且察觉到很多可能存在的问题,这就是他们最大的分歧。

不逼一下程逐,谁知道这小狐狸又躲到哪个旮旯里。

孙鸣池笑了。

房间里一直没开灯,光线有限。

孙鸣池坐起来开台灯,被子从身上滑落,露出满是抓痕的身体。他做得用力,程逐发泄得也用力,有些地方都抠出血来了,不过孙鸣池一声也没吭,只是喘息重重,汗水涔涔。

程逐盯着看,不知道为什么脸部有些发热。

孙鸣池转过头看到她这副样子,稀奇道:"现在还会害羞了?"

"我没有。"

"挺好的,可爱。"

"……"第一次听到有人拿这种形容词形容她,程逐面无表情地把被子拉过头顶,"别和我说话了。"

觉得程逐这副故作镇定的样子有趣,孙鸣池忍不住咧嘴笑了笑,把程逐脸上的被子拉下来,轻轻摸了摸她的侧脸,俯身想亲,下一秒脸色却忽地一变,沉下脸问:"你的脸怎么回事?"

程逐的短发把这印挡得严实,左脸的腮帮子处有一条明显的红痕,隐约有点凝固的血迹,要不是开了灯,又摸到一点儿不平的触感,孙鸣池还真注意不到。

程逐闻言下意识抬手,却碰到了孙鸣池的手。

指节撞了撞,手被反握住,又湿又烫。

她没挣扎,道:"没事,刮了一下。"

"这是刮了?"孙鸣池气笑了,"你当我眼瞎呢?"

程逐只好承认:"……和我爸吵起来了。"

"骂回去没有?"

"我先开炮的。"击击命中要害。

孙鸣池"嗤"了一声,才问:"爽吗?"

程逐发现孙鸣池真的很了解她,她吸了口气:"爽死了。"

想到程卫国气得脸红脖子粗的样子,她几天的抑郁情绪都消散了。

两人依偎着,孙鸣池一直摸着程逐的脑袋,这导致程逐更加困倦,她的眼睛张张合合,努力让自己打起精神,集中注意力。

程逐纤细白嫩的手在孙鸣池的背上抚摸,食指从后颈一直滑到后腰。孙鸣池不由挺直了腰,脊骨那道深深的凹陷像一道沟壑,劈开两座大山。

"今年我还没画过你。"她色胆包天,一直往下探。

孙鸣池用力抓住她的手,认真地说:"程逐,你是不是就是看上我身体了?"

程逐想了想道:"这么说好像也没什么问题。"

她当年冲动的行为也不是没有道理的,孙鸣池的身体太美,是程逐这些年来见过最好的模特,每一块肌肉都恰到好处,不是健身房里堆出来的肌肉,是自然的充满野性的力量。

"要是你去我们专业逛一圈,衣服都能给你扒下来。"她说,"听说之前有个帅哥来我们学校找人,结果差点被服设专业拉去当模特,最后那

175

人直接走了,人也不找了。"

孙鸣池瞧她:"你没去看一眼?"

"我那天没课,在寝室里睡得昏天黑地,哪有时间。"

"唔。"

程逐在他腹肌上胡乱摸着,越摸越心痒痒:"怎么练的,我可以练成这样吗?"

"不太合适吧。"

"有什么不合适的,我练成这样你就不喜欢了?"

孙鸣池陷入沉默。

程逐扫他一眼,看见他的表情,几乎是乐了,扑进孙鸣池怀里搂着他的腰,不可思议道:"不是吧,我说着玩玩的,你还真信了。"

她摇头晃脑,短发像珠帘悬在脸颊边,笑容融化了不近人情的眉眼,这时候的程逐看起来没有烦恼,没有刺,才像个二十出头的姑娘。

说她短发好看,是真的。

孙鸣池也露出点笑。

房间里响起消息提示音,程逐闻声望去,判断是她的手机响了,但手机在裤子口袋里,而裤子在床下丢着,她无所顾忌地趴在孙鸣池的腿上,伸长手臂捞着。

腿上的柔软触感明显,孙鸣池瞥她,这人怎么长的,怎么尽长对地方了,分明身上没多少肉,但该有的也都不少。他揽住她纤细的腰肢,大拇指无意识地摩挲着光洁的皮肤。

程逐打开手机,发看到是程卫国之后又把手机关上,躺回床上,把自己塞进被子里。

孙鸣池不动声色地看着:"明天做什么?"

"整理行李。"

"准备走了?"

"嗯。"

程逐嗓音低了些,孙鸣池听出来了,他撇开程逐脸上的头发,重新压了上去,先是眼睛,然后是鼻尖,再是那道痕,最后轻轻贴上双唇,亲得很干脆,一触即分。

四目相对,程逐听见孙鸣池说:"没事,去哪里都没关系。"

她闭上眼:"……嗯。"

接下来几回,孙鸣池的动作比之前轻柔不少,程逐整夜就跟在船上荡悠似的,人和心都软了,她心说春宵苦短,看来以前的君王不早朝也是有道理的。

第二天醒来,晨光熹微。

程逐醒来的时候浑身跟散架了似的,气得踹了孙鸣池好几脚。

最后两人又在房间里耳鬓厮磨了一阵子才退房。

吃完早餐后,孙鸣池把程逐送回医院后离开,程奶奶看到程逐终于出现,泪水汪汪,一直往程逐脸上瞧。程逐知道她在担心什么,便解释说没有大碍,只留了个刮痕,程奶奶这才放心,但看起来心情还是不太愉快。

下午,程逐回了棠村。

离出发不过几日,程卫国再一次催程爷爷快一些整理行李,否则可能会来不及,程逐看得明明白白,程爷爷是在故意拖延时间,她站在房间门口,加重语气说:"爷爷,今天必须整理好,明天检查一遍,后天就要走了。"

程爷爷并不情愿,气哄哄地坐在一堆凌乱的家具当中:"小逐,你跟爷爷讲实话,你想去那劳什子地方吗?你的朋友都在这里,想想晓婷那姑娘,每年就盼着你回来一次,你舍得吗?"

程逐其实是舍得的。

托孙鸣池的福,她冷静下来好好地思考过搬家的问题。

事实上搬不搬去北京对她来说并没有什么差别,横竖她也不想留在程卫国边上,就等着大学毕业后找一份工作彻底搬出去住,但爷爷奶奶就不一样了。他们岁数也大了,去了北京就得在那里扎根,这一南一北的距离,与棠村的老友势必没办法再多联系。

见程逐不说话,程爷爷以为自己说动了程逐,五官都放松开来,欣喜道:"咱们和你爸说去,不搬了。"

他站起来往外走,连跟前有个小柜子都没看到。

程逐想提醒却为时已晚，眼瞧着程爷爷直愣愣地撞了上去。

只听"嘭"的一声，乱七八糟的零碎物品从翻倒的柜子里飞散出来，在光的照射下烟尘漫天。

柜子翻了，程爷爷也倒在地上。

程逐吓了一跳，连忙去把爷爷扶起来，却发现对方正盯着一处发呆。

程逐顺着看过去，发现是个针织的护膝。

她反应过来，这是杨雯以前帮爷爷编的。

粉饰许久的太平似乎在刹那间破碎，程逐的脑子里那根筋又开始绷紧。

她看到两个小人打架，一个在不断告诉她："爷爷奶奶是帮凶啊，不是他们，你妈妈也不会丢下你跑走，现在的一切都是惺惺作态。"

另一个却说："爷爷奶奶这么好，怎么会做出那样的事情，里面一定有什么误会。"

程逐摇摆不定，不知道应该相信哪一个，然而心中自有偏向，但又怕真相叫人失望，她自知是她的惯性思维又让她开始逃避。

手机忽地响了一下，程逐看了一眼，是孙鸣池发来了消息，问她行李整理得怎么样。程逐眨了眨眼睛，头脑冷静了一些，回复道：还在整理。

她放下手机，听见程爷爷问："小逐，怎么了？"

程逐抬头看去，那目光满是关心，像是一团柔软的棉花撞上她，反反复复告诉程逐爷爷奶奶对她的喜爱与照顾怎么也不可能有假，心中的偏向明明白白，她不由沉默，不知如何开口。

"有什么事情不要憋着，一定要和爷爷说啊。"最近程逐看起来心事重重，程爷爷一直有些担心，如今见她这样，更是怕她遇上了什么不好言说的坏事。

程逐抿了抿唇，忽然跑回房间，没多久跑出来丢了个东西在爷爷面前。

在他疑惑的表情中，程逐静静问道："爷爷，当年的事情到底是怎么回事？"

程爷爷迷茫地看着眼前的本子："这是什么？"

"是我妈的日记本。"程逐顿了顿，"在您和奶奶的床边柜里找到的。"

程爷爷一脸诧异，他根本不知道床有个边柜。

少时，他戴上老花镜翻看起日记的内容，表情轮番变化，似乎是难以置信，又过了十分钟，他放下了日记，叹气道："怪不得。"

程爷爷没什么想要辩解的，他的文化水平不高，没有把逻辑顺序理清楚再讲话的习惯，便想到什么说什么，骤然听去有些冗长，但真要总结起来，其实也就三言两语的事情。

知道程卫国出轨完全是一个巧合，他怒不可遏，要求程卫国把许娇处理好，不要让杨雯知道了伤心，还家里一个清静，然而程卫国信誓旦旦地答应，却丝毫没有动作，甚至在知道事情败露之后更肆无忌惮，每回都用"尽快"敷衍，他们一筹莫展，好话歹话说尽也无用，只期盼程卫国浪子回头。

也许是这一次次的拖延让杨雯认为他们在包庇程卫国，她动了报复的心思。后来程家也如她所愿被人议论，很长时间都难以抬起头，不过这也是他们自作自受，怪不得别人。

"是我们家对不起她，你爸不是个东西，我和你奶奶都知道，但他是我们辛辛苦苦拉扯大的孩子，以前也和你一样乖巧可爱，我们实在是狠不下心。"

程逐垂眼看着地面，不知道在想什么。

程爷爷说，最初他们并没有这么讨厌孙家，只是单纯反感孙父。和何邱杠上是因为她非说是杨雯勾引了她丈夫，他们不肯相信杨雯会做这样的事情，便一个劲和她争论。后来则是因为程逐无故遭到何邱的辱骂，所以他们才真正记恨上孙家。

他们不希望程逐再受到一次伤害，不管是来自谁的。

"小逐，你以前虽然调皮，但还是懂事的，虽然没有表现出来，但我和你奶奶都知道你妈丢下你的事情让你很伤心，所以更加不想让你接触到这些糟心事，只希望你开开心心长大，你别怪爷爷奶奶瞒着你。"

房间里静悄悄的，那总是打开的电风扇依旧呼呼地朝床头吹着风。

程逐盯着日记看，心中平静得有些过分。

她想，她是真的想要知道真相吗？

杨雯的事情从头到尾就像一出罗生门，没人能给出一个全面的真相，仿佛一幅拼图画，每个人手里都拿着一块，但注定凑不齐全貌，而唯一能给出答案的杨雯早就从程逐的世界消失，音讯全无，好像那温柔的轻抚都是程逐自行捏造的梦。

程逐心里越发明了，是她过于执着于替杨雯找理由，总认为杨雯是迫不得已才把她丢下，但事实上哪有这么多迫不得已，虚虚实实，实实虚虚，无非是不想带个拖油瓶罢了。

程逐拿着日记走出家门。

天气晴朗，一眼望去田里有不少人。

不远处有个桶，没有分类，里面胡乱地塞着不少垃圾。

很多时候，想开或是想不开似乎只是一瞬的恍惚。

一晃七八年的光阴，她其实早就应该释然的。

程逐在桶前站定，一丝犹豫也没有，手一扬，东西便飞了进去。

苍蝇散开又聚拢，那个破旧的本子与下面的废纸巾烂菜叶待在一起，又在片刻后被一旁倾斜倒出的饮料打湿晕染，彻底失去原样，一点儿也不突兀，似乎它合该躺在里面。

程逐冷眼旁观，就这样吧。

回到家中。

程爷爷忧心忡忡："小逐，你没事吧？"

"没事。"

见她这样，程爷爷却更心惊胆战，不在沉默中爆发，就在沉默中灭亡，他说："小逐，你要生气就朝爷爷骂吧，别压抑自己。"

"我真没生气。"程逐哭笑不得，干脆岔开话题道，"奶奶的腿怎么样了？"

"医生说还好。"程爷爷讷讷道，"一定要去北京看吗？"

程逐拿出手机看到孙鸣池的回复：慢慢理，理不完就别走了。

她忍俊不禁，收起手机，看着满屋的狼藉，若有所思道："其实也不用去北京这么远。"

天沉下来，星罗棋布。

孙鸣池接了一个电话，是他大学同学，也是他前同事，如今对方已经是高管，年收入百万，而他却是个搬运工，拿着不稳定的工资，晒着荡漾的日光。

悠闲，自在。

对方说："鸣池，公司去年那个中标的项目开始投入生产了，你有没有空来一趟？"

"我去做什么？"他满不在乎道。

"就来看看啊。"对方笑起来，偷偷地试探道，"你的工位老大一直给你留着呢，还有Charles，你给他支了这么多招，他可想见见你的庐山真面目了。"

孙鸣池笑笑："过段时间再看吧，最近不行。"

"还在照顾阿姨？"

"差不多。"

"嗯？"

"陪老婆。"

"什么？！"对方尖叫，"这哪里是差不多！你什么时候结婚了？！"

孙鸣池含糊地说没结婚，算半个老婆。

"老婆还有半个的？！"

对面还要再问，孙鸣池懒得废话，说还有事，直接撂了电话。

看了看时间，他给程逐拨了个电话。

嘟声响的第一下电话就接通了，但没人应声，那边一阵混乱的声响，隐约听到了一声稚嫩的"菩萨"，他心下狐疑，刚想说话，冷不丁听见程逐说："等一下，我弟疯了。"

程家似乎没有什么特别扭捏的人，动作快，决定做得也快。

两个小时前，程爷爷精神矍铄地走进病房，第一件事就是告诉程奶奶，不搬了。

程奶奶的喜悦之情溢于言表，反观一旁的程卫国脸色却很难看，他不明白只是理个行李的工夫，为什么风云突变。但程爷爷可没工夫和他解释，只道让程卫国带奶奶去市里的三甲医院做个全面检查，查出来没事最好，有问题就养好了再回村，不用跑北京这么远。

话音刚落，程卫国就听出蹊跷，知道是程逐从中作梗，出了主意。

程卫国还想再劝，但这一回爷爷奶奶十分坚定。

程奶奶的好脾气只留给程逐，对程卫国嘴像带了刀似的骂道："我活了这么多年了，把你拉扯大，这点主还做不了？说不搬就不搬，我和老头子死也要死在棠村！你带着你那一家子去那北京吧，别来碍我们的眼！"

最后结局不出所料，拗不过脾气暴躁的爹妈，程卫国不情不愿地妥协了。

程一洋知道后，抱着程逐号啕大哭。

他不是完全不知事，许多事似懂非懂，他知道程逐是不想待在家里，所以每次放假都说去棠村，原本想着这回一家人搬去北京，程逐没理由去棠村，就有更多时间陪他，结果爷爷奶奶又变了主意。他用稚嫩的脑袋想也知道，以后程逐指定离家更远了。

于是程一洋哭闹着说他也不去北京了，气得程卫国下了最后通牒。

接下来程卫国还有工作，只能趁现在还有空，赶早把奶奶送去市医院检查，正好程逐开学在即，他便让程逐明天必须把行李整理好，全家后天一大早启程，不再耽误下去。

而半个小时前，他们回了宾馆。

不知道是什么让程一洋联想到了孙鸣池，程逐猜测大概率是电梯间的猛男海报，因为程一洋瞬间关上泪水阀门，眼睛都看直了，等进房间后就吵着说想看菩萨。

反正都是菩萨，管他男菩萨还是其他菩萨，程逐找了个观音菩萨的图片敷衍他，结果他又哭得比在医院还惨，嚷嚷着以后看不到姐姐，也看不到菩萨了。

好不容易哭累消停了，孙鸣池却打来了电话。

听见铃声响，程一洋抽泣着问道："姐姐，是菩萨吗？"

不明白程一洋怎么会这么喜欢孙鸣池,程逐面不改色道:"不是。"

"你骗人!"

"没骗你。"

"明明就是菩萨,我想看!"程一洋不依不饶,"我要看!"

"这是电话,不是视频。"程逐头大得要命。

程一洋闻言又要发大水:"啊——那看不到了吗?"

程逐刚想无情地说对,却听到孙鸣池说:"带他下来吧。"

"什么?"程逐心猛地一跳,忽生尖叫的冲动,下意识开窗向外探去。

外面一片漆黑,看不清楼底下的风景。

心跳平缓了些,但下一秒,程逐听到孙鸣池说了一句:"我说下来,我在你们楼下。"

十分钟后,酒店后门的一棵榉树底下。

程逐千叮咛万嘱咐,让程一洋不要大声嚷嚷,才妥协地把他带了出来。但见到孙鸣池的那一瞬,程一洋就激动地扑了上去,丝毫看不出刚刚哭泣的孬样。

他不怕生地抱住孙鸣池大腿,毫不客气地伸手摸孙鸣池紧实的腹部,又去摸手臂,一脸心动道:"叔叔,你的身材真的好好哦,怎么练的?"

孙鸣池:"……"

程逐:"……"

孙鸣池费解道:"你们家都是这样的吗?"

"……"程逐无从辩白,黑着脸把程一洋从孙鸣池身上扯了下来,冰冷道:"程一洋,你到底在干什么?不听话就给我滚回去。"

程一洋委屈道:"我以后也想变成这样嘛。"

程逐居高临下地看着才到她腰际的程一洋,不屑一笑。

被打击过的程一洋脸拉得老长,没什么劲地跟在两人身后,孙鸣池扭头瞧他一眼,回身直接单手把他扛了起来,夹在腋窝下带着走。

程一洋顿时咋舌,一扫沮丧,满脸崇拜。

丢人现眼。程逐嫌弃地看了眼弟弟,手肘碰了碰孙鸣池:"你怎么来了?"

"不想看到我?"孙鸣池碰了碰程逐的耳垂,又摸她的头发。

"……我可没这么说。"有点痒,程逐眯了眯眼,偏头躲开。

程一洋的眼神在他们俩之前飘忽,忽然震惊道:"你们在约会吗!"

孙鸣池:"你懂得还挺多。"

"因为姐姐害羞了!"

程逐立刻怒道:"胡说八道!"

"明明就是!"

"放屁!"

"脸都红了!"

"放屁!"

程一洋凶不过程逐,委屈巴巴地憋出一句:"姐姐放屁了!"

孙鸣池笑了。

程逐脸色一阵红一阵绿,别提有多后悔把这小鬼带出来。

三个人到了附近小公园,程一洋看到年纪相仿的小朋友就迈不动腿,从孙鸣池身上挣扎下来,自顾自跑去找那些小朋友玩。

程逐和孙鸣池占了墙边的一对秋千,老实坐着,没有晃悠。

不过这秋千给孙鸣池坐着实是有些小,看起来有些滑稽,不过他依旧闲适自然,手肘撑在大腿上,看着远处的程一洋,看到他摔了一跤后笑了一下。

程逐奇怪道:"你给他灌了什么迷魂汤,非吵着要见你。"

孙鸣池不置可否:"你弟弟挺可爱的。"

"哪里可爱,牛皮糖一样。"程逐没好气。

孙鸣池笑了笑,问:"行李整理好了?"

"还没,东西不多。"

程逐尽可能地避免直接提及后天就要离开这个事实,孙鸣池心知肚明,便另起话头:"接下来大四了?"

"嗯。"

"想没想好做什么?"

程逐丝毫没有想法，随意道："当老师怎么样？"
孙鸣池扭头盯着程逐看了几秒，中肯道："学生都会怕你。"
程逐凉凉一笑："骂我呢？"
"夸你。"

玩疯的程一洋终于想起什么，慌忙地转脑袋寻找，看到程逐和孙鸣池坐在秋千上一直看着他，他才安心地拍了拍胸口，继续和小朋友们一起玩。
程逐收回目光，若有所思道："刚刚他叫你叔叔。"
"嗯哼。"
"我是他姐，你是他叔，那你岂不是也是我叔。"
孙鸣池诧异道："唔，你还有这种癖好？"
"是你这大叔癖好怪了点儿吧。"程逐恶意地伸手戳孙鸣池的胸口。
一根根手指跟葱白似的，孙鸣池握住捏了捏，用带着胡楂的下巴磨程逐的手背，打趣道："这就喊上大叔了？你小时候一口一个哥哥叫得可甜了。"
"鬼话连篇。"程逐立刻收回手。
她绝不承认孙鸣池说的，哪有一次的哥哥是甜蜜的？那分明是夹枪带棒，迫不得已喊的，要知道未来他们俩能有一腿，童年这便宜怎么也不能给孙鸣池占了。
孙鸣池从秋千上下来，走到程逐背后。
没等程逐反应过来，就被推出去，荡了起来。
"它会不会塌？"程逐紧握两边的链条，脸绷得很紧。
孙鸣池嘲笑道："就你这点重量。"
程逐放心了。
身后推着她的手又大又热，程逐越荡越高，心都失重了。
像是一头扎进了春风里。
"好玩吗？"
"无聊，幼稚。"
"我看你还挺享受。"

他又用力一推,程逐再次荡到了最高点,又在地心引力的作用下急速下降。

程逐忍不住笑了起来。

秋千来来回回地晃荡,金属铰链发出咿呀的声响。

就在等待再一次升空的时候,肩却被按住。

一切都静止了。

燥热的夏夜,没有村里的清凉,公园里散步的人不在少数,广场舞的音乐幽幽,小孩子的打闹声间或传来。

程逐仰头看去,看到孙鸣池额角的汗和明亮的眼眸。

他好像总是这么看着她,像狼一样贪婪,又像狗一样温顺。

但到底是狼还是狗呢?

不知道。反正是她的就对了。

程逐轻声问:"你到底是来干吗的?"

他俯下身,大手握住程逐的脸,笑道:"来送个吻?"

视线覆盖上阴影,棉质短袖散发着独一无二的柔软而熨帖的气息。

程逐闭上眼睛,安心又坦然地接受了这个不远千里送来的温柔。

回宾馆后,一身汗的程一洋想去洗澡。

程逐眼疾手快拉住他,狐疑道:"刚刚你们说了什么?"

孙鸣池离开之前,程一洋闹着说玩累了想要喝水,程逐便走开去帮他买了瓶水,回来就看到孙鸣池蹲在地上,和程一洋面对面,两个人在说些什么。

程一洋天真烂漫地眨眨眼:"没说什么啊。"

"那为什么我一来你们就不说了?"

程一洋的眼珠转了转,扭了扭腿,十分为难的样子。

程逐见不得男孩子娘兮兮的样子,不耐道:"别扭了,快说。"

"好吧,其实是姐夫说让我照顾好你。"

"什么姐夫!"程逐音量忽然加大,"别乱说!叫叔叔!"

程一洋幽幽道:"姐姐,你又脸红了。"

"……"

程逐面无表情把他推进了卫生间，关上门。

里面的程一洋看着门眨巴眼睛，默默吐出一口气。

二十分钟前。

"叔叔，"

"……嗯。"

"我没告诉姐姐我们之前见过。"

"唔，"

"因为我告诉姐姐……"

"嘘，她来了。"

次日下午，棠村。

程家不搬了，大家奔走相告，爷爷乐呵呵地去串门，留程逐在家整理。

想到程逐马上就要离开，潘晓婷立刻跑来找程逐。

没多久，许周也来了，但在程逐房间门口踌躇。

潘晓婷怪道："你干吗不进来？"

"我进女孩子的房间是不是不太好？"

她错愕："咱们仨还分性别的吗？"

程逐认同地点点头。

"……"许周不知该高兴还是悲伤，走了进来。

程逐的行李无非就是画和衣服，虽然琐碎，但并不是很多。

许周盯着埋头整理的程逐看了几秒，问："这么早回学校吗？"

"不是，先带奶奶去做检查，然后回家一趟。"她的速写任务和文献阅读都还没做完，回家之后还得费些时间恶补一下。

"你奶奶现在怎么样？"

"还可以。"程逐抬头问，"你什么时候走？"

"再过一星期吧，我不回家了，直接去学校。"

程逐点头，低下头继续整理，把一叠卷好的画装好，又把衣服塞进行李箱里。

一旁的潘晓婷眼神转了转,忽然用肩膀撞许周,给他使眼色,许周看她一眼,没什么情绪地摇头。潘晓婷恨铁不成钢,继续使眼色,许周抿了抿唇,干脆不理她了,拿出手机看消息。

暗骂许周迟钝,潘晓婷张嘴想说话,程逐却站起来说:"差不多了,先出去逛一逛吧。"

潘晓婷的话又咽了回去。

阳光猛烈得像一锅刚沸腾的水,毫不留情地向人们泼过来。

他们在桥边坐着,手边都是他们自己的鞋子,摆得有序。

六条腿挂在河面上,有一下没一下地晃荡。

"你才刚回来,怎么又要走了?"潘晓婷的情绪有些低落,"我好舍不得。"

"我又不是不回来了。"

"那又要等好久,村里同龄人根本没几个,我成天在家里怪无聊的,《还珠格格》和《武林外传》都看八百遍了,就盼着你们暑假寒假回来陪我玩呢。"

许周提出质疑:"这么快就对你老公腻了?"

潘晓婷厚着脸皮反驳:"这不一样,老公是老公,朋友是朋友,万一我和李征洲吵架了,我找谁诉苦去。"

"你们俩会吵架?"程逐和许周眼神一变,十分震惊。

他们一直认为李征洲对潘晓婷无限包容。

"会啊,我太无聊就会找他吵架。"

"……"行吧,是潘晓婷会做出来的事情。

"上星期就吵了一架。"

"为什么?"程逐问。

潘晓婷看着她义愤填膺道:"他凶你。"

程逐哭笑不得。

天气好,几个小孩边笑边跑。

路过桥上，看到他们几个脱了鞋，便想偷偷把鞋藏起来，程逐注意到他们的坏心思，拉平嘴角盯着他们看。

一句话都没说，但效果显著，小孩们被程逐凶巴巴的样子吓到，立刻收手跑走了。

远远地又传来他们的嬉闹声。

潘晓婷伸了一个懒腰，想了想道："程逐，你别怪李征洲那时候说话难听，你也知道他性格就那样，没什么恶意的。"

"我知道。"程逐扭头问，"对了，你家怎么样了？"

"就这样喽。"

因为李则馨的事情，李家前阵子忙得不可开交，最近才安生下来。

潘晓婷告诉他们，李则馨前两天终于给家里报了平安，说和男友一切都好，村主任和夫人无可奈何，只咬牙说让她以后别后悔，李征洲知道李则馨那小男友没钱，担心她在外面过得太苦，私下给她打了些钱，让她受不了就回来。

潘晓婷长叹一口气："算了，她开心就好。"

许周默默听着，偏头看了程逐两眼，像是要说什么，但最后也没说。

回去路上，他们路过陈叔家门口，盯着程逐的那一丛越长越茂密的花聊了聊。

"我怎么感觉它长得越来越好了。"潘晓婷怪道。

许周说："可能是前阵子下了雨的原因。"

他们还在说着什么，刚好碰上陈叔出门，看见三个人鬼鬼祟祟地蹲在家门前，他愣了一下，笑着问他们："你们蹲那里做什么？"

潘晓婷也笑着答："我们看程逐的花呢。"

陈叔愣住。

晚饭后，程逐从家里溜出来，在棠村小学边的巷子里等孙鸣池。

十五分钟后，那人大摇大摆地来了。

孙鸣池的长相其实并不是很显老，但大概是他为人处世一直很成熟，且不修边幅的样子太过深入人心，导致给人的印象总是不太年轻。

程逐看着走近的人："你是不是又黑了？"
之前还没怎么注意，今天站在路灯下尤为明显。
孙鸣池拉开衣领看了看，是有一点儿色差："这两天太阳太大。"
"你抹点儿防晒。"
"我才不用那东西。"孙鸣池斜着眼，"嫌我老？"
程逐绷着脸不说话。
孙鸣池心里好笑，拉住程逐的手把她往里带。

小学门口的牌匾是新安上的，由一位小有名气的书法家题写，白蓝色的围墙包裹着一栋栋建筑，墙上印着"博学笃行"，操场红绿相间，白天的时候，能看到穿着新式校服的学生们跑来跑去，能听到由音乐组成的铃声。

时过境迁，棠村小学再找不到过去的影子，以前程逐一眼就能看到班级，现在都不敢确定坐过的教室是不是还在，而孙鸣池比程逐还觉得陌生，他是棠村小学的第一批学生，那时候这里甚至不能叫作小学，就只是一个教学的地方，雨天坐在教室里，浑身都能湿透。

后门大开，他们走进去，又通过一扇没关紧的窗户钻进教室。
当贼似的，怪刺激。
"你怎么想到来这里？"孙鸣池毫不客气找了最后一排的一张椅子坐下，盯着黑板看了片刻，忽然有些不自在地倒吸一口凉气，"感觉真怪异。"
他双手交叉放在课桌上，见程逐不说话，转头看程逐："程老师发什么呆？"
程逐无语："别这么叫我。"
"不教我画个正方体？"
"……孺子不可教。"程逐还记得当年孙鸣池那句"怎么不涂颜色"，管五大调叫颜色的人，她这辈子都教不来，谁教谁减寿。
孙鸣池朝程逐伸手："过来。"
"干吗？"
"抱一下。"

程逐眯眼看了他几秒才走近，把手塞进他手心。

下一秒就被拉进他怀里，坐在他的大腿上。

看着近在咫尺的脸，程逐冷不防道："小时候我一直很讨厌你。"

"我知道。"只要看到他就没有好脸色，前一秒还和朋友说说笑笑，下一秒嘴角就挂了下来，让他总是莫名其妙，不明白哪里惹到了这小孩。

如果要让程逐现在再回想，当时讨厌孙鸣池的理由的确有些无厘头，只是因为孙鸣池过于优秀，她憎恨被杨雯拿去和他比较，所以自顾自地讨厌上了孙鸣池，后者甚至不知道她的阴暗心思，还每次都会对他笑。

这样显得她好可恶。

程逐没忍住，掐了一下孙鸣池："你这么优秀做什么！"

"这也能怪到我头上？"他好无辜。

程逐冷哼："那你呢？觉得我那时候怎么样？"

孙鸣池想了想，实话实说道："当时村里的小孩太多，我对你的印象只停留在脸臭的小女孩，小小年纪就搞对象了。"还有一个，某天终于来了例假，还把床单染了。

"你真无聊。"程逐无言以对。

孙鸣池笑开了。

程逐静了静心，她告诉孙鸣池，她发育很晚，初中一直坐在第一排，吃了不少粉笔灰，告诉他她和潘晓婷是怎么英雄救美成为许周的老大的，还讲了许许多多事情。

孙鸣池静静看着她。

程逐注意到他的视线，停下话语，回视，眼里有光。

有所预感，她缓缓闭上眼睛，接着嘴上一软。

许久，孙鸣池松开她说："出去吧。"

今晚的天色很好，半空中的银台亮得能把一点儿细微的表情都照清楚。

站在操场上，不远处就是一面国旗，就算是半夜也在空中迎风飘扬。

"孙鸣池。"程逐喊他。

孙鸣池转头看她。

"你带套了吗?"

孙鸣池怔了怔:"没。"

卷翘的睫毛藏着,程逐露出一个得逞的笑。

皓齿明眸,异常妖冶。

"没事,我房间里好像还有。"

孙鸣池再一次被拖进程逐的房间,后者异常亢奋,一路拉着他跑回来,甚至没有注意路上有没有其他人,一副不管不顾的着急样子。

没做什么反抗,任由程逐关上灯锁上门,用一条红色的丝带将他的眼睛蒙上。

那条丝带是程逐以前留长发时用来绑头发的,孙鸣池见过,但第一次感受到它。

有一点儿粗糙,但带着一丝淡淡的香味。

似乎是青苹果的味道,清甜。

"不至于。"他的嗓音很低。

"至于。"

程逐下定决心要以其人之道还治其人之身,好好"照顾"一下孙鸣池。

视线里一片红色,程逐的身影影影绰绰,只有微妙的黑色勾勒,但那些都是孙鸣池熟悉的弧度。

想撑起身体,却又被程逐再次推倒:"别动。"

于是孙鸣池伸手握住身上人的腰。

"嗯?你能看见我?"

"看不见。"

"那你怎么抓住我的?"

"我听见你了。"

……

……

孙鸣池的身体是好看的,雄壮有力,带着难以言喻的力量感与安全感。

而他最好看的那双眼睛如今却被包裹，看不到里面的火，但程逐依旧感觉被点着。

那条丝带仿佛就是一个禁咒，将他的所有欲望统统收束，却让程逐的心跳得更加快。

把毕生绝学都用上了，孙鸣池还是一副稳如泰山的样子，只有呼吸重了点，这让程逐有些挫败，但没关系，她还有别的武器。

"孙鸣池。"

"嗯。"

"今天白天——"她拖长了音调。

程逐说，今天白天她发现了一个秘密。

孙鸣池没吭声，像是等着她继续讲。

程逐看不见他的眼睛，所以盯着丝带，用手抚平皮肤与丝带中间的缝隙，漫不经心道："你知道我去年在陈叔家门前那块地上撒了一些蜀葵花的种子吧？"

孙鸣池顿住，但依旧没说话，胸膛带着均匀的起伏。

像是怕他听不清，程逐说得缓慢："陈叔和我说，那花是别人的，你知道那个人是谁吗？"

那人既不愿意这些花被铲掉，也不愿意移走搬回自己家养着，一副不想看见这些花的嫌弃模样，但却一年四季都来照看，把花养得比人都艳丽。

怎么有这样古怪的人？

程逐不太能理解，又似乎能理解。

也许她是过分了一点儿，但谁让孙鸣池能忍受呢。

"为什么不说话？"

"说什么？"

程逐想了想，道："说你日久生情？"

孙鸣池一笑，准确地扣住了她的后脑，把她压下来狠狠吻上去。

两个人亲得气息不稳，静谧的空间里是两道节奏不一的呼吸声，暗藏着千万般难以言喻的情绪，不知多久后才拉开了一些距离。

……

她在孙鸣池的胸口画圈："想要吗？"

孙鸣池重重喘息，握住她作乱的手。

程逐直白调侃道："这么喜欢我啊？还偷偷养我的花。"

孙鸣池没反应，好像什么声音都没有听见。

"我是蒙了你的眼，不是塞了你的耳。"程逐抽回手，立刻不高兴了。

他终于笑起来："喜欢死了。"

程逐忍不住咬着下唇，也笑了起来，笑得脸一片通红，幸好没人看得到。

"孙鸣池，你知道你像什么吗？"

"像什么？"

"一个礼物。"还是个圣诞礼物。

"那你满意吗？"

"差强人意。"

房间里扑面而来潮热气息。

"我明天就走了。"

"我知道。"

"守好男德，不要拈花惹草，等我放假回来找你，听到没有？"

"真凶。"

孙鸣池轻而易举地挣开手上的丝带，然后把眼前的也摘了下来。

眼前的世界还带着一丝迷蒙的红，慢慢沉淀成黑夜的颜色。

视线里程逐的身体似乎被染上丝带的颜色，像是一幅油画，被浓墨重彩横亘。

红色的丝带被挂在程逐的脖子上，打了个不合格的蝴蝶结。

孙鸣池轻轻顺着手腕向上吻着。

"你也像个礼物了。"

胸前的丝带让程逐觉得有些痒，她动了动："你到底是什么时候喜欢上我的？"

"你觉得呢？"

"我猜是去年夏天，自从我剪了短发，你对它爱不释手。"

孙鸣池摸她的发梢,手指打着圈,漫不经心道:"你说得对。"

知道自己猜错了,程逐不满地挥开他的手:"是你说我短发好看的。"

"的确比长发好看。"

孙鸣池盯着她看,思绪却分出了一缕。

程逐之前问他,人是不是都是自私的,孙鸣池可以坦然承认他是一个自私的人,还是一个会用外表掩盖内心的心机男人。不过他都三十了,心机点也无可厚非,要是不要点心机,像程逐那个朋友一样含蓄又直愣,那程逐早就跑没影了。

说来奇怪,分明已经是四年前的事情了,但孙鸣池却还能想起那时候的每一幕。

那时候,他在大企上班,生活三点一线,勉强还算充实,至少工资十分可观。

盛夏的六月,他被调到杭州分公司。

两个月,他接连几个周末都能在西湖边看到程逐。

程逐大概是在参加集训,和很多人坐在一起,面前是画板,手里是调色盘和水粉笔,脚边是水桶,里面装着颜色诡异的液体,而面前是幽深不见底的西湖湖水。

而这么一群人中间,她无疑是最显眼的。

既没有戴帽子,也没有穿防晒衣,只着白色的短袖和蓝色的短牛仔裤,惬意得像面对的不是烈日的照射,而是冬季的暖阳,丝毫不怕被晒黑晒伤。

自始至终白得发光,让孙鸣池走过就能看到她。

程逐画画的时候很认真,整个人由内而外在放光。孙鸣池至少看到三次路人向她要联系方式,且各个年轻俊俏,但都被程逐的冷脸逼退,于是他也心生退意,决定做一个单纯的欣赏者。

紧接着他发现程逐其实挺爱笑,和身边的同性朋友聊天时经常笑,各式各样的笑,开怀的、嘲讽的、冷若冰霜的,十分生动。

只不过没有表情的时候的确不近人情了些。

他想,她会不会不喜欢男人。

一开始只是路过的时候驻足片刻,后来发展为带着电脑坐进不远处的咖啡店。

透过那里的玻璃窗,孙鸣池可以静静地看程逐一整天。

树影婆娑,阳光斑驳,树下的程逐让人移不开眼球。

至少对他来说是这样的。

他没有认出程逐是棠村那个每次看到他都会露出冷脸的小姑娘,他只是觉得她赏心悦目,让这个夏天变得凉爽,让他不百无聊赖于单调乏味的工作,不沉溺于汲汲营营的生活,让他惊觉自己还有发现美的眼睛。

调回去前的最后一个周末,孙鸣池没有带电脑,只是漫步在西湖边,和其他人一样站在后面看他们画画。

他离程逐最近不过一米的距离。

一米是什么概念,只要伸手就能碰到她,向她索要一个联系方式。

但他没有这么做。

那天程逐穿的是一件轻薄的衬衫,孙鸣池站在她身后,甚至能看到透出的黑色内衣痕迹,盯着看似乎有些不礼貌,于是他挪开了眼,把注意力放在她的画上。

她没有在画西湖风景,也没有临摹画本上的画,而是在认真地画一艘潜水艇。

很小很简易的潜水艇,行驶在夜晚的深海里,像是从梦里开出来的,一点儿也不真实,没有线条感,像是独属于程逐的笔触。

孙鸣池产生了一种错觉,自己似乎见过它,或许是在梦里。

那幅画程逐没有画完,在集训老师来之前有些慌张地摘下来放在了脚边,蹭上了一些肮脏的痕迹,并且由于离开得过于匆忙,最终忘记带走。

那一天是孙鸣池第一次做顺手牵羊的事情。

表面镇定自若,离开的时候却忍不住左顾右盼。

后来,他把那幅画带回了公司宿舍,又带回了棠村,一直放在家里,如今那幅画身边又多了很多速写画,画上都是他。

他以为西湖边的记忆只是人生中的一片鸿毛,想起瘙痒,但不值一提,那抹倩影只是人生中的匆匆过客,他们再也没机会相遇,但偏偏两年后,他在棠村重新看见了程逐。

这一次，他终于把程逐和多年前那个臭脸的小女孩对上了号。

他遇上的不是别人，偏偏是程逐，而当他以为那只能当作梦一场，午夜梦回感到几许惆怅与后悔，错失最佳机会的时候，程逐又出现在他的面前。

他自然而然地想到宿命论。

既然有宿命之嫌，那何不抓住这个机会？

世上鲜有人表里如一，因为大家看到的只是自己想看到的，在公司的时候，孙鸣池获得最多的称赞是有想法、有野心、有能力，为了最终目的势必要精心规划，他有着所有人歆羡的温和成熟的外表，而本身却存在老谋深算的豺狼禀性。

不会追求姑娘没关系，但不妨碍他迈出那一步，即便这个姑娘和他的关系稍显复杂了些，但在他看来都不是问题。更何况他和程逐已经错过一次，他不会错过第二次。

不过进展速度的确是超出了孙鸣池的认知。

当程逐用那张充满攻击性的脸对他说买他一夜，孙鸣池啼笑皆非，以为她在说笑，不过程逐的表情很认真，这回他可以确定，程逐并不是不喜欢男人。

孙鸣池向上伸手。

忽然被掐住了脸，程逐莫名其妙道："你干什么？"

"脸上的伤痕好了吗？"孙鸣池掰着她的脸左右看了看，借着月光，发现之前被程卫国刮到的地方留下了一个小小的印，"你是留疤体质？"

"不是。"程逐没好气道，"这才过了几天，哪能好这么快。"

孙鸣池叮嘱："记得擦点去疤的，女孩子脸上留疤不太好。"

"你脸上好像也有疤。"程逐下意识看向他的脸。

孙鸣池拉着她的手往自己的左眼眉梢摸去："有一个是小时候摔出来的。"

"挺帅的。"

"哦？"他扬起眉，"会说花言巧语了。"

"……真的。"

孙鸣池不置可否。

和程逐相处是一件很困难的事情。

从主观层面，程逐是他遇见最简单的人，但同样也是最复杂的。

程逐其实很好看透，但即使看透了也时常让人毫无办法。

想一出是一出，不考虑前因后果，不考虑周遭，她自己是舒服了，就是苦了其他人。

第一年夏天他们见面的频率很高，大抵是两个人都对这种关系抱有一种猎奇的好奇，他们几乎隔两三天就会见一次，进行心照不宣的事情。事后她总是会用她那张冷艳的脸说着刺人的话，不痛不痒，让孙鸣池感觉自己在逗一只傲娇的小猫。

当一个男人觉得一个女人什么样子都可爱的时候，似乎已经掉进一种纯真陷阱。

孙鸣池对于这种感觉不屑一顾，认为是自己没有和女人如此深入接触过的关系。

他甚至想过养一只猫，这样程逐不在的时候就有东西能填补他多余的情绪。

不过程逐和猫又不同，她最致命的武器就是无情。

去年夏天，毫无预兆的不告而别像一道闷雷，从天空直直砸下，掀起惊涛骇浪，让他丢了舵，失了船，再有规划也无用，他不觉得这是一个棘手的问题，只是无措。

荒唐。

他这样的男人，竟然对一个小姑娘感到无措，要是被朋友知道，他们都得笑掉大牙。

孙鸣池有他的自尊，他要避免花费更多的时间去思考一些没有答案的事情，不再让沉没成本积累，回归最初的样子。但爱情实在是道难题，它不是感受，而是玄妙的每一个瞬间。

像田里的杂草，时不时又长出一簇。

他找不到合适的言语形容那段时间的心情，或许是发霉的柠檬，又或者是馊掉的杨梅，左右不是什么让人有好感的东西，又酸又臭，连他自己都觉得厌烦。

所以他把小竹子捡了回来，不过似乎和之前没什么差别。

那花确实是他养的，程逐这人就是这样，只管播种，不管养活，只有他毫无缘由地费心尽力，分明讨厌得很，但还是一年四季护着。毕竟它可比程逐好太多了，对它好，它就开出鲜艳的花，不像程逐，浇多少水都开不出花，还时不时要拿刺刺你。

因此他时常在浇水的时候盼着这些花赶紧死掉，连带着那些莫名的情绪赶紧消化。

结果花没死，情绪也没消化完，程逐又回来了。

窗户在夏夜微风中发出声响，后院的杂草堆像往常一样注视他们。

似乎对孙鸣池是何时喜欢上她的失去了兴趣，程逐姿态慵懒地勾着孙鸣池说："不再来了？"

孙鸣池对于这类质疑已经免疫，看着她一脸不满足的样子，嘲笑道："不累？"

"接下来想累没得累了。"

"你倒是理得清。"

程逐抬头看见孙鸣池带着胡楂的下巴，不假思索地咬了一口。

绿色的丝带困不住程逐的身体，她像一条灵蛇，又像一只天鹅，仰着高傲的头，露出脆弱不已的脖颈。

……

孙鸣池抚摸程逐的背，亲她的发顶，和她讲着不入流的调情话。程逐一片泪都染在他的胸口，粗暴地伸手蒙他的嘴，却也挡住了他狡黠的笑。

床单被子皱得不堪入目。

最后程逐累得睁不开眼，把一屋狼藉留给孙鸣池。

孙鸣池替她擦身体，整理床单，收拾垃圾。

房间里有点闷，大概是刚运动过的原因，孙鸣池身上的肌肉十分紧绷，扭身的时候鲨鱼线若隐若现，汗水顺着脖颈往下滑。

程逐打起精神盯了会儿，道："我早就想问了，你是不是有洁癖？"

这两年她的房间能保持住现在的干净卫生，孙鸣池功不可没。

"没有。"

没有？程逐歪了歪头，难以置信。

孙鸣池赤裸着上身，俯身扎垃圾袋。

拽住两角，拉到中间打了个死结，随意道："有洁癖的不是你吗？"

程逐愣住，半晌才说："你是什么妖怪？"

她的洁癖其实并不太严重，只是对于一些特定的事物有些抵触，通常情况都能忍受，所以一般人注意不到，程逐也没对外说过。

"专治你的妖怪。"孙鸣池哼笑，拎着垃圾直起身。

程逐翻了个白眼。

孙鸣池看了一眼手机，看到不久前何邱和何山给他发的消息。

何邱问孙鸣池大晚上的又去哪里了，何山则是让他早点回来。

想了想，给何山发了一条消息：我找对象去了。

何山没过两秒就回了过来，说知道了，何邱那边他来解决。

孙鸣池挑眉，摊上这么开明的叔，的确是轻松很多。

何山的观察力比孙鸣池想的惊人，第一次被他试探的时候，孙鸣池没有反应过来，因为何山的语气太自然，好像只是单纯忽然想起程逐这么一个人，而他一个愣神的工夫，何山的眼神就变得意味深长。

至于何邱……

孙鸣池忽然倒吸了一口凉气，手搭在脖子上摸了摸，一阵刺痛。

"高兴了吧？"

"什么？"

孙鸣池扬起下巴，指了指被程逐抠破的锁骨。

"我没注意到。"

"装。"

程逐闭上眼装傻充愣。

孙鸣池好笑："我又没怪你。"

程逐又睁眼看向他："你要走了吗？"

"嗯。"

两个人都不喜欢矫情的那一套，自然也不多说什么离别的话语。

"手真小。"孙鸣池自然地握住程逐的手，手心相贴比画了一下，差不多是他的一半。

"是你的太大了。"

孙鸣池在她食指上咬了一口,第二指节留下个牙印,道:"也给你留个印。"

程逐无言以对:"你在我身上留的印还少吗?"

孙鸣池一笑,把她的碎发拨开,视线落在眼角。

还有点红。

真可爱。

被孙鸣池的眼神看得浑身不自在,程逐用力踹了他一脚,结果又被握住脚丫一阵耍流氓。

最后他把程逐塞回被子里,扶着后颈扭了扭脖子:"真走了。"

程逐问:"那你不觉得落了什么吗?"

"嗯?落了什么?"

"……"

"不说话,哑巴了?"

程逐不知道孙鸣池是在逗她还是真的忘记了,但她很烦,不耐地翻身埋进枕头里,彻底睁不开眼,闷闷的声音发出:"没有,我乱说的,你快走吧。"

孙鸣池憋着笑,俯身在她耳后落了个吻。

回去路上,孙鸣池遇见了李征洲。

后者看见他过来的方向,就知道他去了哪里。

"你和程逐——"

"嗯。"

"什么时候?"

"唔,你姐跑了那天。"

李征洲眯起眼:"老男人,真阴。"

孙鸣池耸肩,就当是夸他了。

这个夏天,和程逐见面的第一天,也就是她摔倒的那个晚上,程逐问他是不是只是来送药,他答不然呢,但事实上不单纯是。

其实他是想说一点儿难听的话,让程逐也受受苦,不过最后什么都没说,因为兴许根本没用。孙鸣池很理智,吃力不讨好的事少做为妙。

那天晚上他做了梦,梦里程逐又在西湖边画画,这一回他走上去了,穿着一身休闲装,绅士地询问可不可以给他一个联系方式。

程逐依旧是那张冷脸,盯着他看,长发在风里飘。

最后说,我是不是在哪里见过你。

孙鸣池惊醒了,穿着白色背心,搓着扎手的后脑勺,架着腿,在床上坐了许久。

表情又冷又深,最后若有所思地抽了几根烟。

烟灰四散,在光的照射下生出层次,他紧紧盯着,慢慢眯起眼。

丢船也没关系,收拾收拾再启航就是了。

李征洲说:"好好对人家,否则我老婆会发疯的。"

潘晓婷发疯,他就得遭殃,毕竟潘晓婷对程逐和许周可比对他好太多了,如果三个人掉水里,他绝对是被丢下的那个。

孙鸣池轻嗤:"还用你说?"

两人都笑了。

第二天,晴空万里,艳阳高照。

没有喧嚣,没有雾霾,远处的山头清清楚楚,空气中是纯天然的青草味道,混杂着各户人家的饭菜香。

唯一令程逐感到不适的就是程卫国停在村口的车。

行李都已经搬进了车的后备厢,只等她上车就出发。

最后看了一眼棠村,没什么留恋地上了车。

汽车发动机的声音取代了恼人的公鸡叫,夏日的美梦又要碎了,但棠村还保留着绿水和清风,保留着她渴望见到的人事物,继续在旷野中等待。

程卫国找了市里权威的三甲专家给程奶奶看腿,并且在医院里做了一个全面的体检,一家人心惊胆战地等了两天,结果出来后都松了口气。

程奶奶健康得不能更健康,除了血压高了一点儿,剩下就是骨折的那条腿还需要养。

程逐带程一洋回家，家里只有许娇一人，正在准备晚饭。

见她回来，许娇有些惶恐："小逐，吃晚饭了没有？"

其实还没吃，但她说吃了，便回了房。

程卫国不在，程逐忽然有点不知道怎么面对许娇。

以前许娇对她是真的好，她们两个说是继母与继女，倒不如说更像是朋友，无话不谈。连画画都是许娇鼓励她去学的，那时候家里的氛围是最好的，这导致她从没想过许娇是小三的可能性。

许娇毁了程逐的家，又给程逐建了一个家。

程逐觉得这就是个悖论。

很久以前她曾经问过孙鸣池这个问题，她说："如果有个人对你很好，但是瞒了你很重要的事情，那你觉得应该原谅这个人吗？"

那时候孙鸣池的反应有点古怪，似乎不明白这为什么要扯上原谅不原谅，程逐只好说得更加直白了一些。孙鸣池一直听着，最后轻飘飘地戳穿她："程逐，你问出这个问题的时候，就已经想好了答案。"

程逐羞恼于孙鸣池的洞察力，那一晚把他赶出了房间。

许娇敲了敲门，表示晚饭准备好了，询问程逐要不要再稍微喝些汤。

程逐实在是饿得受不了，最后还是出去了。

接下来的日子，程逐一直在赶作业，为了确保效率，白天，她把手机放在家里，去附近的公园或是商业街找个地方坐下，晚上回到家则开始看艺术文献，并完善之前写到一半的笔记。

开学前的最后一个晚上，程逐和孙鸣池通了一通电话。

躺回床上后，几乎立刻落入黑暗中，脑中却留下了最后的对话。

——程逐，你信不信我？

——嗯。

——等我，我去找你。

第七章　　被爱抓住

一年后。

"程逐,你弄好了没有?"

"快了。"

"——半个小时前你就说快了。"小钱拉长声音道。

今天毕业典礼,她们要赶去拍毕业照,但程逐还在磨蹭,小钱性子急,等不住,程逐就让她先走,她又不肯,充满义气地表示不能丢下程逐。

"差不多得了,你的眼线快飞上天了。"

程逐严肃道:"不够,拍在照片里就看不出来了。"

又往脸上刷了些修容,拿出颜色最亮丽的口红,一切才大功告成。

小钱凑过来看了几眼,诚恳地说:"程逐,你知不知道你每次化浓妆都很吓人。"

"我平常就不吓人了吗?"

"不不不,你平常看起来最多是比较高冷,但你每次上完妆之后看起来就像《哪吒传奇》里的石矶娘娘。"

程逐迅速地回忆了一下:"那不是挺漂亮的吗?"

"但是一看就是个坏人。"

"……"

程逐穿着黑色的丝绒裙,露出匀称的腿,拿学士服一挡,就什么都看不见了。

坐在椅子上整理扣子,看到手机屏幕亮起。

拿起一看,是程一洋,说想看看程逐。

程一洋成功迈入小学生的行列,由于个子比同龄人高不少,总被老师区别对待,对此他很不满意,每回都打电话给程逐哭号。

而程逐在前两次的耐心安慰后彻底不耐烦,逐渐掌握了让他闭嘴的方法,就是告诉他,哭多了长不高,还长不壮,以后不能变成孙鸣池那样。

这话一说,程一洋通常就会停止哭泣,不过话题就会转向孙鸣池现在怎么样了。

实际上程逐也不知道孙鸣池现在怎么样,两个人似乎有一种默契,既然孙鸣池让她等,那她就等等看。

他们平常联系得不是很频繁,大抵是不想让程逐担心,孙鸣池总是圆滑地避开工作的话题,最多只是用一贯开玩笑的语气说正在努力赚钱养她。

一开始程逐疑心是自己大手大脚给孙鸣池留下什么奇怪的印象,便认真地表示她其实也没有这么会花钱,只是看上喜欢的才买。

不过孙鸣池却说让程逐随便花,他赚的钱就是给她花的,弄得程逐哭笑不得。

孙鸣池不分昼夜地辛劳,但在做些什么却是个谜。

不,不能说是谜,倒不如说是个盲盒,程逐等待拆开的那天。

只要不是犯法的勾当,那都好说。

另外,说到盲盒,程逐床下的课桌上列了一排从盲盒里拆出来的摆件。

有一段时间程逐沉迷于拆盲盒的快乐,孙鸣池知道后给她买了不少,如今每次看到这一排摆件,程逐都觉得十分解压。

大四的压力比程逐想象中要大,尤其她还心血来潮去参加了研究生考试,虽说没考上,但也花费了不少时间,少数和孙鸣池联系的几个晚上,都是她被各种任务折磨得快崩溃的时候,每一次孙鸣池都在忙,不过无论何时他都会接电话。

程逐没问他没日没夜在忙些什么,也从来不说想他,不过倒是会问孙鸣池有没有想她。孙鸣池每次都只会笑,笑得她耳朵发烫,最后笑话她:"程逐,你的嘴怎么还是这么硬,说一句想我很难吗?"

"程逐,再不走班主任要杀人了。"这回连室友含含都催了,那看来是真要来不及了。

程逐给程一洋发了张自拍,穿好鞋子,拿起学士帽。

"走吧。"

校园里密密麻麻的都是穿着学士服的毕业生,其他年级的人看见了又是羡慕又是向往,但等真的轮到他们毕业,那些情绪就变成一阵散去的烟,没这么浓郁了。

程逐排在班级的队列里,远远看见了正站在架子上拍合照的许周。

大四开始,程逐和许周在学校见面的机会也不多,许周一直在外面实习,偶尔回一趟学校,不过每次回学校都会请程逐吃饭。

程逐把她和孙鸣池的事情告诉了许周和潘晓婷,他们似乎并不是很惊讶。

潘晓婷确认他们真的在一起之后忽然变了卦,毫不吝啬地夸孙鸣池,甚至坦言道其实她小时候的梦中情男是孙鸣池。程逐当场就把聊天记录给李征洲发了过去,李征洲礼貌且官方地回复了一句谢谢,在那之后,潘晓婷很久没在群里说过话。

而许周没有多说什么,只是默默祝福。

校园里依旧有人以为他们是情侣,不过现在两个人会解释,他们只是关系要好的发小。

流言少了,不过程逐的追求者又多了。

架子上的许周也看见程逐了,他愣了一下,朝她笑了笑打招呼。

一旁的同学发现了,悄悄问:"朝谁笑呢?"

"没有。"许周摇了摇头,把头转回来重新面对镜头。

实际上在程逐和他们坦白前,许周和潘晓婷聊了很久,潘晓婷让他不要再犹豫,主动出击,把握机会,但许周看得明白,无论如何他都没有机会。

他不是犹豫,只是程逐眼里从来没有他。

就算没有孙鸣池，程逐大概也不会喜欢上他，就算喜欢上他，可能也不会长久。

什么会长久？不知道。

反正他和程逐的友情肯定比爱情长。

从合影站架上下来后，许周跟着班级的大部队离开了，没来找程逐，只是发来了消息夸程逐今天的妆化得非常好，十分引人注目，他的室友一直在偷瞄她。

程逐得意地拿着聊天记录给小钱和含含炫耀："看，我就说妆要化得浓一点儿吧。"

她们不屑地撇过头，停了两秒，开始拿手机前置摄像头检查妆容。

合影站架上的人如流水，走一批来一批。

又过了几批人，才轮到她们专业。

上台，笑，下台。

四年同窗，似乎也就是拍几张照片的时间。

毕业照拍完，大家去班级里聊了聊，班主任讲了一些致辞，程逐听得敷衍，不停拿起手机，又放下手机，就连旁边的小钱也察觉出不对。

"你男朋友没来？"

程逐摇头。

"他到底是干什么的，为什么一年了都没来看过你？"小钱有点不高兴。

一旁的含含也凑过来说："程逐，你可别被骗了。"

程逐默了默，真心诚意地发问："我看起来是有多容易被骗？"

为什么所有人都觉得她会被骗，她怎么也不是一个会被骗的人啊……

还有一点，其实孙鸣池来看过她，在去年的圣诞节。

那天鹅毛大雪，高大的翠柏青松立于街当中，槲寄生装点在每家店门口，她和孙鸣池在一个角落里拥抱，接吻，比更亲密的接触更让人心动。

孙鸣池似乎比以前瘦了点，不过依旧很结实，他们讲了很多悄悄话，像是鱼缸里的气泡，细细密密的，雪花似乎在纷乱中落在他们相贴的唇上。

不过一切在孙鸣池的手机铃声响起后戛然而止。

后来程逐才知道,他是出差刚好路过,马上要去赶下一趟飞机。

毕业典礼在下午,到了中午,她们先去吃饭。

大约是毕业生都回来了的原因,食堂人山人海,程逐的耳边充斥着各种对话声。

"不想去下午的讲座。"

"那你逃了呗。"

"算了,还是去吧,好多公司来呢,万一有人相中我了呢。"

"得了吧你。"

小钱瞥了后面的人一眼,悄悄和程逐说:"你去听吗?"

"什么?"

"他们说的那个讲座。"

说是讲座,其实类似招聘会,面向各个年级,强制要求学生参加,除了毕业生,不过毕业生想去听一听看一看也不是不行。

但程逐说不去。

"你不看看有没有适合你的岗位?"

程逐摇头,去年她去看过,没什么好岗位。

"那你接下来做什么?继续考研?"

"不考了。"

"嘿,又不看工作,又不考研,那你要干什么,家里蹲?"皇上不急太监急,小钱老妈子的那股劲又上来了,恨铁不成钢道,"不行,程逐,你这样太荒废了。"

她已经找到了工作单位,拿到毕业证书后就可以正式入职,而另一位室友含含早就开始实习,这一次是因为毕业所以请了假回学校,只有程逐似乎什么都没做。

小钱问:"上次那个看上你作品的公司呢?"

程逐的综合成绩其实不错,尤其是创造力受到专业老师的一致肯定,毕业设计还受到了一家公司的青睐,对方当场递来橄榄枝,但——

程逐:"单休,不去。"

小钱瞪着她，彻底失语。

下午，他们穿着学士服参加了毕业典礼。

长亭外，古道边，芳草碧连天。

漫天的红色铺开在面前，《送别》的音乐响起，主持人上台，领导致辞。

毕业典礼是漫长的，程逐想了想，给孙鸣池发了条信息，问他在做什么。

孙鸣池一直没回复，于是她点开视频软件，重温最喜爱的《超凡蜘蛛侠》。

小钱靠在程逐肩上跟着看了一阵子，看到叔叔被害，帕克终于真正地站起来成为蜘蛛侠后，她低声道："你怎么这么喜欢蜘蛛侠啊？"

"好看。"

"好看也不能看这么多遍吧。"

程逐故作深奥："你不懂。"

礼堂内，广播的回音让人仿佛置身防空洞，学生陆陆续续上台领取学位证书。

小钱翻了个白眼："你是想当玛丽·简吗？"

程逐被问住了。

她是想当玛丽·简吗？

程逐想了想，答案当然是否定的。

她只是被电影背后的欲望和选择抓住了。

存在主义告诉我们世界是荒谬的，命运由我们自己把握，越长大程逐越能明白电影背后的含义，没有绝对的好人与坏人，人人都有正反面，她也不例外。

礼堂里音乐不止，程逐忽然很想见孙鸣池。

毕业典礼很顺利，程逐站在台上，低头任校长替她拨穗，直起身后拿着毕业证书和专业博导及校长合照一张，就下了台，回到了位置上继续等待。

孙鸣池依旧没回消息，大概是在忙什么。

三个小时的毕业典礼，一个不留神，手机的电量告罄。

从礼堂出来后，同学们三三两两地合照，说着道别的话。

含含有事先回宿舍整理，程逐和小钱慢悠悠地从教学楼路过，听见了一些热闹的声音，大概就是中午他们所说的讲座。

这个时间点应该已经讲完了，两人目不斜视，想直接离开。

刚迈出两步，后面几个女生女生的对话声传来。

"里面那个男的好帅。"

"是不是站在易拉宝旁边的？"

"对。"

"我也看到了，不过你们不觉得有点眼熟吗？"

"没有吧，你看见哪个帅哥不觉得眼熟。"

"我好想把他拉来当模特。"

"可人家是……"

她们的对话程逐左耳进右耳出，根本没听清几句，继续往前走，一心想要赶紧回寝室把手机充上电，下一秒却被小钱一把拉住。

程逐往后跟跄了两下才站稳，脾气又冒上来："干吗呢，一惊一乍的。"

小钱一脸微妙的笑容："好像有帅哥，我们去看看。"

"我手机要没电了。"

"可是有帅哥。"

程逐看着她无情地重复："你自己去，我手机没电了。"

小钱刚想装可怜让程逐心软，却听到那几个女生窸窸窣窣的动静。

"快看，他出来了。"

"是不是在往我们这里走？"

"好像是……"

程逐余光看见一个高大的身影往这边走来，下意识侧目望去。

——"程逐。"

教学楼的外走廊里一半在阴，一半在阳。

程逐站在太阳照射到的这一边，被光线刺得眯起眼，没能反应过来。

教学楼里一个年轻男人跑出来，奇怪道："老大，你去哪儿？"

孙鸣池回头看了一眼，自然道："找我女朋友。"

年轻男人一脸蒙。

围观的女生："……"

旁边的小钱面容恍惚："程逐，他刚刚是不是叫你名字了？"

"……"

"那他女朋友……"

"是我。"程逐反应过来了。

孙鸣池笑起来："程逐，过来。"

操场上。

手机响个不停，程逐倍感头疼。

十分钟前，在众目睽睽之下，孙鸣池带走了程逐。

小钱惊得下巴掉在地上，震惊于程逐那位神出鬼没的男友竟有如此成就与颜值，心碎于程逐竟然隐瞒得如此之深，忍不住炮轰程逐，每条消息都饱含谴责。

程逐好冤枉，她也不知道孙鸣池当上老板了。

至于隐瞒，那更是没有，分明孙鸣池的速写画她们都看过好几回。

"怎么不说话？不认得我了？"孙鸣池瞥她。

"有点儿。"手机被轰炸到自动关机，程逐抱着胸道，"说说吧，怎么回事？"

孙鸣池挑眉道："不是说了吗，我要赚钱养你。"

他并不打算细说，只是大概地给程逐讲述了日常的工作。

实际上这一年，为了大大小小的事情，他日夜颠倒。去年圣诞节也是难得抽出时间和程逐见上一面，其余时间都在忙，有一阵子他揽下全公司的活，一天都赶不上吃顿饭。

不过这些都已经过去了，现在前景光明，欣欣向荣。

几个星期前，公司的一个大项目完美收官，孙鸣池请前同事吃了顿饭。

对方醉醺醺地说："孙鸣池，你不厚道。"

孙鸣池碰一下他手里的酒杯，道："唔，还成吧。"

"你实话实说,当初答应回来,是不是打的就是这个主意。"

孙鸣池没回答,又敬了他一杯。

这下对方还有什么不明白,这野心勃勃的男人,过了这么多年也没变过。

回到原公司上了半年的班,孙鸣池凭一己之力先挖走了一位高管,又带走七八个核心技术人员,包括他的迷弟Charles。随后凭借手里的客户资源,自己开了家公司。

规模虽小,但发展十分蓬勃。

对方感叹:"不出几年,你的公司肯定要超过我们。"

长江后浪推前浪,前浪死在沙滩上,他们公司的企业文化强势又死板,不愿意承担风险发展新模式,如今看来是一切都还算好,但再过一些年势必跟不上时代,要走下坡路。

现在每个月开会老大都逮着孙鸣池骂,以前有多喜欢他,现在有多恨他。

"欸,你把我一起挖走算了,我早受不了这破公司了。"

"你的工资我开不起。"孙鸣池诚实道。

"你就是怕我不能帮你赚回本。"对方哭笑不得,"那你给我留个位置,万一我这儿待不下去了,就跳槽去你那里,工资一开始低点也没关系。"

孙鸣池笑起来:"那可以。"

大概是情绪上来,对方咕咚咕咚地喝个不停,喝完又换了话题道:"你妈现在怎么样?"

"挺好的。"何邱终于想开,如今和何山一家住在一起,精神状态平稳。

"事业也起来了,你妈也安顿好了,那打算什么时候和你的小女朋友结婚?"

公司里的人都知道孙鸣池有对象,但只有少数人知道孙鸣池的对象还在读大学,一开始给人的冲击十分大,后来想想孙鸣池的长相和能力,觉得倒也挺正常。

"听她的。"

"听她的？万一她不想结婚呢。"

孙鸣池抬眼看他一眼。

对方一愣，顿时笑得幸灾乐祸："没想到啊孙鸣池……栽了，真栽了。"

孙鸣池心想，栽就栽了呗。

那天晚上，把对方送回家后，趁着难得的假期，孙鸣池在江边走了一遭。

凉风习习，所处的地方离程逐隔了两个小时的飞机，在航班页面浏览了一圈，最后又退出来，大晚上给人事兼助理打了一通电话，把这一趟的行程定了下来。

孙装卸工一下子变成孙老板，程逐还是觉得稀奇。

"老大？孙总？孙老板？"她胡乱叫着。

孙鸣池"啧"了一声："你别这么叫。"

程逐乐了，叫个不停："孙老板孙老板孙老板……"

孙鸣池听得脑袋疼，立刻捂住程逐的嘴。

袖口擦过鼻尖，程逐依旧咯咯笑个不停，孙鸣池又一脸无奈地松了手。

半响才消停下来，她问："你们公司在哪里？"

"江市科技创意园。"

程逐若有所思："江市……"

孙鸣池瞥她一眼，道："公司正处于上升期，现在不太方便远距离搬迁，等再过两年稳定下来，你想在哪里都可以。"

但程逐的关注点不在公司地点，她真诚地发问："你们公司还缺美工吗？"

孙鸣池怔住，状似思考："嗯——最近比较缺老板娘。"

程逐面无表情，一巴掌拍在了孙鸣池背上。

盯着她通红的耳朵，孙鸣池笑了笑。

阳光炽烈，后背沁出一些汗。

213

身穿学士服的学生们对着手机摆着各种姿势,期望留下最后的纪念。

程逐盯着孙鸣池看,孙鸣池西装革履,领带系得板正,衬衫的纽扣一丝不苟地扣到了最上面一颗,看似正经严肃,但肩颈处紧绷的褶皱显示出层层包裹下紧实的宽肩与肌肉。

"我之前就想说了,你穿西装的样子一点儿也不像成功人士。"

"那像什么?"

有人从面前跑过,孙鸣池下意识揽住程逐,程逐顿时撞进他的怀里。

一颗心像掉进柠檬汽水里,猛地放松下来。

程逐自然地揽住他的腰,慢悠悠地说:"像电影里的黑手党,无恶不作,杀人如麻。"

孙鸣池被逗乐了:"那你可得小心点。"

"我会的。"

操场上的人越来越多,他们这样的组合吸引了不少人的目光,有女学生扛着单反相机跑到他们前面,说想替他们拍照,程逐毫不犹豫地拒绝。

对方一脸可惜地离开,却忍不住回头瞧孙鸣池,手里的相机摆弄个不停。

一眼看透她的小心思,程逐用眼神警告,对方浑身一僵,放弃了偷拍的念头。

程逐幽幽道:"招蜂引蝶啊。"

孙鸣池无辜眨眼。

他们离开操场,在学校里逛了逛,路上碰上一位曾经追过程逐的学弟。对方看见程逐,下意识想打招呼,但看到孙鸣池后又生生止住了动作,神情十分复杂。

程逐目不斜视,加快脚步。孙鸣池敏锐地察觉出什么,朝对方笑了笑。

等看不到那个学弟后,孙鸣池幽幽道:"魅力四射啊。"

程逐:"……打平了。"

公司的招聘人员收拾好摊子,给孙鸣池打来电话,问他走不走。孙鸣池看了一眼程逐,嘴里说着他有事,今晚不回去了,让他们去吃顿好的,他报销。

等他挂了电话，程逐别有意味道："孙老板这是要拨冗去做什么？"

有人拉着广播音响来到操场，音乐声随之传出。

等我找到你——

试探你眼睛——

心无旁骛地相拥——

孙鸣池松了松领带，亲了她一下："你说做什么就做什么。"

当天晚上，在市里最大的酒店顶楼。

站在落地窗前，眺望夜景，程逐咽了口口水："这会不会太破费了？"

孙鸣池眯眼盯着穿着丝绒短裙的程逐："钱就是拿来花的。"

"那也不能——"程逐回过头，噤声了。

孙鸣池脱了外套，衬衫纽扣解到胸口，领带松垮地挂在身前，大大咧咧地坐在床上。

见程逐发愣，他似笑非笑："怎么？"

"你是不是故意的？"

"什么？"

"勾引我。"程逐走过去，把孙鸣池推倒，拉着领带亲了上去。

房间里带着一股清香，似乎是橘子的味道。

窗帘没拉，巨大的落地窗收集着都市的光芒，照在他们脸上。

睁开眼，五颜六色的霓虹灯光尽收眼底，

说不清是羞耻还是气愤，程逐又开始挣扎："孙鸣池！你浑蛋！"

孙鸣池亲她的侧脸安抚她："别动。"

"我等了你好久！"

"我知道。"孙鸣池有力的臂膀抱紧她，"这不是来了吗。"

而且也不会走了。

"想我吗？"

程逐咬着唇不说话。

孙鸣池一笑："我很想你。"

……

夜晚蒙上蓝，纯净空旷。

克莱因相信最单纯的色彩才能唤起生命力，那种色彩不必用言语解释，只用心感受。

落地窗上还留着让人面红耳赤的印记，昭示着刚刚发生了潮红事件。

窗口的光落在床上，他们小指勾着小指。

程逐看着天花板，忽然问道："孙鸣池，你相信宿命论吗？"

"怎么了？"孙鸣池扬眉询问，眼中有程逐不太明白的情绪。

"你说，为什么跑了的不是别人的爸妈，刚好就是我们两个的爸妈。为什么我们这么多年没见，偏偏就在那一晚碰上了？说明我们无形之中就有联系，是宿命让我们再一次遇见。"她说得头头是道。

他一句也没有否定，只是拨开她黏在脸上的发丝，问："又是哪里看的？"

"之前在网上看到的。"程逐翻了个身，支起身体刷着手机，似乎是想把之前看到的内容重新找出来。

从身后看去，头发凌乱。

孙鸣池解开她的发绳，发丝披散。

"怎么想到把头发留长了？"

程逐随口回："短发留腻了。"

头发一年都没剪过，现在已经长到后背中央，像瀑布铺在身上。

孙鸣池用手指梳了两下，开始帮她编辫子。

分成三股，互相交错。

第一年，他出现在河边，她丢了一枚硬币，两人产生了交集。

第二年，她拉黑了他，他找不到她。

第三年，她对他说喜欢他。

纤细又光洁的背像一面白墙，一条由粗到细的麻花辫落在两座深陷的蝴蝶骨中央。

笨拙，又轻柔。

程逐吃惊地往后偏头。

"很适合你。"孙鸣池说得认真。

如果事情演变成现实的可能性小而又小,但仍然实实在在发生了,那么给予它一个宿命的解释又何错之有?

十五岁的孙鸣池不会想到和同学议论的早恋小屁孩会逐渐成长为这样吸引他眼球的女人;二十二岁的孙鸣池也不会想到在村口对他说一路顺风的女孩会成为他挂念的人;二十六岁的孙鸣池更不会想到在西湖边偶遇的人群中,会有自己想要用一生包容与守护的人。

所以说,命运,谁说得定呢?

"程逐,毕业快乐。"

程逐哼道:"没有礼物吗?"

孙鸣池翻起身,从地上捡起裤子,掏了半天从里面掏出个东西,握在手里。

程逐呆住:"什么?不会是戒指吧?"

孙鸣池笑:"不是。"

程逐这才松了口气,没有来由地,她又做出了一个大胆的猜测。

"是我丢给你的那枚硬币?"

"嗯。"

"真的假的?"程逐匪夷所思。

"骗你做什么?"

"你是怎么找到它的?"

"不用找,它一直在原地。"孙鸣池在她面前摊开了手。

如果要说宿命,那经过两年却依旧沉在原来的位置,被一层砂砾以及一块石头死死压在底下的这枚硬币才是宿命。孙鸣池不费吹灰之力就找到了它,并且把它和那一艘潜水艇放在一起,后来像护身符一样一直带在身上。

这是这枚硬币摇摆过后的命运,也是孙鸣池和程逐的宿命。

指尖轻轻刮过掌心,孙鸣池的手指往里收了一下,紧紧抓住了程逐。

"程逐,我是不是没告诉过你,我爱你。"

"一枚硬币,可以买你一辈子吗?"

带着笑的脸离她越来越近,程逐恍惚地喃喃道:"明天民政局开门吗?"

孙鸣池扑哧一笑，彻底吻住她。

柔软的月光倾泻而下。

手心里的硬币硌着她，有点疼、有点湿、有点痒，更多的是温暖。

程逐想：我是被爱抓住了。

博尔赫斯在甲板上丢下一枚硬币，从此这个星球上多了两个连续的、平行的系列，以后他每一瞬间的喜怒哀乐都对应海底那枚硬币每一个盲目的瞬间。而如今，程逐丢下去的那枚硬币回到了她的手上，甚至还带着孙鸣池的体温，她随波逐流无知无觉的人生终于找到了归途。

夏天的组成是什么？

旷野、烟火和潜水艇。而程逐有一个秘密，与孙鸣池有关，这成为她对夏天的所有回忆。

带着潮湿与爱，并且一直延续下去。

番外一　　不为人知的悸动

孙家。

艳阳高照,这个时间程逐应该已经走了。

孙鸣池穿着背心,打着哈欠走出房间,院子里的小竹子听到动静,跑进来往他怀里钻。

"怎么今天这么黏人?"他揉了揉小竹子,它又一路溜上他的肩膀,像个围脖似的绕在他后脖颈。孙鸣池转眼热出一层汗,嫌弃地把它拎下来丢在地上。

何山从房间里走出来,低声问:"昨天回来很晚?"

"嗯。"

"去洗漱吧。"何山往孙鸣池锁骨上瞄了一眼。

"我妈起了吗?"孙鸣池没注意他的目光,作势要去何邱房间看一眼。

何山连忙拦住他:"还没醒。"

孙鸣池古怪地看他一眼:"怎么了?"

何山抬手摸了摸自己的脖子,又重复了一遍:"先去洗漱吧。"

孙鸣池更加疑惑,下意识想抬手摸脖子,却看到何邱走了出来。

神采奕奕,看不出一点儿刚睡醒的痕迹。

孙鸣池动作顿住,心里有些纳闷,刚想问是什么情况,却见何邱的视线由上至下,从他的脸移到他的手,最后慢慢落在他的锁骨上,然后脸色陡然一变。

孙鸣池终于反应过来了。

——昨晚,程逐似乎,把他的锁骨抠破了。

旁边的何山崩溃地捂住额头。

孙鸣池却很镇定,弯腰抱起小竹子晃了晃,笑道:"我说是小竹子抓的,你们信吗?"

何邱的屋子里噼里啪啦地一阵闹腾,何山在外头急得要命。

哎哟哟,怎么回事,鸣池不是说和何邱聊聊天吗?怎么聊着聊着就把门关上了?关上就关上,怎么里面动静就这么大?不会打起来了吧?这鸣池也真是的,看上谁不好,偏偏看上程家那小姑娘,这……这不是往自己老妈心窝子上扎刀吗……

何山在原地转圈,小竹子则在他脚边跟着转。

转着转着就倒在墙角打滚,无忧无虑的样子。

何山犹豫好几回要不要开门进去,最后一咬牙,敲了敲门。

里面静了静,不多时,孙鸣池打开了门。

何山看着孙鸣池脸上的红印,蒙了。

完了。

被打了。

看表情就知道何山在想什么,孙鸣池无奈道:"舅,您别乱想。"

他纯粹是为了扶住摇摇欲坠的何邱才摔了一跤。

身后,何邱慢慢从屋里走出来,表情平静,甚至带着尘埃落定的了然。

十分钟前,孙鸣池告知她,他和程逐"复合"了。

何邱没什么大情绪,只是有点愣神,毕竟早在她从孙鸣池的屋子里整理出一大堆画,画的右下角写着程逐的名字的时候,她就惊讶过了。

去年夏天,程逐离开后,孙鸣池异常了很长一段时间。

尽管他表现得依旧沉稳,生活有序,但何邱了解自己的儿子,一定是发生了什么。

何邱知道现在她的脑子不太好,但不影响她的判断,她能感觉到孙鸣池有喜欢的人了，唯独不能确定是谁。

她不敢细想，却不由自主开始观察孙鸣池，她发现孙鸣池经常盯着手机发呆，会到无人的河边散步，带回了一只猫，把它取名为小竹子。

再后来，孙鸣池离开棠村一段时间。

他把何邱托给隔壁的阿姨照顾，而何邱难得没有闹，只是心知肚明似的让他放心去。

当时孙鸣池的表情有些奇怪，像是想笑，又像欲言又止。

她不明所以，却没得到任何解释。

一周后，孙鸣池回来了。

何邱只觉得他像深秋的后山坡，只是矗立着，却寸草不生。

"找到了吗？"她没头没尾地问他。

孙鸣池沉默了很久，久到何邱那个瞬间好像已然忘记自己问了什么问题，打算去看电视时，才看见他耸了耸肩，用一种平静的语气轻轻说道："不找了。"

只当是结束了，她没有再多问。

去年年末，瑞雪兆丰年，何邱对家里进行了一回大扫除，扫出的那些画就像拼图的最后一块，将所有线索串联成一条线，让她茅塞顿开，也让她觉得自己受到了背叛。

是谁都好，为什么会是程逐？

她拿着画质问孙鸣池，孙鸣池却怔住了。

他很久没看那些画了，只是某些瞬间会想起床下还放着这些东西，然后又把自己的思绪揉成一团，丢进垃圾桶，让其他东西覆盖在它的上面，眼不见心不烦。

不找了是真，但去找过也是真。

尽管程逐没说过在什么学校就读，他依旧循着记忆的碎片拼出了答案。但当他站在校门口，被来往的人用好奇的目光打量，被和程逐差不多年纪的学生询问能不能去当模特时，孙鸣池忽然心生荒唐，找不到自己所作所为的意义。

程逐就好像一块石子，将人磨出创痕，而后头也不回地回了自己的石头滩。

他自作聪明地出现在那个地方，实际上可能并不被期待。

孙鸣池不是十几岁的小孩，爱情不是他的全部，他身上还有许多必须要承担的责任，所以他离开了，让自己放下，将有关程逐的一切束之高阁，因为岁月是有效解药，任何情绪都会被时间冲淡，在一天烟消云散。

然而何邱把它们挖了出来。

那天，孙鸣池平直地向何邱承认年幼时父母的争吵使他痛苦，他曾一度产生婚姻是坟墓，索性一个人过一辈子的想法，而遇到程逐是意料之外的例外，无法追根溯源，只是一个普通男人自然而然的心动罢了。

他还说了很多，说得半真半假，让何邱分辨不出。

她只能感受到平淡的陈述下暗涌的情绪。

像是河水里的鹅卵石相撞，丁零当啷。

何邱很爱孙鸣池，对于他得不到满分的父爱，她曾经感到万分的愧疚，便更加倾注自己的爱给孙鸣池。好在孙鸣池懂事且成熟，没有因为任何事情在成长上出现过偏差。

虽然这么说自己的儿子不太好，但何邱时常感觉孙鸣池温和的笑下面藏了很多东西，她感谢他的懂事，也希望他不要总是如此懂事，她几乎没有见到过孙鸣池开怀大笑的样子，这时常让她觉得自己其实是失败的，各方面而言的失败。

前阵子孙鸣池总是跑出去，她有所预感，因为孙鸣池变得年轻了。

不是表象上的年轻，而是行为上的年轻。

他会对她撒谎，会对着手机轻笑，会摸着小竹子说着悄悄话，好像精准计算着人生的机器再一次通了人性，产生了细微的偏差。

这一次何邱知道是为什么。

只有那个原因。

屋子里，三个人站着面面相觑。

何邱说："让我再想想。"

她一把捞起小竹子，推开何山和孙鸣池重新进了房间。

孙鸣池没有再说什么，他让何山帮他照看何邱，自己则出门去了一趟陈叔家门口。

那里的几丛花依旧开得十分热烈，美好又耀眼。

成年人嘴里总是谎言，诸如"我快到了""我睡了""我没钱了"，孙鸣池不是个纯粹的人，他深刻明白善意的谎言在某些时刻的重要性，也深知何邱吃软不吃硬。

画被何邱扫出来的确是他没有想到的，但这么好的契机，他必须毫不犹豫地一把抓住。

长远的目光是成功的必要条件，他一直清楚。

孙鸣池拿着洒水壶浇了浇花，站起身，看到在一旁不知站了多久的许周。

许周的眼神复杂，尤其是看到孙鸣池手里的洒水壶之后。

看他的脸色五颜六色的，孙鸣池只觉得想笑。

他摘下嘴里烟，掸了掸烟灰，问："你想说什么吗？"

许周憋了半天憋出一句："你和程逐在一起了？"

孙鸣池含糊地"嗯哼"了一声。

许周闭了闭眼，冷静了一下才道："你和她家庭不仅存在矛盾，而且并不门当户对，在一起一定会遇到很多问题。"他客观地分析，没有带什么私情，只是希望如果他们要在一起，至少程逐不要受到伤害。

孙鸣池根本没把他说的那些情况放在心上，随意地点了点头，回复道："谢谢。但这是我和她需要考虑的问题，不劳你操心。"

许周的心更塞了。

浇完花，孙鸣池又去镇上逛了逛。

回到家，何邱不知道是冷静完了，还是老年痴呆又犯了把之前的事情给忘了，只是和何山坐在沙发上看电视，两个人有一句没一句地说着话，诸如电视剧里的男主角还没孙鸣池帅，又或是说女主角的婆婆太坏了。

孙鸣迟听了一会儿，笑着摇了摇头。

这天晚上，他给老同学打了个电话。

"喂，上次你说我的工位还留着？"

对方说对，问他怎么了。

"那继续留着吧,我过段时间回去看看。"

听出言外之意,对方调侃他怎么想开了,是不是要攒老婆本了。

孙鸣池跷着二郎腿躺在床上,懒洋洋地"嗯"了一声。

微风送凉,枝叶轻响,往窗外望去,天空寂静明亮。

程逐返校那天,孙鸣池收到了她的讯息。

是十几秒的一段视频,首先映入眼帘的是程一洋的脸,他正对着镜头,笑嘻嘻地说着"菩萨叔叔,姐姐到学校了",然后画面一阵颠倒颤动,隐约闪过了程逐的面容,背景里传来她的声音,凶巴巴地训斥着程一洋:"跟你说过多少遍,不要叫菩萨!"

孙鸣池忍俊不禁。

视频走到结尾,画面停住了。

看着屏幕上模糊的校门,孙鸣池不怎么费劲就记起去年夏天傻乎乎站在那里的自己。

手机又振了一下,思绪骤然收回。

程逐来发消息:"迟点联系,我先带我弟去逛逛。"

孙鸣池回复:"好。"

没几秒,程逐补了句:"我们学校附近风景挺好看的。"

孙鸣池微微一笑,没有戳穿她的小心思,只是从善如流地回:"下次带我看看。"

他做了一个决定,决定永远不告诉程逐,他曾经去找过她。也永远不告诉程逐,他比她想的要更早喜欢她,不让程逐再有骄傲的机会,即使她骄傲的表情比西湖边的雪还要动人。

就让这些秘密跟着岁月慢慢消散。

也许在未来的某一天,他变得年迈,会逐渐忘记很多东西,他会不小心说漏嘴,泄露出那些头脑发热的不成熟行为,以及曾经他觉得与自己格格不入的悸动。

但至少现在,他会守口如瓶。

番外二　　程逐私人Vlog[1]素材收集

毕业后，程逐临时搬进了孙鸣池租的房子里。

这天早晨，晨光熹微，程逐睁开眼睛，旁边空无一人，但被窝还有些温度。

对这种情况习以为常，程逐很快下床，洗漱之后打开了新购入的GoPro（便携运动专业相机），经过一番调试，首先将镜头对准了光着膀子正在准备早餐的孙鸣池。

在孙鸣池古怪的眼神中，她高调宣布："我要录个Vlog。"

第一部分：上班。

这是程逐第一次去孙鸣池的公司。

说是公司，其实也就是个小工作室，整体面积可能还没棠村家里的院子大。

进门后，程逐的视线在各个角落穿梭，里里外外打量。

几个男人肩挨着肩，正围在一台电脑前讨论着什么，他们的脚边还有前一天没扔的垃圾，桌上电线像麻绳似的绕得人眼花缭乱。程逐顿时有种直觉，短期内她的工作环境都不会太美妙。

孙鸣池放下包，走过去和他们交代了点事情，一回头却见程逐露出如

---
[1] Vlog：视频记录，视频日记。

此微妙的表情,他眯了眯眼,轻而易举地看穿她在想什么,幽幽道:"嫌弃?现在走还来得及。"

程逐冷静道:"都不是问题,工资高就可以。"

"唔,那要看你的技术了。"

"我没有特殊待遇吗?"程逐难以置信。

孙鸣池煞有介事地点头:"社会就是这么残酷。"

程逐绷着脸不说话了。

孙鸣池笑起来:"好了,骗你的。"说着抬手往她头顶薅去。

程逐躲避不及,发型被损坏,脸更臭了。

孙鸣池还得外出一趟,离开前给程逐安排了工位。

虽说是来做美工的,但公司如今的项目好像暂时没有用上她的地方,再加上程逐懒散成性(此为夸张的说法,真实情况是人类应该都不喜欢上班,至少程逐不喜欢),于是她果断选择摸鱼,打开电脑看电影,并有素质地调了静音。

可大抵是日常贫瘠的办公室忽然出现一名异性,大家都有些无心工作。

没一会儿,程逐边上的同事放下手上的工作,前来搭话。

程逐与他交换姓名,又聊了几句,得知他是孙鸣池大学的学长。

对方告诉她了一些孙鸣池大学期间的事情,程逐听得津津有味,脑内自发勾勒出一个成绩好脾气好十分受欢迎的形象,后来发现这不就是当初她最烦的别人家小孩的形象吗,于是很快让幻想刹车,以免今天看孙鸣池更不顺眼。

没多久,其他人的注意力也被吸引了过来。

大家默认她为老板娘,夸赞的话信手拈来,饶是程逐也有些受不住。

一群人越聊越热情,有人好奇地问她:"程逐,你和我们老大怎么在一起的?"

程逐怔住了。

唉,这叫她怎么回答才好,有关怎么在一起,三言两语可说不完,要真说完了，大抵他们的眼珠子也该瞪出来了，参照当初的许周和潘晓婷，他们知道的时候可吓得够呛。

最后程逐好心地美化了一下，只说是旧雨重逢。

大家恍然大悟：缘分啊缘分。

迟些时候，孙鸣池回来了。

看见工作室里一派祥和的景象后，他稀奇地扬了扬眉。

原本还担心程逐一姑娘在这男人堆里会觉得不适应，于是尽快处理完工作赶回来，没想到她在这如鱼得水，一个个对她的态度可比对他的热情多了。

孙鸣池扬声道："都围着干什么呢，不工作了？"

大家嘻嘻哈哈作鸟兽散。

孙鸣池走到程逐身边，真诚地夸赞："适应能力挺强的。"

"谢谢老板夸奖。"程逐朝他翻白眼。

孙鸣池笑了，拿手背碰了碰她的脸，问："晚上想吃什么？"

程逐想了想，说："意大利面。"

第二部分：下班。

由于公寓里缺乏食材，下班后，两人去了超市一趟。

孙鸣池跟在程逐身后，任由程逐丢垃圾似的把东西丢进推车里。

半个小时后，两人离开超市，回了家。

晚饭由孙鸣池掌勺，厨房里窸窸窣窣的动静不停。

程逐躺在沙发上，不怎么费劲地想起了第一次看孙鸣池做饭的画面。

那是在搬进这里的第一天，整理完行李已经天黑，她走出房间便看到正在准备晚饭的孙鸣池——

他抱着胸斜靠在墙上，似乎是在等锅里的东西煮熟，听见她的声音后，回眸望来，用自然又温和的嗓音说："饿了吗，再等一会儿。"

227

程逐认为这副样子十分赏心悦目，充满安全感，遂得出结论：他天生适合做饭。

那天，她与孙鸣池分享这个结论，后者似笑非笑看她，但没反驳。

不过自那之后，孙鸣池几乎每天都会下厨。

晚饭后，孙鸣池手上还有点零碎的工作要完成，于是坐在了电脑前，而程逐吃饱喝足，躺在沙发上陪小竹子玩。自从小竹子跟着孙鸣池搬来了大城市，伙食越来越好，肚子也大了不少，程逐抱着都费劲。

过了会儿，想起什么，程逐丢下小竹子，挤进孙鸣池和电脑桌的夹缝中。

孙鸣池顿了顿，看向她问："做什么？"

"你不是要看我技术吗？"程逐伸出手指，在他身上别有意味地摸了摸。

孙鸣池终于想起上午的这茬。

他哭笑不得："我说的是这个技术吗？"

"管你是不是。"程逐冷哼一声，手就跟被吸铁石吸住了似的，贴在他的身上不松开，这里碰一碰，那里捏一捏，孙鸣池被折磨得脸皮抽搐，电脑屏幕上的程序再理不清，盯着程逐的眼神越发凶狠。

忍无可忍，无须再忍。

就在孙鸣池决定丢下手上工作，好好会一会程逐的时候，程逐狡黠一笑，猛然起身，跑到了房间对角的沙发上，一副无欲无求、与我无关、别来烦我的表情。

空气静止。

孙鸣池低头看了看自己，又看向程逐。

程逐冷酷道："社会就是这么残酷。"

"……"

第三部分：每日任务。

"好了吗？"

孙鸣池说"还没"，又问她"怎么了"。
"颜料洒身上了。"
身上狼藉的程逐站在浴室门口说道。

鉴于对未来没有一个很好的规划，但至少画画这个求生技能绝对不能松懈，因此程逐给自己布置了任务，就是每天至少完成一幅画。
不久前，她以认真工作的孙鸣池为素材，创作了一幅较为满意的作品。结束后，她沉迷于欣赏自己大作，没注意小竹子跳上桌子，等回过神，颜料混着半桶水已经全部洒在了她的身上。
如今衣服又湿又黏，程逐浑身难受，想立刻冲澡。
她忍不住敲了敲门，催促道："你快一点儿。"
浴室里的水声停止了。
三秒后，浴室的门打开，白色的雾气跟着孙鸣池一起出现。他的手搭在门框上，居高临下地看着她，山一般雄壮的身躯快赶上门的高度，黑色的短发还在滴水，一滴滴落在锁骨上，又随着胸膛的起伏一路下滑。
程逐静静看了几秒，忍着想要伸手抹掉的冲动，问："洗好了？"
孙鸣池摇头，又细细地打量了程逐两眼，而后扣住她的手腕。
很湿很烫。
程逐望向他，看见他露出一点儿笑。
有不祥的预感，程逐转身就想跑，但被人从身后拦腰抱住。
滚烫的身子贴了上来，腰上的胳膊粗壮有力，那人低头碰了碰她，说："一起吧。"

尾声：素材收集完毕，进入剪辑阶段。

程逐花了不少时间熟悉剪辑软件，并整理视频素材。
运动相机的续航能力并不=佳，每隔一段时间就需要换电池，因此视频不甚连续，且由于小竹子的捣乱，第三部分录制途中相机倒塌，此段有将近一半的视频内容没有可用性，程逐不得不补拍了一部分，以求整个视频内容的协调。

最终成品为一段九十三秒的视频。

以下为视频初稿。

视频开始——

〇到二十秒：光膀子做早餐的孙鸣池看向镜头，露出无奈的表情，而后走出镜头，穿上衣服后才重新出现；两人一起吃早餐（搭配食物特写）；上班通勤路上的随手拍（孙鸣池开车，程逐副驾，车上在播放晨间新闻）。

二十一秒到三十五秒：程逐与同事们其乐融融地聊天；插入黑底白字——"孙鸣池回来了"；偷拍工作时的孙鸣池，被发现后获得一个警告的眼神（仅此而已，并没有阻止她继续拍）。

三十六秒到五十秒：下班后超市购物；出来后，遇见一个老奶奶的购物袋漏了，水果撒了一地，程逐提着东西在原地等候，孙鸣池小跑过去帮忙将水果捡起并归还；两人一并返家。

五十一秒到七十三秒：晚饭后，程逐完成自己的每日任务（模特孙鸣池特写，以及作品特写）；画面非自然地旋转颠倒；插入黑底白字——"相机被小竹子弄倒了（汗）"。

七十四秒到七十九秒：镜头歪倒，小竹子在镜头前徘徊（此段倍速）。

八十秒到八十三秒：浴室门打开的声音，仅有一道脚步声出现，消失远去至卧室的方向，又少时，脚步声重新出现靠近，孙鸣池的腿出现在画面里。相机被捡起。

最后十秒（偷拍的）：画面一片黑暗，只有很轻的对话声。

"程逐，睡了吗？"

"还没，怎么了？"

"没事，睡吧。"

"……无聊。"

一阵闷笑声。

孙鸣池从背后抱住程逐，对她道了晚安。

——视频结束。

这支Vlog毕竟是她的处女作，有一点儿（其实很多）瑕疵也是正常，程逐反复观看了几回，总体还算满意。又经过一些加工，配上背景音乐后，最终这段Vlog在一个美好的早晨，被她发在朋友圈，仅孙鸣池可见。

发出去没多久便收获了一个赞。

彩蛋：这支视频在两年后经过专业摄影师的删减与精修，在程逐和孙鸣池的婚礼上播放。

那天晚上，宴会厅座无虚席，大家面带羡慕与祝福，但也不乏眼神微妙难掩吃惊的人。在所有人的注视下，他们互相交换戒指，拥抱，并接吻，程逐听见孙鸣池悄悄对她说："我是你的了。"

当主持人问起缘分起源的时候，孙鸣池面带微笑，拿出了那年西湖边顺走的画，程逐吃惊之余用眼神谴责他，只换来孙鸣池无辜的耸肩。

至于多年前的那枚硬币，则作为特殊的"见证人"，自始至终被程逐带在身上。

被保护，被珍藏。

番外三　　乡村爱情故事

潘晓婷第一次见李征洲是在七岁。

在那之前，她只知道村主任有个儿子，但从没见过面。

那时候她刚上小学没多久，某天放学，她没有直接回家，而是和程逐先去田里看了一眼，路过村主任家的时候，远远看见二楼窗边站了一个男孩子，潘晓婷情不自禁停下脚步，盯着他看。

像是知道有人在看自己，那人低头看了过来。

视线相撞，潘晓婷终于看清对方的脸，白白净净，沉默安静，就是眼神有点阴沉。

她想：真不像是农村主任大的孩子。

那天之后，但凡路过村主任家，她都会抬头看一看。

不过再也没有看到人影。

潘晓婷问妈妈，为什么村主任儿子都不出门。妈妈告诉她，因为他生病了，之前在医院看病，现在身体还没好，村主任不让他出门。听罢，小小的潘晓婷故作深沉地点头："怪不得，那是要在家休息。"

说完便收获了个脑瓜崩。

妈妈好笑道："人小鬼大。"

又过了几个春夏秋冬，潘晓婷长高了不少，开始爱漂亮了。

有一天，村主任家办宴席，请了全村的人。

她和程逐约好一道去，穿了最喜欢的小裙子，而许周那时候还是个弱小的可怜蛋，不想参加人多的聚会，但被她们连拖带拉扯去，最后三人手拉手去了酒席。

在那里，潘晓婷再一次见到李征洲。

十几岁的清隽少年面无表情地站在村主任身边，十分沉默。

潘晓婷猜李征洲是不耐烦了，因为他的手指一直在腿边敲着，频率很快。她听妈妈唠叨的时候也是这样的，所以她知道。

觉得很好笑，她扑哧一下笑出了声，紧接着看到李征洲朝她看来，目光里有些许疑惑。她笑容僵了僵，很快又咧开一个友好的笑，可李征洲只是皱起眉，又把视线移开了。

潘晓婷噘噘嘴，有点不高兴了。

拉着她手的许周越走越快，她忍不住嘟哝："怎么走这么快呀。"

许周老实地回答："程逐说看到讨厌的人了。"

潘晓婷看过去，发现哪里是讨厌的人，分明是村里最讨人喜欢的哥哥孙鸣池。他正看着这个方向，表情有些哭笑不得，和她对视后，很快温和地朝她笑了笑。

刚刚的不愉快很快被抛到脑后，潘晓婷有点不好意思地回了一个笑，心里忍不住想，好帅啊，她以后一定要找个像孙家哥哥这样爱笑的人。

那晚全村相聚，十分热闹，宴席的主题潘晓婷没有注意听，只顾着吃东西。

总之宴会之后，李征洲在村里出现的频率逐渐高起来，大抵是身体好了。

可即便如此，潘晓婷和他依旧没什么交流。

她觉得他很奇怪，从来没见过这样的人，同在一个村，总会有碰面的时候，潘晓婷向他热情打过几次招呼，但李征洲的表情总是冷冰冰的，一副不想搭理她样子。没人喜欢热脸贴冷屁股，所以她也决定不理他了。

本以为两人的关系止步于此，却没想到几年后发生了变化。

初中毕业后，由于家里条件有限，潘晓婷没有再把书读下去。

那时候程逐已经离开棠村，而许周要上学，没空陪她。潘晓婷孤家寡人，日常便是去镇上一家新开的小饭店打杂，然后回村里看田，养养鸡鸭，十分无趣。

巧的是，李则馨刚好在饭店旁开了一家小卖部，没客人的时候，她会来找她聊天，一同吃饭。这样的日子持续了大半年，两人变得亲近起来。

一天，李则馨忽然带着李征洲一起出现在小饭店里。

这是潘晓婷几年来第一次近距离看李征洲。

这两姐弟分开看没有丝毫相似，站在一起却说不出的神似。不得不说村主任家基因优良，有李则馨这个大美女珠玉在前，李征洲自然也不会差，怪不得村里不少人对他有想法，可惜都被他的冷脸逼退。

李则馨对她说："晓婷，这是我弟李征洲，你应该见过吧。"

潘晓婷说见过。

"我要出去一段时间，接下来他替我看店，你有什么要的就和他说，让他给你拿。还有我怕你一人无聊，让他平常来这和你一起吃饭。你们好好相处，照顾好晓婷妹妹啊，听到没有。"最后一句是对李征洲说的。

李则馨丝毫不觉得让一男一女单独相处有什么不妥，也可能潘晓婷在她眼里还只是个小孩，不懂情情爱爱，总之她说一不二，没给人留下拒绝的余地。

最后李征洲没说话，潘晓婷则不情不愿地说了好。

眼眸一转，李征洲正似笑非笑地看着她，像是看穿她的口是心非，叫她面上发热。

他们开始了好好相处的日子。

潘晓婷的自来熟刻在骨子里，李征洲能一两天不搭理她，但不可能半个一个月都不搭理她。于是两人的关系螺旋式上升，虽然迂回曲折，但至少前进了，逐渐产生了莫名其妙的友情。

例如潘晓婷觉得李征洲的胃口太小了，每回一份饭都吃不了多少，实在太浪费！因此她从最初渴望地盯着他盘子里的肉，到后来直接从他碗里舀饭。

李征洲大概也习惯了，从来不说什么。

有时候舀多了，她会心虚地问："这样你够吃吗？"

李征洲沉默几秒，说够。

潘晓婷放心了。

直到很久之后，潘晓婷才知道，其实李征洲只是不太爱吃小饭店的饭菜。

三个月后，李则馨回来了。

李征洲不再出现在店里。

要是以前，潘晓婷肯定如释重负，可现在不知怎么，她反而有些不舍与想念。李则馨走的时候都没有这样……很快，她得出结论，一定是李征洲的饭征服了她。

好在偶尔能在棠村碰见李征洲，时隔多年，潘晓婷再次鼓起勇气打招呼，这一次总算有好的结局，虽然李征洲的表情依旧很冷淡，但至少每次都给了她回应。

潘晓婷很高兴，感觉生活越发美好。

尤其是程逐回来的时间也变多了。

程逐回来棠村过暑假的第一年，潘晓婷把脚给崴了。

谁能想到，竟然有人会在自家村里走着走着，忽然栽进田里！

程逐和许周没想到，潘晓婷自己更没想到。

她倒在田里，头顶是一片星空，看着眼前憋笑憋得颤抖的两个人，忍着丢人哀号道："你们看着干什么！快拉我一把！"

程逐蹲下身想拉她，可还没碰到她的手，便像被什么吓到似的向后跌去。

然后，潘晓婷听见脑袋后面传来一个男人没什么情绪的声音。

"你们在这里做什么？"是李征洲，他看了潘晓婷一眼，又看了她的腿，皱起了眉，眼神很复杂，像是不理解怎么有人能笨到这个程度。潘晓婷甚至觉得自己听到了他无奈的叹气声。

这晚的最后，她是被李征洲带去了镇上的诊所，又背她回了家。

她趴在他的背上，听着他有些重的呼吸，想：他的肩比想象中宽好多。

腿伤得并没有很严重，本来这件事就这么过去了，可没想到李征洲那头出了问题。

李征洲他爸觉得自己儿子这臭脾气，没有这么善良到大晚上背一姑娘来回跑，而且哪有人能在自家村里栽跟头，这其中一定有问题。怀疑李征洲是让潘晓婷受伤的罪魁祸首，为了守护住村主任的威信，他让李征洲每天带东西去慰问。

李征洲懒得和他理论，真就来慰问了。

潘家父母每天和邻居打牌下棋，家中唯有潘晓婷这个伤患和李征洲大眼瞪小眼，最可恨的是李征洲这人什么事也不干，也不离开，就看着她。

哪有这样的？

"要不要喝点茶？"

"不用。"

"哦……"

这样简短又无用的对话时有发生。

最初潘晓婷觉得尴尬又莫名其妙，但她适应力强，且一回生二回熟，后来也就习惯了，任由李征洲干坐着，自己抱着电视机看《武林外传》，看得不亦乐乎。

后来不知怎么，两人开始一起看电视剧。

大概是她总是傻笑，李征洲也好奇。

慢慢地，他留在这里的时间从半个小时逐渐变成好几个小时。潘晓婷甚至大发善心，把自己的床分给他了一半。两人面朝电视趴着身子，偶尔交流一下心得感想，或者批评一下剧情人物，画面别提多和谐。

但事情从一个暖洋洋的下午，两人不知不觉睡着开始陡然巨变。

这天，潘晓婷迷迷糊糊地醒来，看到的就是李征洲放大版的脸。

说不清是没睡醒还是鬼迷心窍，她凑上去亲了一口。

结果李征洲把眼睛睁开了，就那么静静地看着她。

疯了。

真是疯了。

潘晓婷无比心虚，接连几天装作生病，把上门的李征洲赶回去，后来就算腿好了也依旧躲着他，连个照面都不敢打。

可躲到天南地北也无用。

棠村就这么大，又知道她工作的地方，要抓住她要多容易有多容易。

终于，李征洲把她拦住了。

"躲我？"

被堵在墙角的潘晓婷矢口否定："我没有！"

李征洲忽然笑了两下，喊她："潘晓婷。"

潘晓婷吓坏了，这人笑得这么良善，还叫她名字，一定有阴谋。

果不其然，李征洲用力地捏住她的脸，说："有胆子亲，怎么没胆子认啊。"

潘晓婷血液往脸上涌，一句话都说不出来。

李征洲又问："负责吗？"

潘晓婷没说话。

李征洲低头亲了她一口，重复了一遍："负责吗？"

潘晓婷头晕目眩，嘴唇发麻，遵从内心给予了答案："负、负责……"

那一年，潘晓婷十八岁，李征洲二十三岁，两个人对恋爱一窍不通，但不影响他们变得不像自己。潘晓婷想，找个像孙鸣池那样爱笑的算是没戏了，她现在好像比较喜欢不爱笑的冰块脸。

尤其是他亲她的时候。

虽然没什么表情，但耳朵总是很诚实地红了。

不过除此之外，李征洲并没有其他动作，倒是她好奇心强，总是去撩拨他，仗着他不会对她做什么，可潘晓婷还是太单纯了，因此后来总被压着不能翻身，也的确是自作自受。

两人感情升温迅速。

但与此同时，又出现了一个情况——他们的恋情被发现了。

他们没遮掩过，想不被人发现也难，村主任和村主任夫人心情复杂，他们对潘家的潘晓婷没意见，甚至还挺喜欢这开朗的小姑娘，可他们对自己儿子的女朋友潘晓婷有意见，学历、家世没一个对等，真愁人。

他们找潘晓婷聊了聊，动之以情晓之以理，各角度分析，听得潘晓婷一愣愣的。

什么？结婚？

她只是想谈恋爱，哪里想得到这么遥远的事。

天大的压力从天而降，潘晓婷心情沉重，立刻怂了。

但事到如今想跑，李征洲可不让了。

当不着寸缕地从李征洲身边醒来，又被搂回去放纵了几回后，潘晓婷忍不住哀号男色误事。

天知道怎么会变成这样，这下说分手都要在脑子里转个九曲十八弯。

李征洲倒是平静，帮她套完衣服后还指责她昨晚太生猛，羞得潘晓婷一天没理他。

之后他们瞒着所有人过了一段平静又热烈的生活，整天蜜里调油。就算见不着面也要煲电话粥，甜蜜到潘晓婷都想着要不然直接嫁给李征洲算了，甚至心虚自己暗藏在心底的、久久没有消散的分手想法。

拖下去也不是个事儿，潘晓婷决定速战速决。

她问李征洲："我们这个频率，会不会怀孕？"

李征洲瞥她："你当措施是白做的吗？"

"那如果真的怀了怎么办？"

李征洲笑笑："那就养咯。"语气漫不经心，眼神倒很认真。

结果那次就中招了。

李征洲荣升棠村千古罪人，被他的村主任老爹打了三十大板，又带着大礼小礼去潘家负荆请罪，顺便求了个亲，最后"满脸羞愧"地将潘晓婷娶进了门，第二年生下了圆溜溜的小屁孩，取名胖虎。

再然后，两人成为村里模范夫妇，村主任夫妇成为村里模范公婆。

真是完美的一家亲，完美的乡村爱情故事啊。

图书在版编目（CIP）数据

一枚硬币 / 诀别词著. -- 南京 : 江苏凤凰文艺出版社, 2024. 11. -- ISBN 978-7-5594-8914-2

Ⅰ. I247.5

中国国家版本馆CIP数据核字第2024R9X135号

一枚硬币

诀别词 著

责任编辑	白　涵
策划编辑	唐　婷
特约编辑	赵　雯　晏　辞
封面设计	Aquavit
封面绘制	肥猫天使
插图绘制	肥猫天使　气水　丁笨笨
出版发行	江苏凤凰文艺出版社
	南京市中央路165号，邮编：210009
网　　址	http://www.jswenyi.com
印　　刷	北京盛通印刷股份有限公司
开　　本	880mm×1230mm 1/32
印　　张	7.75
字　　数	200千字
版　　次	2024年11月第1版
印　　次	2024年11月第1次印刷
书　　号	ISBN 978-7-5594-8914-2
定　　价	42.80元

江苏凤凰文艺版图书凡印刷、装订错误，可向出版社调换，联系电话 025-83280257